KB004949

# 피아노 앞의
# 여자들

# 피아노 앞의 여자들

**인생이라는 무대의 삶을 연주하다**

**버지니아 로이드** 지음

정은지 옮김

앨리스

**일러두기**

1. 이 책은 다음의 원서를 완역한 것이다.
   Virginia Lloyd, *Girls at the Piano*, Allen&Unwin, 2018.
2. 인명, 지명 등의 외래어는 국립국어원이 정한 표기법을 따랐다.
3. 책·잡지·앨범은 『　』, 미술·음악·영화·TV 프로그램은 「　」, 공연은 〈　〉로 묶어 표기했다.
4. 원서에서 이탤릭으로 강조한 부분은 굵은 글씨 및 인용 처리했다.
5. 모든 각주는 옮긴이의 주다.

네이트에게

이것으로부터 철학이라고 부를 수 있는 것에 도달한다는 것이 누가 뭐래든 나의 변함 없는 생각이다. 안락함 뒤에는 패턴이 숨겨져 있다. 우리는 모두 이것과 관계를 맺는다. 그러니까 모든 인류가 말이다. 온 세상이 예술 작품이고, 우리는 예술 세계의 일부다. 햄릿이나 베토벤 4중주는 우리가 세계라고 부르는 어마어마한 덩어리에 대한 진실이 다. 그러나 셰익스피어는 없고, 베토벤도 없다. 분명히 그리고 단호하게 신은 없다. 우 리는 세계다. 우리는 음악이다. 우리는 사물 그 자체다.

버지니아 울프, 『과거의 스케치A Sketch of the Past』

# 차례

## 음악성이
## 빼어난 여자아이

"자넨 아이를 둘 갖게 될 거야, 남자애 하나랑 여자애 하나."

예언가가 나의 어머니 패멀라에게 말했을 때, 그녀는 서른다섯이었고 아기를 간절히 바라고 있었다. 일종의 시드니판 스텝포드ᐧ인 헌터스힐에서 아이가 없다는 것은 신을 믿지 않는 것에 버금가는 일이었다. 특히 결혼한 지 10년이 지났으면 말이다.

때는 1968년이었지만, 레인코브강과 패러매타강이 시드니항으로 흘러들어가는 곳에 위치한, 녹음이 우거진 반도에는 혁명이나 하다 못해 눈에 띄는 사회적 불안의 어떠한 징후도 없었다. 불편한 사건들

---

ᐧ 아이라 레빈의 소설 『스텝포드 와이프(The Stepford Wives)』에서 나온 말로, 고분고분한 아내가 남편의 시중을 열심히 드는 보수적 분위기의 마을을 의미한다.

은 죄다 1840년대에 있었다. 당시 인근 코카투섬으로부터 탈출한 재소자들이 해변까지 헤엄쳐와서, 원주민들에게 **무쿠불라**, 또는 물의 만남이라고 알려진 길쭉한 삼림 지대에 숨었다. 피임약과 베트남전쟁에도 불구하고 헌터스힐은 시간이 잊힌 반도였다. 존은 사냥하고 수확했고, 그사이 패멀라는 요리하고 청소했다. 어머니는 이 두 가지 일중 하나를 하고 있지 않을 때는 젊은 아내들 클럽의 지부 모임에 참석했다.

루이자 메이 올컷의 『좋은 아내들Good Wives』의 출간으로부터 100년이 흘렀건만 이 젊은 기혼 여성들은 『작은 아씨들Little Women』의 살아있는 속편이었다. 그러나 **젊은**이란 아내를 묘사하기에 **좋은**보다 더 관대한 형용사다. 현실의 삶에서 좋은 아내가 저지를 수 없는 실수가 딱 하나 있다면 불임이었다. 자포자기한 패멀라는 어떤 사제보다도 더 자주 상담하던 미용사의 추천을 따라 예언가와 약속을 잡았다.

"자네가 이야기하는 건 바라지 않아." 어머니가 아파트 문을 열었을 때 이렇게 말한 예언가는 하늘하늘한 흰 카프탄을 차려입고 있었다. "난 그런 식으로 사업해. 고객에게 아무 정보도 바라지 않지."

그녀는 패멀라를 안으로 안내했다. 그들은 사각의 목재 테이블을 사이에 두고 마주보고 앉았다. 다른 가구라고는 거의 없는 방이었다. 드리워진 커튼을 통해 자연광이 스며들어왔다.

"자네는 아이가 없어." 예언가는 이 사실이 맞은편에 앉은 좋은 아내에게 마치 새 소식이라도 되는 것처럼 선언했다. "걱정 마, 새댁. 둘을 가질 거니까."

패멀라의 눈이 휘둥그레졌다. 그런 일이 어떻게 일어날지 알 수 없었다. 그녀의 의사들 중 누구도 임신 가능성에 대해서 확신을 갖고 이야기한 사람은 없었다.

"먼저 여자애를 갖게 될 거야. 그러고는 3년 후 남자애가 태어날 거고."

어머니는 그녀의 예언이 지닌 권위에 황홀해하면서도, 세세한 부분까지 전부 실현되리라고는 절대 상상하지 못했다. 40년 이상이 흐른 지금, 어머니는 어제 일은 기억하지 못해도 그 여자의 말은 정확히 기억한다.

"자네가 알아야 할 게 하나 더 있어." 연기자 부럽지 않은 타이밍으로 예언자가 덧붙였다. "자네 딸은 음악성이 빼어날 거야."

피아노 대신
주걱을 연주할 소녀들


너 아직 피아노 치니?

고등학교 졸업 20주년 동창회에서, 누가 되었건 나에게 던진 질문이라고는 이것이 유일했다. 내가 결혼했는지 혹은 이혼했는지, 동성애자인지 혹은 이성애자인지는 아무도 신경쓰지 않았다. 언제 시드니의 고향 마을을 떠났는지, 혹은 얼마나 오래 뉴욕에서 살았는지도 마찬가지였다. 동창회는 나의 귀국과 시기적으로 맞아떨어졌고 이전 동급생들에 대한 호기심을 이길 수 없었다. 나는 학교를 떠난 이래 그들 중 절대 다수와 아무 연락 없이 지내왔었다.

나의 현실은 남편 존이 암으로 사망해서 3년 이상 홀로 지내고 있었고, 혼자서 무엇을 해야 할지 생각해내려고 애쓰며 뉴욕으로 이주했는데 여전히 실마리를 잡지 못했다는 것이었다. 이것은 **안녕, 좋**

**아 보이네**라고 재빨리 말한 후 그려볼 수 있는 종류의 자화상이 아니다. 혹시 그러고 싶더라도 말이다. 대부분의 사람들이, 특히 고등학교 동창회에 온 사람들이 원하는 것은 요약 보고와 간결한 답변이다. 대답하기 곤란한 질문과 실존적 딜레마는 고등학교 동창회의 금기다. 이 모임은 간결한 일화, 재미난 이야기, 약간의 쌤통을 곁들여 전달되는 이전 동급생들의 나쁜 소식에 의지한다. 고등학교 동창회에서는 이야기가 전부다. 가진 이야기가 말하기 부적절한 종류만 아니라면 말이다.

내 이야기는 아무도 듣고 싶어하지 않는 종류의 것이었다. 스파클링 와인잔을 들고 학교의 새로 지은 과학기술관을 돌아보면서 듣고 싶은 이야기는 확실히 아니었다. 어쩌면 내 이야기를 듣고 싶을 수도 있지만, 누군가 다른 사람으로부터 듣기를 원할 것이다. 나에게서 듣는다면 태양을 직접 쳐다보는 것과 마찬가지로 너무 과할 것이었다.

30대 후반의 다른 얼굴들을 용감하게 직면하기 위해 해야 했던 준비들을 생각하니 한심했다. 나는 얼굴에 컨실러를 주의 깊게 발랐다. 보통은 욕실 세면대 하부장에 잠들어 있던 물건이었다. 특히 다리 길이를 최대한 늘이려고 높은 하이힐을 신었다. 그 모든 세월이 흘렀어도 여전히 더 길어지고 싶은 부위였다. 동창들이 내 뒤에서 다리 길이에 대해서 무슨 생각을 할지 내가 왜 신경 썼을까. 또래들보다 주름이 더 많을까봐, 혹은 약지에 반지가 없는 유일한 사람일까봐 걱정이되었다. 그러고는 이런 생각들을 했다는 데 충격을 받았다.

이전 동급생들과 나는 10월 저녁의 향기로움에, 우리 모두 얼마나 근사해 보이는지에, 우리가 이제 어떻게 정말 '늙은 소녀들old girl'•이 되었는지에 공감했다. 여자 졸업생이라는 유감스러운 용어는 묶어놓고 선보이는 가축을 떠올리게 만든다. 20년이 흘렀지만 그 힘은 변함없었다. 우리는 여전히 서로의 눈을 의식해 차려입은 여자들이었다.

"너 아직 피아노 치니?" 샴페인잔의 다리 부분을 마치 균형이라도 잡으려는 듯 움켜쥔 동창의 첫 질문이었다. 아직 여덟 시도 되지 않은 시간이었다. "너 피아노 가르치지, 그치?"

깜짝 놀란 내가 말했다. "사실은 피아노 가르쳐본 지 몇 년이나 지났어. 출판업계에서 일했거든, 그러고는……."

"오." 그녀가 실망이 가득한 얼굴로 말했다. "그래도 여전히 연주하지? 세월이 아무리 흘러도 네가 조회 때 연주하던 건 절대 못 잊을 거야."

조회를 위해서, 한 주에 두 번씩 6년간. 합창단을 위해서. 마드리갈을 부르는 아카펠라 그룹을 위해서, 솔로 악기 연주자들과 오페라 가수 지망생을 위해서, 누구든 반주자가 필요하면, 아무나 부탁만 하면 연주했다. 피아노는 나의 첫사랑이었다. 일곱 살부터 13년을 이 악기를 학습하고, 클래식 음악을 연주하고, 연례 시험들을 치르고, 오늘날까지도 나의 가장 선명한 성공과 굴욕의 경험들로 남은 대회들에 참가하면서 보냈다.

다른 '늙은 소녀들'로부터도 예상 못 한 질문들의 맹습이 쏟아지며

---

• 문자 그대로의 뜻도 있지만 여학교 졸업생을 뜻하기도 한다.

오늘은 긴 밤이 될 것을 예고했다. 내 샴페인 첫 잔은 곧 비었다. 그러나 잔을 채워줄 바를 발견하기도 전에 아스트리드가 다가오는 것을 보았다. 내가 전부 여자뿐인 학교에 입학하기를 꺼리게 만든 모든 것이 농축된 늙은 소녀가 한 명 있다면 그건 바로 아스트리드였다. 그녀는 지금도 올리브빛 피부에 광채를 발하는 모습으로 나타났다. 만약 거만한 소녀 대회라는 게 있다면 수상하고도 남았을 열네 살 소녀의 성숙한 버전이었다. 오스트레일리아의 가차없는 햇빛에 번쩍이는 치아교정기를 착용한 창백한 주근깨 소녀였던 나는 갈망과 절망 속에서 아스트리드를 힐끔거리곤 했다.

그녀의 머리카락은 폭포처럼 쭉 뻗은 칙칙한 갈색이 아니라, 후광처럼 헝클어진 초콜릿빛 곱슬머리였다. 그녀는 자주 자연스러운 웃음을 활짝 터트리며 완벽한 하얀 치아를 드러냈다. 그녀는 우리 교실 뒷줄, 창문과 제일 가까운 책상에, 교실 안팎의 사건들을 모두 감시할 수 있는 지휘석에 앉았다. 아스트리드는 선생님에게 의견을 내거나 질문에 답하는 데 절대 주저함이 없었고, 틀리더라도 당황하지 않는 것 같았다. 틀린 답이라는 것을 알면 그녀는 무심하게 으쓱하고 마는 반면, 나는 하나라도 실수하면 남은 수업 내내 당황해서 새빨개져 있곤 했다.

문법은 내가 악보를 안 보고 연주하는 피아노다. 나는 문법 규칙들이 언급된 해 이래로 학교를 벗어나 있었던 것 같다.

존 디디온은 1976년에 발표한 에세이 『나는 왜 쓰는가Why I Write』

에서 이렇게 썼다. 만일 자부심에 대한 수업이 있었다면 나는 틀림없이 놓쳤을 것이다. 내가 아는 것이라고는 아스트리드는 나로서는 이해 못하는 세상살이를 이해하는 것 같다는 게 전부였다. 지금도 그애에게 그것이 어떤건지 물을 걸 그랬다고 생각할 정도다.

그녀가 얼굴 한가득 미소를 지은 채 내 쪽으로 움직이는 것을 보면서, 얼굴을 빛내는 대상이 내 바로 뒤에 있는 누군가일 거라고 확신했다. 우리는 학교에서 거의 말을 섞지 않는 사이였다. 그녀가 나에게 할 말이 있다고 짐작하기는 어려웠다.

"너 보니까 너무 좋다!" 아스트리드가 말했다. "어떻게 지냈어? 아직 피아노 치니?"

다른 방향으로 대화를 이끌려고 시도했지만, 그녀는 그럴 생각이 추호도 없어 보였다.

"그래." 그녀가 말했다. "난 애가 셋이야, 믿겨지니? 그래도 정말, 네가 그 주제가를 연주하던 것은 한번도 잊지 않았……."

분명 진심일 리 없었다. 그녀가 뭘 말하려는 것인지는 알았지만, 그래도 진짜 그 말을 할 것이라고 믿기는 여전히 힘들었다.

"알잖아, 「스노이강에서 온 남자The Man from Snowy River」의 주제곡. 넌 환상적이었다고! 아직 피아노 치지?"

음악 수업 시간에 음침한 존스 선생님이 등장하기를 기다리는 동안, 나는 동급생들을 위해서 대중음악으로 장난질을 쳤다. 빌리 조엘, 엘튼 존, 「매시M★A★S★H」의 주제가, 영화음악들의 인기와 함께, 1980년대 초중반은 피아노 연주자들에게 인심 후한 시대였다. 제일 잦은 신청곡은 1982년에 개봉한 영화 「스노이강에서 온 남자」에서 나온 「제시카의 테마」였다. 이 영화음악은 인기가 얼마나 좋았는지, 30년 이상 지난 후에도 아마존의 1980년대 인기 영화음악 50위 안에 남아 있을 정도다. 나의 간판곡이던 「제시카의 테마」는 다음 세대의 어린 제시카들의 존재에 어느 정도 책임이 있었을 것이다.

나는 그 영화의 주연인 톰 벌린슨에게 가망 없이 홀딱 반한 유일한 10대가 아니었다. 그는 빅토리아주 시골의 외딴 고지대 출신으로, 지적이지만 교육은 제대로 못 받은 목동, 짐 크레이그를 연기한다. 그는 고용주인 유복한 지주의 고집 센 딸 제시카와 사랑에 빠진다. 시그리드 손턴이 연기한 제시카는 부모에게 반항하는 것은 어떤 것일까에 대한 나의 환상들을 충족시켰다. 나는 피아노 앞에 앉아서 세계여행을 꿈꾸었고, 집밥을 먹은 후 매일 밤 침실로 물러나 소설을 읽었다. 짐과 제시카의 연애는 수입이 거의 없거나 전혀 없는 10대들 사이의 연애 못지않게 현실적이다. 그러나 내가 그 사실을 알려면 장밋빛 안경을 벗어야 했는데, 열세 살 때 그 안경은 내 얼굴에 영구 장착되어 있었다.

학교의 정치적 위계에서 나는 고립적일 수는 있어도 중립적인 위치를 차지했다. 나는 같은 학년 여자애들 대부분과 우호적이지만 어느 파벌에서도 고정 멤버는 아니었으니, 일종의 사교계의 스위스였다. 피아노가 없었다면 다른 여자애들이 나에게 시간을 내는 일은 드물었을 것이다. 그러나 유행가들을 술술 풀어내는 한편 새로운 악보도 보자마자 연주하는 초견연주 능력은, 과학수사 같은 그들의 비판의 예봉에 내가 닿지 않게 만들었다. 피아노 덕분에 나는 제일 쿨한 여자애들이 악기의 보호가 없는 다른 서툰 얼간이들에게 자행한 사회적 박해로부터의 면역력을 누렸다.

세계에서 제일가는 멍청이 같은 기분이던 그 무렵에, 그들의 감탄과 존경을 비록 알지도 즐기지도 못했을지언정 받았다는 사실을 20년이 지나서야 깨달은 나는 큰 충격을 받았다.

나의 동창회는 음악 수업 전후에 유행가들을 신청받아서 연주하던 연주회로 바뀌었다. 성숙한 여성들은 추억을 불러오는 곡들을 합창했다. 「제시카의 테마」, 매시의 테마(「자살에는 고통이 없다Suicide is Painless」), 엘튼 존 메들리 말이다. 그들은 나를 여전히 작은 손으로 「뉴욕 스테이트 오브 마인드New York State of Mind」와 「앨런타운Allentown」을 술술 풀어내던, 빌리 조엘의 대변자로 기억하기도 했다.

당시 나는 이 곡들을 반복해서 연주하면서, 언젠가 등교를 위해 매일 아침 여섯 시에 일어나거나 어머니가 태워주는 데 기댈 필요가 없게 되면 뉴욕에서 살기를 꿈꾸었다. 뉴욕에 둔 마음이란 게 뭔지에 대해서는 아는 바가 없었다. 앨런타운이 어디인지, 공장들이 왜 문을 닫아야 하는지도* 마찬가지였다. 비록 앨런타운이 뉴저지주에 있다는 것을 배우긴 했지만 잘 알고 있는 뉴질랜드에 있었다면 더 좋았을 것이다. 사립 여학교의 격리적 보호 속에 있는 내가 창조적 비애와 직

---

* 「앨런타운」의 가사 중 "공장들은 모두 닫히고(they're closing all the factories down)"를 가리킨다.

업 불안정성에 대한 곡들을 연주한다는 것은 역설적이었다. 이 점이 다른 아이들에게도 나만큼 명백히 보였을까?

「스노이강에서 온 남자」로 스타의 반열에 오른 이후 톰 벌린슨은 영화 몇 편에서 연기하다가 발군의 프랭크 시나트라 흉내로 노래와 뮤지컬에서 성공적인 경력을 쌓았다. 그 무렵 나는 열세 살이었다. 아직은 한 사람의 인생과 우리가 그것에 대해 가지는 궁리들 사이의 관계에 대한 이해가 부족했고, 그가 대형 영화 스타가 되기를 기대했었다.

동창회에서 동기들은 내게서 서른일곱의 책벌레의 얼굴이 아니라, 멈춘 시간 속 강당의 스타인웨이 피아노 옆에 있는 음악적인 10대 소녀의 얼굴을 보았다. 나는 코앞에서 내가 마치 인구조사 요원이라도 되는 양 자신의 개인적, 직업적 통계 자료들을 풀어내는 여자와 그 무렵 많은 경우 아무 관계도 맺지 않았었다. 그 사실에, 그런 소녀의 이미지를 누가 내 머릿속에 각인이라도 한 것처럼 죄책감이 느껴졌다.

그래도 동창들의 인생 이야기들이 지닌 유사성에는 충격을 받았다. 그 이야기들은 나로 하여금 존 디디온의 또다른 유명한 문구를 떠올리게 만들었다.

우리가 스스로에게 이야기를 들려주는 것은 살아가기 위해서다.

나는 인구통계학에서 밝혀진 것보다 많은 여성들이 자녀를 셋 이상 가졌다는 것을 알게 되었다. 그리고 그보다도 더 많은 수가 우리가 성장했던 교외에서 살고 있다는 것을 알게 되었으며, 다수가 한 고용주 밑에서 10년 이상 일했다는 것 또한 알게 되었다. 우리가 서로에게 이야기를 들려주는 것은 함께 살아가기 위해서다. 이렇게 말하는 쪽이 더 적절할 것이다.

나는 존이 죽은 후 편안하고 친숙한 것은 모두 멀리하기를 갈망했고, 그래서 동창회에서도 남편을 떠나보낸 후 뉴욕으로 이주했다는 이야기만 고집했다. 하지만 이런 대화들이 확인해주었듯이, 남편이 있건 없건 내가 그들과 같은 종류의 삶을 살아가는 것은 절대 상상할수 없다는 게 현실이었다. 한 장소에서 10년간 일한다는 생각은 헌터 스힐로 돌아가서 산다는 생각만큼이나 머리를 어지럽게 만들었다. 그들 모두가 내가 아직 피아노 앞에 앉을 것이라고 기대한 것도 무리가 아니다. 그리고 아이들이라니?

젊은 나이에 혼자가 되었다는 비탄에도 불구하고, 존과 내가 절대 아기를 갖지 않았다는 사실은 꽤나 위안이 되었다. 내가 생각하는 부모 노릇은 일과와 반복에 바쳐진 집이라는 틀 안에서, 날마다 더러운 기저귀들을 비벼대며 끝없이 빨래하고 생색도 안 나는 식사 준비를 하는 것에 국한되어 있었다.

다른 한편, 동창회는 나의 이전 동급생들이 **와비사비**●적 미소를 머금고 묘사한 일과와 반복을 통해 축적된 명백한 이익들을 알아볼 수밖에 없도록 만들었다. 고정 수입, 가정생활, 지속적인 사랑, 혹은 뭐든

---

● 일본의 미의식을 대표하는 단어 와비사비(わびさび)는 부족하고 불완전한 것을 추구하는 미학을 의미한다.

몇 년씩 자녀를 양육한 부부를 결속시키는 접착제처럼 묘사되는 것.

사과는 나무로부터 먼 곳으로 떨어지지 않는다는 말을 생각해보았다. 다른 사과들이 널리 흩어졌기를, 그 결과 몇 개는 멍이 들었기를 기대하며 동창회에 왔지만 허사였다. 내가 반복이 아닌 차이를 기대한 것은 실수였다. 이 실수가 나의 비탄의 의도하지 않은 결과였다는 것을 이제는 안다. 단절을 향한 허기진 욕구가 나라, 경력, 내가 일을 하고 사랑하는 사람들과 이야기하는 데 선택하는 방식을 바꾸도록 이끌었다. 즉 화상통화를 통해서 말이다. 이 먼 거리가 주로 자초한 것임에도 불구하고, 나는 이들 서른일곱 살의 이 여자들로부터 열여섯 살 때 느낀 만큼의 거리감을 느꼈다.

그날 밤 나에게 말을 건 거의 전원이 내가 지난 20년간 '피아노로 무언가를 하고' 있을 것이라는 확신을 갖고 있었다. 그들 입장에서 나는 책 편집자가 아니라 음악가로 일하고 있어야 했다. 그들을 실망시켜서 미안했고, 내 삶이 기대와 딴판이라 놀라는 것에 당황했다.

그들만 놀랐을까? 솔직히 말하자면, 드러난 내 삶의 방식은 나 자신도 놀라게 만들었다. 30대 후반에 혼자 된 삶을 즉흥적으로 꾸려나가느라 애쓸 계획은 없었다. 그것도 이른바 긱 경제●에서 이런저런 것들을 끼워맞추는 자영업자로 말이다. 요즘 내가 하는 공연gig●●이라고는 그런 종류의 것뿐이었다.

●  정규직보다 계약직이나 임시직이 일반적인 경제.
●●  임시직과 공연의 두 가지 뜻이 있다.

동창회는 나를 크게 동요시켰다. 내가 동창들이 기억하는 만큼 좋은 피아니스트였다면 왜 직업 피아니스트가 되지 못했을까? 그 모든 집중적인 공부와 연습의 세월을 보냈으면서 왜 나의 음악성이 소멸되도록 두었을까? 연주를 익힌다는 것의 의미는 무엇이었을까? 그리고 만일 문장 대신 소리를 추구했다면, 내 인생은 어떤 것이 되었을까? 어느 팔자 좋은 여자가 뉴욕으로의 귀국 비행 전날 밤, 부모님 집의 손님용 침실에 누워서 자문할 법한 질문들이다. 교육을 받았고 선택을 했으니 말이다. 선택에는 후회와 자기회의가 필연적이다. 나의 선택으로부터 20년이 흘렀고, 하나의 길을 두고 다른 길을 선택한 누구나 그렇듯 나는 그 결과들과 살아가고 있다.

♬

수백만 명의 소녀들이 피아노의 역사 내내 연주를 배워왔지만, 재능 있는 여성 피아니스트들이 자신의 재주를 가지고 무엇을 할지에 대해 목소리를 낸 것은 비교적 최근의 일이다. 마리아 아나 모차르트 Maria Anna Mozart의 사례는 많은 재능 있는 여성 피아니스트들이 부딪혔던 상아 천장을 보여준다.

1763년, 이 열한 살의 피아노 영재는 남동생과 함께 수익성 높은 3년짜리 유럽 순회공연을 시작했고, 이중주를 공연해 잘츠부르크부터 런던까지 귀족 관객들의 혼을 빼놓았다. 아나 혹은 나네를Nannerl로 알려진 마리아 아나 모차르트는 노래를 불렀고, 하프시코드나 피아노도 연주했다. 볼프강 모차르트는 건반악기는 물론 바이올린도 연주했다. 아나의 야심만만한 아버지 레오폴트는 딸에게 세 살부터 피아노를 가르쳤고, 5년 후에는 그녀의 남동생을 가르치기 시작했다. 아나가 열두 살이 되자 레오폴트는 그녀가 유럽 최고의 피아니스트들 중 하나라고 선언했다.[1]

18세기에는 대중 앞에서 공연하는 여성 피아니스트가 극히 드물었다. 그런 일이 가능하려면 보통 괴물이나 예외로 찬양받아야 했다. 시각장애인 건반악기 연주자 마리아 테레지아 파라디스의 파리 및 런던 순회공연이 그런 경우였다.[2] 그밖의 연주자들은 외국인이나 어린이라는 참신함으로 관객을 끌어모았다.

그러나 1769년 아나의 뛰어난 재능에도 불구하고, 레오폴트는 딸이 더이상 순회공연에 나서거나 유료 관객들을 위해 연주하지 않도록 결정했다. 그녀가 당시 결혼 적령기인 열여덟 살이 되었기 때문이다. 이는 이 음악성 있는 소녀의 미덕이 그녀의 탁월한 기량보다 더 큰 문화적 힘을 갖기 시작했음을 의미했다. 레오폴트는 자신의 재능 있는 아이가 한 명의 관객 앞에서 기량을 과시하는 것은 다른 문제지만, 성인 여성이 대중 앞에서 공연하는 것은 수치스러운 일이라고 느꼈다. 딸의 능력에 대한 자신의 자부심과는 별개로 말이다.

1769년 12월, 아버지와 남동생이 이탈리아 공연을 위해 마차에 타자 아나는 흐느끼며 쓰러졌다. 그녀는 집에 머물렀다. 여기서 그녀는 스스로가 아닌 아버지가 자신을 위해서 선택한 가정적 역할들을 수행하게 될 것이었다. 그녀는 자기 방에 스스로를 가두었고 다음날까

지 나오지 않았다.[3]

여성 피아노 거장들이 흔히 그랬듯이, 아나는 어떤 여행도 불가라는 아버지의 교육방침에 따라 높이 평가받는 교사로 다시 태어났다. 모차르트의 솔로 경력이 시작되고 거의 10년이 지났지만 아나는 여전히 잘츠부르크에서 아버지의 살림을 돌보았다. 사랑하는 남자의 청혼을 거절하라고 아버지가 강요한 탓에 결혼도 하지 않았다. 레오폴트는 자신의 결정들이 어떤 식으로 딸의 개인적, 직업적 기회들을 제한했는지 잊었거나 아니면 인식도 못한 채, 남동생에게 보내는 편지에서 딸의 음악성을 뽐냈다. "넌 못 믿겠지만 그 아이는 즉흥연주가 가능해." 1778년 2월에 쓴 편지에서 그는 연주를 하며 즉석에서 음악을 창작하는 아나의 능력을 언급했다.[4]

즉흥연주는 성격상 기보(음악을 표기할 수 있는 능력)를 위한 것이 아니기에 아나의 연주는 기록으로 남아 있는 것이 없다. 그녀는 서른둘의 나이로 훨씬 나이 많은 남자와 결혼했다. 두 번이나 아내와 사별했고 다섯 아이를 가진 판사였다. 아나는 그 아이들에 더해 부부 사이에서 낳은 아이 셋까지 양육하면서 용케 교사 노릇까지 했다. 여러 일을 동시에 하는 사람들에게는 효과적인 훈련이 될지도 모르겠다.

1777년 10월 아나의 남동생은 바이에른 선제후국의 도시 아우크스부르크로 가서 요한 슈타인을 만났다. 그의 수제 피아노는 이 작곡가에게 깊은 인상을 준 바 있었다. 모차르트의 방문 중 슈타인의 여덟 살짜리 딸 나네테가 그를 위해 연주했다. 조숙한 거장으로서 그녀는 대중공연에 익숙했지만, 모차르트가 그녀의 아버지에게 던진 종류의 비판에는 그렇지 못했다. 그는 자신의 아버지에게 보낸 편지에 그 내용을 기록했다.

슈타인 씨는 자기 딸에 대해선 완전히 바보예요. 그 아이는 여덟 살이고 모든 걸 외워서만 익혀요. 어느 정도까지는 될지 몰라요, 천재성을 갖고 있죠. 그렇지만…… 그 아이는 아무 데도 못 갈 거예요, 빠른 속도는 절대 못 얻겠죠. 묵직한 타건을 위해 특별히 노력한다니까요. 그 아이는 음악에서 가장 필요하고 어려운 것이자 가장 중요한 것을 절대 얻지 못할 거예요. 바로 템포 말이죠. 왜냐하면 유아기부터 지금까지 언제나 속도에 맞추지 않는 것을 중시했으니까요.[5]

템포, 즉 어떤 곡이 연주되어야 할 속도는 음악성이라는 개념의 핵심적인 역설들 중 하나다. 젊은 피아니스트가 템포에 맞게, 즉 꾸준한 속도로 연주하는 데 전념하면 할수록 더 빠르게 연주할 수 있게 된다. 심지어 정해진 속도가 굼뱅이 같더라도 그렇게 된다. 기교가 조급함을 따라잡는 것이다. 모차르트는 나네테의 서두르는 경향, 암보暗譜와 묵직한 타건에 대한 선호를 알아차린 것과 같은 글을 18세기 후반이나 19세기 후반, 심지어 20세기 후반까지도 피아노 연주를 배운 수천 명의 어린 소녀들을 두고도 얼마든지 쓸 수 있었을 것이다. 내 자신까지 포함해서 말이다.

1792년 슈타인이 사망하자 스물셋의 나네테는 아버지의 사업을 인수했다. 그녀가 테크닉에 대한 모차르트의 충고에 귀를 기울였을지는 아무도 모르는 일이다. 그러나 그즈음 피아노 제작 방법에 대해서는 누구보다 많이 알고 있었다. 가족 사업을 악기 수요가 급증하고 있던 비엔나로 옮긴 것을 보면 사업 감각 역시 확실했다. 1794년에는 아버지를 드러내면서도 결혼 후의 성(나네테 슈트라이허, 결혼 전 성은 슈타인)을 내세운 새로운 사업체의 총 책임자로 취임했다. 그녀의 업체는 사실상 최초의 피아노 공장들 중 하나였다. 그전까지 손으로 제작했던 슈타인의 생산량은 연간 17대 정도였다. 그러나 나네테의 업체는 같은 기간내 49대에서 53대를 생산했다.[6]

나네테의 전문 지식과 사업 수완에 힘입어, 피아노는 유럽에서 귀족과 가장 부유한 상인들의 집에서 탐나는 가구가 되고 있었다. 그리고 고가의 제품이 으레 그렇듯, 곧 신흥 기술이 피아노를 배타성으로부터 해방시켰다. 오래 지나지 않아 유럽과 미국 전역에서 나네테의 업체 같은 공장들이 갑자기 생겨난 덕분에, 생산은 급성장한 빅토리아시대 중산층의 수요를 충족시킬 만큼 증가했다. 아서 뢰서가 1954년에 발표한 『남성, 여성, 피아노 — 하나의 사회사Men, Women, and Pianos: A Social History』에 의하면, 1847년 즈음 파리에서만도 연간 6만 대가, 잉글랜드에서는 2만 대가 제작되었다. 피아노는 발명된 지 채 몇 십 년도 안 되어 "중산층 가정의 사회적 닻"이 되었다.[7]

피아노는 아나 모차르트에게 그랬듯 나네테의 인생을 형성했지만, 아마 그녀가 어린 시절 상상했던 것과는 다른 식이었을 것이다. 그녀가 재능 있는 여성 피아니스트의 역사에서 의미를 가진 것은, 자신의 음악성을 번성하는 사업으로 바꿈으로써 여러 세대에 걸친 모든 사회 계급의 소녀들을 피아노 앞으로 안내했다는 데 있다.

예술의 산물인 것 못지않게 상업의 산물이기도 한 피아노는 산업 혁명과 함께 보조를 맞춰 걸어갔다. 이 악기는 대규모 생산에서 다른 나라들과의 경쟁에 직면한 최초의 소비재들 중 하나였다. 전 세계 연간 생산은 19세기 후반 동안 거의 열 배로 증가했다. 1910년에 이르자 생산량은 50만 대에 이르렀다. 그러나 피아노가 기술 및 제조와 맺은 최첨단 관계에도 불구하고, 이 악기의 연주는 소년들보다는 소녀들을 위한 취미로 여겨졌다. 『걸즈 오운 애뉴얼The Gril's Own Annual』• 1881년 판에는 피아노를 어떻게 구입하고 관리할지에 대한 상담란이 있었다.[8]

1871년에 출간된 별난 베스트셀러이자 영적, 음악적 선언인 『음악과 도덕Music and Morals』에서 H. R. 하이스 목사는 "피아노는 소녀가 똑바로 앉고 세세한 것들에 주의를 기울이게 만들며", 한편 라틴어 문법은 소년의 기억력을 강화시킨다는 부조리한 주장을 폈다.[9] 이 선량한 목사가 혹시 모차르트 「피아노 소나타」를 외우려고 해본 적이나 있는지 모르겠다. 자세로 말하자면, 세세한 것에 대한 주의와 암기가 집중적이고 반복적으로 결합되면 어떤 결과를 가져왔는지 나는 기억하고도 남는다.

모든 사람들이 피아노를 완벽히 행복한 가정생활을 위한 필수적 존재로 여긴 것은 아니었다.

• 『걸즈 오운 페이퍼(Girls Own Paper)』는 1880년부터 1956년까지 발행된 소녀 대상의 주간지다. 애뉴얼은 그해의 좋은 기사들을 추려서 1년에 한 번씩 발행되었다.

아마도 음악 교사들만 빼면 모든 사람이 오늘날 피아노가 우리 곁에 너무 많다는 데 동의할 것이다.

『브리티시 메디컬 저널British Medical Journal』 1899년 4월호는 이렇게 선언했다. 저널은 피아노를 배우는 학생 대부분에게 "시간, 돈, 노력의 가증스러운 낭비"인 음악 교습에 반대하면서, "평범한 지성의 소녀가 사실은 좋아하지 않고 이해할 수도 없는 예술과의 무익한 분투에 들인 시간만으로 유럽 언어의 절반은 배울 것이다"라고 주장했다.[10]

이런 판단이 사실이건 아니건 피아노는 제1차세계대전 이후 가정생활의 중심 자리를 잃었다. 축음기, 자동 피아노, 여성의 경제적 기회 확장과 함께 평범한 지성의 많은 소녀들이 다른 할 일을 발견했다. 내가 이 악기를 배우기 시작한 1977년 즈음에는 프랑스 철학자 롤랑 바르트가 이렇게 질문하고 있었다.

오늘날 피아노를 연주하는 자는 누구인가?[11]

이 문제를 제기한 에세이 『무지카 프라티카Musica Practica』에서, 바르트는 아마추어 음악가에게만 가능한 아마추어 음악성의 쇠퇴를 묘사한다. 그는 "처음에는 나태한 (귀족) 수업 분야였다가, 부르주아(피아노, 젊은 숙녀, 응접실, 녹턴) 민주주의의 도래와 함께 무미건조한 사회적 의례가 되었고, 그러다 완전히 희미해졌다"고 썼다. 그가 묘사한 간략한 역사에는 19세기 후반에 피아노를 위신을 얻는 입장권으로 받아들인 수백만의 노동계급 가정이라는 커다란 구멍이 존재한다.

수천 명의 중상류층 소녀들이 거실에서 장래의 남편들을 위해 녹턴을 연주하는 동안, 노동계급 가정들에서는 19세기 중엽 업라이트 피아노를 구매할 수 있게 되면서 폭발적인 수요를 일으켰다. 업라이트 피아노는 그랜드피아노보다 방에 어울리기 쉽고 훨씬 저렴하다. 또한 한 대 정도 갖기를 열망하는 가정들에 부응하여, 피아노 제작자들은 할부 구입 제도를 창안했다. 이 방법으로 판매된 최초의 상품이 피아노라는 이야기다. 주문 시점에 전액을 지불할 능력이 없는 사람들은 보증금만으로 배달받은 후, 피아노를 완전히 소유하게 될 때까지 다달이 상환금을 내는 것이 가능했다. 이 제도는 너무나 성공적이라는 것이 입증됐고, 1892년쯤 되자 할부 구입이 전체 피아노 판매의 70퍼센트를 차지했다.[12]

1920년에 출간된 『사랑에 빠진 여인들Women in Love』에서 D. H. 로런스는 피아노가 어느 광부의 가정에 제공한 "수직으로 솟은 놀라운 높이의 장엄함"에 대해 쓰면서 진실에, 즉 피아노가 상징하는 것에 접근한다.

이는 그를 이웃 광부들의 눈에 너무나도 높아 보이게 만든다. 그는 이웃의 의견에 비쳐진 스스로를 본다…… 피아노의 힘을 딛고 몇 피트 더 커진 모습이고, 그는 만족한다.

피아노 연주의 즐거움은 계급이나 테크닉의 경계를 모른다. 『무지카 프라티카』에서 중산층인 바르트는 우리가 귀 기울여 듣는 음악과, 아마추어가 가정에서 연주하면서 소리와 의미를 악보로부터 악기로 전송하며 자신의 육체에 '각인'하는 '실용 음악'을 구별한다. 바르트의 경우에는 주로 로베르트 슈만을 '각인'했다. 그는 어머니를 위해 매일 아침 슈만을 연주하면서 60년을 함께 살았다. 우리는 연주하며 만지고 보고 듣는 것을 통해서, 바르트가 말했듯이 음악을 육체적으로 새길 수 있다. 그러나 연주 중이 아닐 때도, 일평생 음악과 함께 만들고 가진 긍정적이고 부정적인 기억과 연상을 통해서 육체에 각인하는 것이 가능하다.

아마추어 피아니스트들은 어린 시절 익힌 음악을 성인이 되어서도 답습하는 경향이 있다. 상상 속에서는 이치에 맞지 않을 정도로 거대해 보이는 작품들의 레퍼토리에서 크게 벗어나지 않는 것이다. 1775년에 출생한 제인 오스틴은 근면한 피아노 교습생이었다. 그녀는 아버지와 나머지 가족을 위해 차와 토스트로 아침식사를 준비하는 아홉 시전에 날마다 연습했다.[13]

18세기의 마지막 4반세기는 루트비히 베토벤이 작곡을 하고 모차르트가 유명세를 떨친 시대였지만 그녀의 소설들에는 등장하지 않는다. 오스틴의 여주인공들은 프란츠 하이든, 프란츠 호프마이스터, 이그나즈 프레엘, 요한 프란츠 슈테르켈의 작품들을 연주한다. 그녀가 10대 때 익힌 음악의 작곡자들이었다.[14] 피아노를 배우는 학생으로서 나의 성 삼위일체는 요한 제바스티안 바흐, 모차르트, 베토벤이었다. 우리가 먹는 것이 곧 우리 자신인 것과 동일한 방식으로, 우리는 우리가 연주하는 것이 된다. 이 원칙은 아마추어 음악가뿐 아니라 직업 음악가에게도 유효하다.

**아마추어**. 이탈리아어 **아마토레**amatore에서 온 프랑스 단어이며, 이것은 다시 라틴어 **아마토르**amator 혹은 연인에서 유래했다. 옥스퍼드 영어 사전의 수줍은 표현에 의하면 아마추어는 '무언가를 좋아하는' 혹은 '무언가에 대한 취향을 가진' 누군가다. 그러나 좋아한다는 단어는 내게 사랑하다는 단어의 파스텔 버전처럼 보인다. 연인이라는 단어가 들릴 때는 선명한 원색으로 칠해져 있다. 엉망이 된 침대시트, 벌어진 입술, 격렬한 수고를 쏟을 가치가 있는 보상이 떠오른다. 아마추어 축구팀, 니들포인트 광, 휴대전화 사진가, 지역 극단 중독자, 개러지 밴드의 동력은 열정이지 좋아함이 아니다.

아마추어는 자신이 사랑하는 것을 연습하는 데 시간을 들이기로 결정한 사람이다. 그리고 대개의 경우 그렇게 함으로써 금전적 보상을 바라거나 기대하지 않는다. 이는 오늘날 점점 더, 완전한 노골적인 반감까진 아니라도 의혹을 일으키는 태도이다. 기술이나 지식을 '돈으로 바꿀' 계획 없이 열정을 추구하는 사람은 현명하기보다는 바보스럽게 여겨진다. 형용사 형태인 아마추어적은 보수가 전부인 전문가적의 반대어로 정의된다. 그 결과, 아마추어 하면 연상되는 것은 기술 부족이다.

♬

고등학교 동창회에 왔던 이들이 알지 못한 사실은, 내가 극적인 실패를 겪은 후 직업 음악가가 되지 않겠다는, 더 명확히 말하자면 될수 없다는 결론을 내렸다는 것이었다. 집중 연습과 정기 공연으로 점철된 청소년기를 보낸 후, 나는 피아노에 대한 사랑을 단념할 수밖에 없었다. 그후로 줄곧 아마추어로 존재하는 것에 수치심을 느꼈고 연주 자체를 즐기는 것이 불가능했다. 나는 연주 기회들을 모조리 포기했고, 누구라도 내가 연주하는 것에 귀를 기울이는 것을 혐오하게 되었다. 내 귀에는 매일 몇 시간씩 연습하던 때 연주하던 것과 지금 연주하는 것 사이의 격차밖에 들리지 않았다.

동창회 후, 내가 엄청난 실수를 저질렀을지 모른다는 의혹에 괴로웠다. 성인기에도 대부분 키보드나 업라이트피아노와 함께 살았지만, 내 연주는 주로 무성의하게 느껴졌다. 2006년 뉴욕으로 이주하고는 기우뚱한 키보드마저 더이상 아파트에 없었다. 혼자 된 상황에서는 동창들로 가득한 강당에서 피아노 뒤에 숨어 있던 청소년 시절 못지 않은 고립감을 느꼈다. 20년 후의 동창회는 어릴 때 피아노에 전념했던 것이 내가 완전히 이해하지 못하는 방식으로 삶을 변화시킨 게 아닐까, 이 악기로부터 스스로를 끊어냄으로써 무언가를 상실한 게 아닐까 의심하게 만들었다. 수년간 자발적으로 선택한 동면 후, 동창회는 내가 다시 연결되기를 갈망한다는 것을 인정할 수밖에 없게 만들었다. 다른 사람들과, 그리고 피아노와 말이다.

♫

1840년 작곡가 겸 피아노 교사 카를 체르니가 『젊은 숙녀에게 보내는 서신, 피아노포르테 연주 기술에 대하여—기초부터 최고급 수련 단계까지Letters to a Young Lady, on the Art of Playing the Pianoforte: from the earliest rudiments to the highest state of cultivation』를 출간했다. 19세기의 이상적인 피아노 교습생은 명망 있는 가정 출신인 결혼 적령기의 젊은 여성이었다. 이 책의 출간 무렵에는 그들 중 수천 명이, 모두 열정적이지는 아닐지언정 적극적으로 연주를 배우고 있었다.

베토벤의 스타 학생들 중 하나로 유명했던 체르니는 자화자찬이 천성이었다. 한 해 전에는 네 권짜리 『위대한 피아노포르테 학교Great Pianoforte School』를 출간하며, 품위 있는 어조로 "이 악기를 위해 지금껏 출간된 것들 중 비교 불가로 가장 광범위하고 완벽한 교수법"이라고 설명한 바 있었다. 어머니는 자화자찬은 추천이 아니라고 자주 말했다. 그러나 체르니의 뻔뻔함은 교사로서의 명성이라는 불꽃에 부채질을 할 뿐이었다. 『젊은 숙녀에게 보내는 서신』에서 그는 미개척 시장을 찾아냈다. 피아노를 공부하는 어린 소녀들, 혹은 더 정확히 말하자면 돈을 내는 그 부모들 말이다. 그리하여 그의 명성이 퍼져나갔다.

체르니는 세실리아라는 이름의 가상의 초심자에게 10부작 편지를 쓴다. 그녀는 '먼 시골에 거주하며 재능 있고 좋은 교육을 받은 열두 살 정도의 소녀'로 상정되었다. 상류층인 세실리아의 부모는 딸이 건반 기술을 습득하도록 이를 지원했다. 그들은 피아노를 바람직한 독신 남성을 사로잡기 위해 몇 년이나 지속될 전투에서의 전술적 장점으로 간주했다. 그들은 "피아노포르테 연주는 비록 모든 사람에게 적합하지는 않을지언정 여전히 젊은 숙녀들에게 가장 매력적이고도 명예로운 업적들 중 하나다"라는 체르니에게 동의했다.[15] 체르니가 여기서 돈 벌 기회를 포착한 즈음, 이 분야는 도래한 지 거의 한 세기가 지난 참이었다.

1751년에서 1777년 사이 출간된 시리즈인 『백과전서Encyclopédie』에서, 철학자 겸 비평가 드니 디드로는 "여성 교육에서의 주요 장식품들 중 하나"로 피아노를 들었다. 이런 믿음은 너무나 널리 퍼져 있어서 1830년대에는 여성 악보 제작자들의 대량생산 시장 복제본들이, 오늘날 로베르 두아노의 사진 「시청 앞에서의 키스」의 인쇄본만큼 널리 판매되었다. 그 세계의 세실리아들에게, 그들의 아마추어로서의 음악성은 피아노 자체만큼이나 장식품, 즉 부와 사회적 지위를 뜻하는 비싸고 호화로운 가구였다.

1774년에 발표된 괴테의 『젊은 베르테르의 슬픔The Sorrows of Young Werther』에서 상사병에 걸린 주인공은 피아니스트 샤를로테에 대한 열정에 휩쓸린 나머지, 자신의 고통에서 벗어나는 유일한 길은 자살이라고 결심했다. 그러나 한 세기가 지나 빅토리아시대 사람들은 피아노를 감정적인 소녀들을 위한 분출구로 묘사하는 솜씨를 보여주었다. 에드몽 드 공쿠르는 피아노를 "숙녀의 대마초"로 묘사했다.

한편 하이스 목사의 베스트셀러 『음악과 도덕』은 다른 표현 창구가 없는 억눌린 감정들의 분출을 겁낸 부모들과 목사들의 구매로 16판을 찍었다. 『브리티시 메디컬 저널』은 "너무나 많은 어린 소녀들이 고통받는 위황병과 신경증"의 책임을 피아노 연습에 돌리는 비판적 진단을 내림으로써, 음악에 대한 인간의 일차적 반응을 성 편향적 병리학으로 바꿔놓았다.

피아노 앞에 앉은 여성은 너무나 강력한 문화적 테마이기에 자주 희화화되었다. 1880년 프랑스 일러스트레이터 겸 카투니스트 드라네르는 오른손으로 피아노를 연주하면서 왼손으로는 스토브 위의 냄비를 휘젓는 여성을 그렸다.[16] 이 장난스러운 그림에는 현실도 담겨 있었다. 19세기 후반에는 대부분의 여성 피아니스트들이 세실리아 같은 신진 소귀족들이 아니라 1895년 글래스고에서 출생한 나의 할머니 앨리스 같은 노동계급의 딸들이라는 사실이었다. 다시 말해, 성장하면서 피아노뿐 아니라 나무 주걱을 연주하는 방법도 알게 될 소녀들이었다.

## 피아노 앞의 소녀들은
## 어디로 갔는가

할머니가 미소를 지을 때면 낡은 피아노 건반 빛깔의 완벽한 가짜 치아가 드러났다. 그녀는 미소를 마치 암살자가 숨겨둔 무기처럼 예기치 않은 순간에 활용했다. 그녀는 1970년대 후반 시드니 남서쪽 변두리에 세워진 원 트리 포인트라는 곳에서 살았다. 나는 그녀를 방문하는 것이 두려웠다. 헌터스힐에서 출발하는 대장정이 벌어지는 것은 이따금 아버지가 아침식사로 우리에게 팬케이크를 만들어주는 일요일이었다. 마치 흩뿌린 설탕이 긴 자동차 여행과 여전히 그 앞에 있는 더 긴 체류라는 레몬주스를 달콤하게 만들어주기라도 하는 것 같았다.

나는 어머니의 얼굴을 읽기 위해 부엌 식탁의 맞은편을 힐끔거렸다. 그녀는 늘 같은 자리에, 남쪽인 내 자리의 북쪽에 앉았다. 지리학적으로 정확히 말하자면 그 반대였지만, 당시 나의 방향 감각은 나의 나머지 부분만큼이나 미발달해 있었다. 잠시 눈을 감고 입을 앙다문 어머니의 표현 방식에서 어머니 역시 가고 싶지 않다는 것을 알았다. 어머니는 침묵하고 있었지만 나에게는 고요 속 모든 음이 들렸다.

두 시간 정도로 느껴지는 여정 후, 우리는 줄줄이 똑같이 늘어선 피처럼 붉은 벽돌 건물들 중 하나인 할머니의 작은 집 밖에 주차했다. 그 집은 패드스토 급수탑에서 멀지 않았는데, 그 탑은 누가 봐도 UFO인 것을 숨기려고 콘크리트로 덮어씌운 것처럼 보였다. 할머니가 뉴사우스웨일스주 중서부의 작은 마을 요벌에서 이곳으로 옮긴 것은 자진해서는 아니었다. 남동생과 나는 아버지의 차에서 기어나왔다. 도착했다는 것은 우리의 왕복 여행의 반환점에 더 가까워졌다는 의미였다.

앨리스 로이드는 대문을 열고 앙증맞은 콘크리트 층계참에 올라서 있었다. 질질 끄는 실내용 슬리퍼와 올이 굵어서 치실질을 하고도 남을 살색 팬티스타킹에도 불구하고, 그녀는 제왕적 분위기를 자아냈다. 그녀는 버킹엄 궁전 테라스에 서 있는 엘리자베스 여왕의 근엄함을 지니고 우리가 계단 네 단을 올라와 인사하기를 기다렸다.

"자자, 인사하렴." 나를 그녀가 있는 쪽으로 재촉하며 아버지가 말했다. 차에서는 남동생이 어머니의 치마에 매달려서 달라붙어 있었다.

나는 계단참에 까치발을 하고 서서 노부인에게 키스를 했다. 그녀의 입술은 내 뺨을 스치며 오므라든다거나 소리를 낸다거나 하지 않았다. 잿빛이 도는 백발의 구레나룻이 따끔거렸고 옷에 밴 담배 냄새가 났다. 그녀는 포옹 대신 한 손으로 내 어깨를 움켜잡아서 뼈가 앙상한 손가락 하나하나를 느낄 수 있었다. 그녀는 나를 죽도록 무섭게 만들었지만 안으로 따라 들어가는 것 말고는 선택의 여지가 없었다. 할머니의 집에서는 늘 주전자가 끓고 있었다.

나머지 가족이 우리와 합류할 즈음이면 손뜨개 티코지를 씌운 찻주전자가 부엌 식탁 위에 카페인을 함유한 트로이의 목마처럼 안착해 있었다. "어미 노릇을 해야지." 앨리스는 선 채로 진한 홍차를 꽃무늬 도자기 찻잔에 따르면서 말했다.

앨리스가 차를 건넬 때면 찻잔 받침 위의 잔이 가볍게 떨렸고, 나의 눈은 그녀의 얼룩진 손가락 끝에 고정되었다. 아버지는 손가락들이 칙칙한 겨자빛을 띠는 것은 궐련을 직접 말기 때문이라고 설명했다. 하지만 목적이 궐련을 피우는 것이라면 왜 직접 마느라 시간을 낭비하는지 나는 이해할 수 없었다.

"할머니께 네 소식을 말씀드리렴." 아버지가 부추겼다.

나는 쑥스러워하며 말했다. "저 피아노 배우기 시작했어요." 아버지가 어릴 때 어머니가 피아노를 가르쳤다고 늘 말했음에도, 집 안에는 피아노가 없었다. 나는 아버지가 입양되었다는 것을 알고 있었고, 내가 연주를 배운다고 가족 전통을 잇거나 하는 것은 아니었다. 하지만 나는 부모님을 실망시키고 싶지 않았다. 결혼생활 11년 만에야 내가 태어났고, 때늦게 등장한 순간부터 나의 과제는 언제나 선뜻 승낙하기였다.

"피아노라고?" 할머니의 무성한 흰 눈썹이 두꺼운 안경 위에서 치켜올라갔다. "좋구나." 그녀는 예상 밖의 미소를 발사하며 말했다. 이어 그녀는 차를 한 모금 마시고는 의치를 빼며 말했다. "너도 알겠지만, 제일 중요한 것은 연습이란다."

불편한 고요함이 내려앉은 가운데 벽시계의 똑딱거리는 소리만 간간이 끼어들었다. 집에서 저녁 식탁에 둘러앉아 벌어지는 대화를 주도하는 것은 경제성이었다. 나는 더이상의 이야기는 없으리라는 것을 이해했다. 아버지는 미소를 보내고는 안심하라는 듯이 내 다리를 토닥였다. 그는 실망했지만 아마 놀라지는 않았을 것이다. 아버지도 누나인 고모 샬럿도 피아노를 연주하지 못했다. 그들의 어머니는 다른 사람의 아이들에게는 피아노를 가르쳤지만, 자신의 아이들에게는 그러지 않았다.

18개월 후인 1978년 겨울, 할머니가 돌아가시자 아버지는 요벌까지 먼 길을 운전해 우리를 데려갔다. 그레이트 웨스턴 고속도로를 통해 접근하다가 '서부에서 제일 큰 작은 마을'의 입구라고 선포하는 표지판과 맞닥뜨렸다. 그 당시조차 나는 이 주장을 회의적으로 평가했다. 금속으로 된 그 플래카드에 숭숭 뚫린 총알구멍들과 사람들의 부재는 덤이었다. 햇빛에 바랜 키 큰 덤불이 쓸쓸한 교차로에서 펄럭거렸다. 무너져가는 나무 울타리가 밀밭을 두르고 있었다. 당시 최신 인구 추산치가 겨우 293명인 요벌에서 비막이 판자를 댄 초소형 교회의 문들이 잠겨 있는 것은 침입자를 막기보다는 부추기는 것처럼 보였다. 마을은 흡사 버려진 B급 서부영화 세트 같았다.

요벌에서 유일하게 내세울 것이라고는 밴조라는 이름으로 더 유명한 앤드루 바턴 패터슨이 1860년대 후반에 생의 첫 5년을 보낸 장소라는 사실이다. 그는 기존 마을의 명칭에서 따온 이름의 버킹바 스테이션 농장에서 성장했다. 버킹바의 이름이 요벌로 바뀐 1882년, 젊은 패터슨은 명망 높은 시드니 중등학교의 최근 졸업생으로서 시드니의한 법률 사무소에서 수습 직원으로 일하고 있었다. '밴조'라는 이름으로 발표한 시들이 잡지 『불러틴Bulletin』에 등장하기 시작하려면 3년을더 있어야 했다. 그의 가장 유명한 작품인 「스노이강에서 온 남자」는 1890년 이 잡지에 처음으로 게재되었다.

1934년 출생 직후 입양된 아버지는 곤충떼와 가뭄이 창궐하는 작은 밀 농장에서, 동전 한 푼까지 아끼는 다정한 부모와 함께 성장했다. 토끼 가죽을 벗겨서 용돈을 벌었는데, 그의 말에 의하면 때로는 바닥을 너무 많은 토끼들이 덮고 있어서 "땅이 일어나서 걸을 것 같았다." 가족은 결국 농장을 떠나 요벌에 있는 단층 주택으로 이사갔다. 거기서 아버지 조지 로이드는 영농 기계부터 갓 낳은 계란까지 무엇이든 판매하는 영농 보조 사업을 인수했다.

나는 아버지의 차 뒷좌석으로부터 수수하다는 말로는 너무 수수한, 비막이 판자를 댄 버려진 집을 응시했다. 여름이면 안이 빵이라도 굽는 것처럼 달아올랐을 것이다. 그 집은 진짜처럼 보이면서도 동시에 가건물처럼 보이는 것이, 마치 실망의 박물관에서 잊힌 전시물 같았다. 아버지는 고사하고 그 누구라도 그 안에서 사는 것은 상상하기 힘들었다. 나의 무시무시한 할머니와 피아노 수업을 하기 위해 그 칙칙한 층계참 위에 나타나는 것도 마찬가지였다. 대단한 일은 아니었다. 그러나 앨리스는 그 대단치 않은 일을 30년 이상 해왔다.

아버지의 추억 여행을 어머니가 전반적으로 못 참는 데다 뒷좌석에서 계속되는 남매간의 언쟁에 치이다보니, 그 안쓰러운 관광지에 오래 머무르지는 않았다. 내가 시골생활 하면 구약성서를 떠올리게 된 것은, 그 시골 관광의 열기, 먼지, 적막감, 그리고 아버지가 해준 토끼와 메뚜기 이야기들에서 느낀 공포 탓이었다.

♫

몇 년 전 다시 한번 부모님과 함께 나이든 여성을 방문하기 위해 시드니 교외로 여행했다. 이번에는 샬럿 고모였는데, 아버지의 누나이고 이 도시의 변두리에 살고 있었다. 양과 소가 안전하게 풀을 뜯던 구릉지는 30년이 지나자 일종의 소수민족 거주지가 되었다. 그곳은 4분의 1에이커 단위 블럭마다 계획적으로 건설한 똑같은 단층집들로 이루어져 있었다. 우리는 가족 모임에서 여전히 성찬식의 와인 못지않은 필수품인 찻주전자 앞에 앉았다. 바로 옆집을 방문했다 막 돌아온 차였는데, 그 집에서는 샬럿의 딸이자 나의 예순을 넘긴 사촌 브로닌이 혼자 살고 있었다.

여자들은 성장하면 어머니를 닮는다는 말이 있다. 이 말의 건축적 메아리라도 되는 것처럼 두 집의 외관은 정확히 똑같았지만 내부의 배치는 달랐다. 사촌의 거실 벽에 줄줄이 앉아 있는 도자기 인형들의 무표정한 눈빛들은 나를 섬뜩하게 만들었다. 그것들은 공포 영화에서 튀어나온 것처럼 보였다. 이 미의 복제품들은 신탁 자금과 하버드 MBA가 아니라 온전한 처녀막과 피아노 연주 능력이 궁극적인 사회적 가치를 대변하던 시대의 출신이었다. 어깨를 나란히 하고 앉은 장밋빛 뺨의 아가씨들은 긴 비단 드레스를 입고 있었는데 분홍, 노랑, 연보라, 그리고 피할 수 없는 하양이 섞여 있었다. 그들은 차려입었지만 갈 곳은 없는 채, 절대 구체화되지 않을 미래를 응시했다.

샬럿의 집에서 차를 홀짝이다보니 어느 쪽이 더 불편한지 정할 수 없었다. 브로닌의 인형 수집품의 규모인지, 아니면 그녀가 부모님 옆집에서 산다는 사실인지 말이다.

첫 잔이 비어 가자 샬럿은 떨리는 무릎을 짚고 천천히 식탁에서 일어섰다. "너한테 보여줄 게 있단다." 그녀는 재봉실 쪽으로 느릿느릿 걸으며 말했다. 몇 년 전까지 이런 종류의 조짐이란 곧 집에서 만든 태피스트리를 받아 집에 가서 서랍장에 숨겨두게 되리라는 통보였다. 이제 고모는 80대 후반의 나이로 인터넷을 접하고, 족보를 연구하며 수집한 가계도들에 지치지도 않고 열광했다. 한때 재봉과 숫자 색칠공부*에 바쳐졌던 이 방은 이제 샬럿의 조사본부였다.

놀랍게도 고모는 자기 어머니의 음악성과 관련된 서류 뭉치를 움켜쥐고 돌아왔다. 1912년 4월, 열여섯 살의 나이로 앨리스 메이 모리슨 테일러는 암보, 시간, 곡조, 시창 시험을 통과해서 초급 자격증을, 그러고는 겨우 5개월 후 중급 자격증을 획득했다. 중급 자격증

---

* 도안의 칸마다 쓰인 숫자에 맞는 색으로 칠하게 되어 있는 색칠공부 세트.

의 장식적인 글씨는 앨리스가 시창, 청음, 상급 합창에서 글래스고 토닉 솔-파 칼리지의 요건을 충족시켰다고 선언했다. 그녀는 이 두 업적 사이인 1912년 5월에 1등급 기보 시험을 통과했고, 이듬해 1월에는 음악 이론에서 초급 자격증을 받았다. 공연 기록 자료들과 합창단 지휘자로의 추천서들도 있었다. "그녀는 대단히 근면하고 열성적인 음악가입니다. 그녀가 지원할 그 어떤 중요한 직책에도 기꺼이 추천합니다." 그녀의 선생이자 그 지역에서 존경받던 음악가 프레더릭 허비는 가르친 지 2년이 채 지나지 않아 이렇게 썼다. "앨리스는 늦깎이가 아니라 일찍 깨우치는 사람이었다."

이 자격증들과 극찬하는 추천서들의 대상이, 10년 후 뉴사우스웨일스주의 외딴 밀 농장에서 토끼 역병과 끝없는 먼지와 싸운 사람과 동일한 여성이라는 사실을 믿기 힘들었다. 음악성이 빼어난 여성이었다는 증거와, 유머 감각이 없어서 툭하면 화내는 '여성'이었다는 가족 일화를 조화시키는 것도 불가능했다. 부엌의 달력에 동네의 결혼식들을 적어두어서, 그 부부의 첫아이의 출생일로부터 어느 결혼식이 아이가 생겨서 억지로 한 것인지 점찍던 '아내'와도 어울리지 않았다. 아들의 크리스마스 선물인 카디건에 기뻐하다가 고른 사람이 며느리라는 것을 알고, 어울리지 않으니 데이비드 존스 백화점으로 가서 반품했던 '어머니'와도 마찬가지였다.

유치원 시절 할머니에 대한 기억을 떠올리려는 노력으로, 부모님 댁의 벽장에서 가족 기록 보관소 노릇을 하는 오래된 앨범 몇 권을 발굴했다. 앨리스의 사진만 골라놓으니 몇 장 되지 않았다. 1970년대의 빛바랜 스냅사진 두 장에서 그녀는 온통 곱슬곱슬한 백발과 늘씬한 골격을 가진, 일종의 인간 허수아비처럼 찍혀 있었다.

그 사진들 중 하나에서 우리 둘이 내가 자란 집의 거실에 있는 불편한 검은 가죽 소파에 반쯤 걸터앉은 모습으로 등장한다. 앨리스는 푸른색과 흰색의 꽃무늬 원피스를 입고 할머니들이 흔히 신는 끈으로 묶는 검은색 고무 밑창 구두를 신고 있었다. 그 구두는 실내용 슬리퍼를 제외하면, 내가 그녀의 발에 신겨진 것을 본 유일한 물건이었다. 나는 늘 그랬듯이 팔다리를 제멋대로 벌린 자세다. 성냥개비 같은 다리 하나는 앞으로 뻗고 다른 하나는 옆으로 걸친 채, 왼손에는 책한 권을 들고 오른손 엄지손가락은 입에 물고 있다. 우리 사이에는 나의 인형 게일이 알몸으로 누워 있다.

게일은 아버지의 건설업 지인들 중 한 명이 준 뜻밖의 선물이었다. 그녀를 만날 때까지 나는 인형에 아무 관심도 없었지만, 게일을 만난후 깊은 사랑에 빠졌다. 내가 어디를 가든 게일도 함께 갔다. 그중에는 수영장도 있었는데, 그곳에서 그녀의 치렁치렁한 검은 나일론 머리카락이 삼각형의 덩어리로 바뀌었다. 그후 얼마 지나지 않아 어째서인지 머리와 몸통이 분리되어서 이전 형태의 절반에도 못 미치는 인형이 되었다. 그녀의 몸통은 다시는 보이지 않았고, 가족의 영원한 수수께끼로 남아 있다.

하지만 게일의 분리는 나로 하여금 그녀를 더욱 사랑하도록 만들 뿐이었다. 그녀의 머리통은 내가 어딜 가든 함께했다. 밤에는 뒤엉킨 검은 머리카락을 내 베개에 펼쳐놓고 그 위에 나의 숱 많은 갈색 머리를 뉘었다. 나는 차갑고 매끄러운 내 머리카락에 그 부드러운 아크릴 덩어리가 닿는 느낌을 좋아했다. 얼굴로 게일을 누르며 침대에 누워 있을 때가 내 머리카락이 자유로워지는 유일한 시간이었다. 어머니는 누구든 여자가 머리카락을 자유롭게 휘날리는 것을 혐오했지만, 자기 딸에 대해서는 특히 더 그랬다. 그녀는 내 머리카락이 한 갈래 또는 양 갈래로, 절대로 다시 묶을 필요 없도록 단단히 고정되어 있어야 한다고 주장했다.

사진 속에서 게일은 아직 몸통을 잃지 않았다. 그 사진은 내가 가진 것 중 그녀가 온전한 모습인 유일한 사진이었고, 최근까지도 사랑하던 친구의 가슴 저미는 변신 전 사진으로서 가치가 충분했다. 그 사진을 다시 보면서 의자 위의 할머니와 나 사이에 공간이 많다는 것을 알아차렸다. 그녀가 나에게 책을 읽어주고 있었을지, 아니면 내가 그녀에게 읽어주려고 하고 있었을지 누가 알겠는가? 아니, 어쩌면 게일에게 읽어주려고 했던 건지도?

독서는 어머니하면 떠오르는 것이다. 그녀는 내가 매주 글레이즈빌 공공도서관으로 가서 홀리 호비가 그려진 책가방을 재차 채워오도록 종용했고, 혼자 책을 읽을 수 있을 만큼 나이가 들 때까지 이야기책을 읽어주었으며, 우리 학교에서 다른 아이들이 책 읽는 것을 돕는 자원봉사를 했다. 그녀는 부엌과 세탁실 사이에서, 빨랫줄과 침실 사이에서, 학교와 슈퍼마켓 사이에서 거의 일정한 궤도를 따랐다. 그렇지만 드물게 가만히 있을 때는 늘 잡지나 신문을 들고 있었다.

게일에 대한 강한 애착 때문에, 나는 『우리가 아주 어렸을 때When We Were Very Young』와 『이제 우리는 여섯 살Now We Are Six』에서 푸우에 대한 크리스토퍼 로빈의 완전한 의존에 강렬히 공명했다. 나는 어머니가 사준 그 책들을 강박적으로 읽고 또 읽었다. 나를 매혹시킨 것은 그 시들의 운율과 이국적인 장소들만이 아니었다. 일러스트가 곁들여진 크림빛 페이지들에서 크리스토퍼의 애수가 나에게 노래를 불러주었다. 나는 시로 적어서 선보일 만한 종류의 고독을 갈망했다. A. A. 밀른의 세상에서 어린이들은 버킹엄 궁전을 방문했고, 자기 유모를 꾸짖었으며, 좋아하는 계단에 고요히 앉아 있었다. 아무도 무엇을 하고 있는지 묻거나 저녁식사가 곧 준비될 것이라고 상기시킴으로써 그들의 백일몽에 끼어들지 않았다. 크리스토퍼처럼 시를 쓴다면 얼마나 끝내줄까, 라고 나는 생각하곤 했다.

그러나 그 길로 가기 시작하자마자 불가능해 보이는 거대한 장애물에 걸려 넘어졌다. 도대체 무엇에 대해서 쓸 수 있단 말인가? 나에게는 계단이 없었고, 유모가 없었으며, 버킹엄 궁전을 방문할 기회도 없었다. 어떤 어린 소녀와 절친한 친구 게일에 관한 시들에 누가 관심을 가지겠는가? 그리고 게일로 말하자면 지금은 엉겨붙은 검은 머리카락의 머리통이 전부이니, 제아무리 가상의 일러스트라도 이 또한 난제일 것이었다.

내가 좋아하는 책들에는 수수께끼를 해결하는 여자 주인공들이 등장했다. 에니드 블라이턴의 『페이머스 파이브Famous Five』와 『시크릿 세븐Secret Seven』의 모험들, 밀리-몰리-맨디의 이웃 모험담들, 캐럴린

킨의 낸시 드루 탐정 소설들, 트릭시 벨던이 주인공인 줄리 캠벨 테이섬의 이야기들, 나중에는 애거서 크리스티의 할머니 탐정 미스 마플까지. 그들은 함께 여성 탐정의 계보를 형성했다. 그들이 맞닥뜨리는 수수께끼들은 아나 다를까 마지막 페이지에 해결되었다. 그들의 모든 이야기들은 긍정적인 결말을 가졌다. 모든 문제들에 깔끔한 답이 있었다.

그러나 지금 할머니의 음악성과 관련된 증서 및 편지 들을 검토하면서, 앨리스의 이야기가 나에게 여전히 미스터리라는 것을 깨달았다. 무슨 일이 일어났기에 그녀는 지향하던 것의 지리적, 직업적 반대 방향으로 이끌렸을까? 글래스고에서 기세를 더해가던 직업적 삶을 왜 포기했을까? 어떻게 고작 농장생활에 정착하려고 자신의 재능과 경험을 접고 오스트레일리아로 항해할 수 있었을까?

할머니와 음악 사이의 관계가 바뀐 것은 재정 상황, 권태, 실망의 결과일까 아니면 뭔가 다른 것 때문이었을까? 가차없는 오스트레일리아 태양은 음악에 대한 열정을 표백시켰을까? 만일 그렇지 않았다면, 음악에 대한 정서적 애착을 어디로 돌렸을까? 음악을 중심으로 영위하던 초년의 삶을 마치 불가능한 사랑이라도 되는 것처럼 포기한 것은 무슨 의미였을까? 이것이라면 내 자신도 해보았다. 음악과는 무관한 직업적 삶을 위해서, 집중적으로 피아노를 공부한 13년의 세월을 내팽개쳤다. 그렇게 함으로써 우리는 각자 무엇을 얻었을까? 그리고 무엇을 잃었을까?

할머니의 짧은 음악 경력은 안타깝고 헤아릴 수 없게 전개되었다.

내가 가진 몇 안 되는 앨리스의 퍼즐 조각들로는 어떤 일관성 있는 그림도 맞춰지지 않았다. 대신 그 조각들로 만들어진 것은 놓친 것에 의해서 정의되는 초상이었다.

갑자기 잘 알지도 못하는 앨리스에게 끌리는 걸 느꼈다. 음악성 있는 여성으로서 우리의 경험들 사이에서 다른 유사점들을 찾고 싶은 다급한 열망을 느꼈다. 나는 그녀의 빈약한 전기적 기록들을 사용해서 이 유사점들을 탐구하고 싶었다. 그리고 우리의 경험들에 역사와 소설의 페이지들로부터 끌어온 다른 여성들의 경험이, 즉 피아노의 역사 내내 그 앞에 앉았던 귀족들과 노처녀들, 사업가들과 작가들의 경험들이 어떤 식으로 반영되었나를 탐구하고 싶었다. 앨리스의 노년의 무서운 얼굴은 제쳐두는 것이 피아노를 둘러싼 내 자신의 항해를 이해하는 데 도움이 될지 모른다고 믿게 되었다. 그리고 나의 길을 찾는 데도 말이다.

그때는 몰랐다, 무대 위 어른은
모두 남성이라는 것을

　나의 첫 피아노는 베이비 그랜드였다. 이 악기의 반질반질한 검은
뚜껑을, 금속 건반들이 딸각거리는 소리를, 그리고 나에게도 충분히
가벼워서 왼팔 밑에 끼고 다닐 수 있는 점을 사랑했다. 왼팔이었던 게
확실한 것은 다섯 살 무렵에 오른손 엄지손가락을 제일 좋아하는 장
난감도 겨룰 수 없는 수준의 애착을 보이며 빨았기 때문이다.

　안심이란 엄지손가락과 담요다.

　만화 「피너츠Peanuts」의 창작자 찰스 슐츠가 쓴 동명의 책에 의하면
그렇다. 그의 주장에는 일리가 있음이 틀림없다. 왜냐하면 그의 책은
존 F. 케네디의 암살에 대한 두 권의 책들보다 많이 팔려서, 1963년에

두번째로 많이 팔린 책이 되었기 때문이다.[17] 그러나 담요는 아기들을 위한 것이었다. 나에게 안심이란 엄지손가락과 모형 피아노였다.

장난감 피아니스트, 혹은 어떤 종류든 내가 아는 유일한 피아니스트는 찰리 브라운의 친구 슈로더였다. 우리는 비슷한 나이로 보였지만, 기술적 유려함으로 판단하자면 슈로더는 자궁에서 나오자마자 연주를 시작했던 게 틀림없었다. 나는 그가 자신의 악기로부터 그렇게나 정교한 음악을 만들 수 있다는 데 고무되었다. 왜냐하면 내 것과 정확히 똑같은 모양, 빛깔, 크기였기 때문이다.

그는 너무나 뛰어나서 악보를 거의 참고하지 않았고, 연습할 필요도 절대 없었다. 그런데도 그는 항상 연습했다. 금발의 천재 소년에게서 나는 장난감 피아노 앞에서 쪼그리는 법을 배웠다. 상체를 피아노 위로 굽히고, 어깨는 귀까지 구부정하게 올리고, 다리는 꼬고, 손가락은 마치 족보 있는 개의 앞발처럼 바싹 붙인 채 손을 높이 치켜들었다가 내리쳤다.

슈로더의 출연은 「피너츠」 만화책들과 텔레비전 특집 방송들에서 두번째로 좋은 것이었다. 나는 갈색 리놀륨 바닥에 앉아서 게일의 분리된 머리통을 무릎에 놓고 엄지손가락은 입에 문 채로 그것들을 보았다. 가끔 슈로더의 풍성한 금발 위로 일련의 검은색 곡선과 직선, 부호 들이 나타났다. 전에 악보라는 것을 본 적이 한번도 없음에도, 나는 그 선들과 점들이 슈로더가 장난감 피아노에서 만드는 소리들을 표현한다는 것을 어쩌어찌 이해했다.

그는 점과 선 각각의 의미를 알까? 그걸 어떻게 배웠을까? 나는 슈로더의 작은 손가락들이 온 건반에 걸쳐 서로를 추적하고, 슐츠가 충실히 표기한 악보가 한 번에 한두 마디씩 그와 보조를 맞추는 것을 지켜보았다. 그것은 아름다우면서 동시에 믿을 수 없을 정도로 어려워 보였다.

만일 슈로더의 취향이 슐츠의 것을 반영했다면, 우리는 이 어린 영재에게서 요하네스 브람스에 대한 사랑을 연상하게 되었을 것이다. 그러나 만화용으로는 "베토벤이 더 재미있었다"고 그는 인정했다.[18]

스누피는 피아노 뚜껑에 등을 대고 누운 채 머리를 뻗어 슈로더의 코에 거한 키스를 날린다. "베토벤이 누구에게 어떤 영향을 미칠지 누가 알겠습니까." 그는 말한다.

슈로더는 베토벤 음악의 감정적 잠재성을 높이 산 유일한 사람이 아니었다. 니콜라이 레닌은 「피아노 소나타 23번 열정」이 지나치게 산만하다고 생각하면서도 매일 들었다. 그가 이 작품의 공연에서 이렇게 말하면서 나와버린 것은 유명하다.

만일 내가 베토벤의 「열정」을 계속 듣는다면 혁명의 완수는 불가능할 것이다.[19]

레프 톨스토이는 베토벤의 바이올린 명곡인 「크로이처 소나타」가 살인 충동을 일으킬 수 있다고 의심했다. 1889년 톨스토이는 자신의 두려움을 중편소설 『크로이처 소나타The Kreutzer Sonata』를 쓰며 드러냈다. 이 소설에서 화자인 포즈드니셰프는 반주자인 아내와 남성 바이올리니스트의 음악적 관계에 대한 질투 때문에, 그녀를 그 작품의 예행연습에서 연주하는 도중 살해한다.

기쁘게도 「피너츠」의 세계에서는 슈로더가 걱정해야 할 것은 루시 반 펠트의 달갑지 않은 관심이 전부다. 무대극인 〈넌 좋은 사람이야, 찰리 브라운You're a Good Man, Charlie Brown〉에서, 슈로더가 베토벤의 「월광 소나타」를 연주하는 도중 루시는 누가 됐든 피아노를 연주하는 사람과 결혼하는 것이 언제나 자신의 꿈이었다고 고백한다. 곡의 마지막에 도달하기가 무섭게 그는 루시를 찌푸려 보고는 가버린다.

나는 그를 비난할 수 없었다. 누가 되었건 왜 어린 소녀가 결혼에 대해서 생각하게 되었는지는 내 알 바 아니었다. 루시가 슈로더의 베토벤 초상화를 자기 사진을 넣은 액자로 바꾸자 슈로더는 길길이 뛴다. 그는 움베르토 에코가 말했듯이[20] "일상의 노이로제들을 예술적 광기라는 고결한 형식으로 승화함으로써 자신을…… 구원"할 수는 있었을지 몰라도, 루시를 쫓아버리고 연주할 수는 없었다. 의연하게도 루시는 매리언 고모의 현명한 말을 기억하며 어깨를 으쓱한다. "음악가랑은 절대 결혼 이야기를 하려고 들지 말렴."

이 어른 같은 어린이들을 지켜보는 어린이였던 나는 루시가 슈로더 혼자 연습하도록 두고 가기를 거부하는 데 짜증이 났다. 그런 사람을 주위에 두고 어떻게 발전할 수 있겠는가? 그녀가 원하는 것이라고는 나가서 노는 것뿐이었다. 슈로더는 뛰어난 피아니스트가 되는 것은 혼자서 해야 하는 일이라는 것을 알고 있었다. 아무도 귀찮게 구는 일 없이, 연습에 많은 시간을 쏟고, 무엇도 놓칠까봐 걱정하지 않고 말이다. 슈로더는 악기의 거장이 되는 데 필요한 물리적, 사회적 고립을 나에게 소개했다.

♫

월요일부터 토요일까지, 라디오 토크쇼는 우리 가족생활의 배경에서 성난 신들처럼 외쳐댔다. 그러나 매주 하루씩은 아침에 어머니가 라디오를, 그녀가 부른 대로라면 **와이어리스**Wireless를 <u>끄</u>도록 허락했다. 부모님은 글과 음악이라는 그들만의 의례로 안식일을 지켰다.

어머니는 부엌 식탁에서 집으로 배달되는 일요 신문 두 가지 중 하나를 당신은 세례Hatches, 구혼Matches, 결혼Catches, 장례Dispatches라고 부르던 개인 광고부터 시작해서 샅샅이 읽었다. 이어서 전혀 모르는 사람의 사망 뉴스나, 제일 끔찍한 살인 또는 혹독한 징역형의 요약문을 음절 하나하나 또렷하게 읽곤 했는데, 옆방에서 다른 신문을 스포츠 면부터 읽고 있는 아버지를 위해서였다.

그는 갓 세탁한 킹지●의 작업용 반바지와 흰 러닝셔츠 차림으로, 전축에 쉽게 손닿는 곳에 놓인 의자에 앉아 있었다. 그가 자리잡은 위치는 흔치 않은 여가 시간이 반영된 것이었지만, 그가 입은 옷은 집 주위에서 뭔가 해야 할 일이 눈에 띄면 당장 그곳으로 갈 준비가 되어 있음을 알려주고 있었다. 아버지의 꼰 다리, 작은 혹이 많이 난

●　오스트레일리아의 작업복 브랜드.

무릎과 박자를 맞추는 발은 내가 침실에서 나오면 제일 먼저 보이는 것이었다. 창백한 종아리에 불거진 푸른 정맥은 오스트레일리아 동해안의 입체 지도 같았다. 아버지의 나머지 부분은 손에 들린 타블로이드 신문에 가려 있었다. 그렇지만 신문을 벌린 각도는 그가 제일 뒷장부터 시작해서 얼마나 나갔는지를 해시계처럼 정확하게 드러냈다.

일요일 아침에 전축을 위한 안식은 없었다. 그래도 아버지의 음악 수업은 매번 다른 교재로 구성되기는 했다. 어떤 날에는 존 덴버의 「할머니의 깃털 침대Grandma's Feather Bed」 중 카우보이 밴조 관련이었고, 또 어떤 날에는 톰 T. 홀이나 윌리 넬슨의 두서없는 일화들이었다. 어느 쪽이건, 나는 일어나면 바라건 말건 음악에 대한 이야기를 들었다. 아버지의 일요일 아침 싱어송라이터들 중 내가 부지중에 선호한 것은 영국인들이었다. 바로 「런던의 거리들The Streets of London」에서 노숙자들을 애도한 구슬픈 랠프 맥텔, 그리고 떨리는 콧소리로 장황하게 운을 맞추는 길버트 오설리번이었다.

열의에 넘친 아버지는 종종 내 눈에 아직 졸음이 남아 있을 때조차 음악으로 나를 사로잡으려고 시도했다. 그가 아침 7시 이후에도 깨지 않고 잠들어 있게 된 것은 수십 년이 지난 뒤의 일이다. "죽으면 잘 수 있어." 그는 이렇게 말하곤 했다. 그는 내가 자리에서 일어난 순간부터 초롱초롱하기를 기대했다. "조니 캐시야. 들어 보렴!" 아버지가 신문을 내리면서 말하면 욕실의 유리병에 의치를 두고 왔다는 것을 즉시 알 수 있었다. 의치 없는 아버지의 발음은 완벽함과 거리가 멀었는데, 특히 치찰음들이 가득한 구절을 시도할 때 그랬다. "이 노래에서 그는 수라는 이름의 소년에 대해 노래하고 있는데 말이지In this song he's sing about a boy named Sue."아버지를 실망시킬까 겁이 나서, 나는 조니 캐시의 목캔디라도 필요할 듯 으르렁거리는 소리에 내가 어쩌다 느끼던 것보다 큰 열의를 보였다.

아버지가 제일 좋아하는 음악은 스윙 재즈 전성기의 빅밴드였다. 넬슨 리들, 토미 도시와 지미 도시 형제가 일요일 아침에 자주 우리를 위해 연주했다. 오페라풍 창법은 물에 빠진 고양이 노래에 비견될지 몰라도, 엘라 피츠제럴드의 스캣 창법은 천재성으로 간주되었다. 한편 시나트라는 그저 프랭크라고만 언급되었다. 이 음악가들은 우리 집 밖에서는 클래식과 재즈 음악 사이의 벽을 깬 것으로 유명했지만, 우리 집 안에서는 한 종류의 음악만 연주했다.

나는 베니 굿맨이 듀크 엘링턴을 연주하는 것은 들었어도, 모차르트 클라리넷 콘체르토를 연주하는 것은 듣지 못했다. 조지 거슈윈은 우리를 위해 라흐마니노프 대신「랩소디 인 블루Rhapsody in Blue」를 연주했다. 오랜 동안 레너드 번스타인은 나에게 지휘자가 아니라〈웨스트 사이드 스토리West Side Story〉의 작곡가로 사랑받았다.

'클래식 음악'에 대한 나의 지식은 오케스트라가 연주하는 월트 디즈니의「판타지아Fantasia」사운드트랙에 한정되어 있었다. 우리 집에는 클래식 음악 음반이 없었다. 나는 베토벤이 클래식 음악 작곡가라는 것을 몰랐다. 그리고 '클래식 음악'이라는 개념, 혹은 뭐든 어른들이 사물에 이름을 붙이고 명쾌하게 표시된 상자에 넣음으로써 호기심을 꺾는 숱한 방법들에 친숙하지 않았다.

내가 집에서 베토벤을 처음 들은 것은 오스트레일리아에서 1970년대 초 방영된 「피너츠」 텔레비전 특집들에서 슈로더가 「비창Path'tique」과 「월광 소나타」를 연주한 때였다. 그 검고 흰 건반 앞에 앉는 것은 슈로더가 꼼짝 않고 머물면서도 현실의 삶에서 탈출하도록 도왔다. 집을 떠나지 않고도 사라지도록, 순수하고 추상적인 예쁜 소리들을 탐구하면서 야구와 크리스마스와 루시처럼 그의 열정과 헌신을 이해 못하는 이웃들로부터 자유롭도록 말이다. 그는 피아노 뚜껑 위에서 지켜보는 베토벤을 우러러보며 수련이란 너무 즐겁다는 태도로 연주했다.

하지만 슈로더의 연주는 단지 연주를 향상시키기 위해서가 아니었다. 그의 탁월한 기량은 깊은 감정적 욕구와 얽혀 있었다. 이렇듯 이 악기와의 마법 같은 연결은 나를 매혹시켰다. 손가락들이 절묘한 고립 속에 건반을 두드리는 한, 슈로더는 좌절, 불안, 고통으로부터의 구원을 발견했다. 내가 아직은 이름을 몰랐던 그 감정들 말이다.

1970년대 초 「월광 소나타」는 1801년 작곡된 직후 못지않은 인기를 끌었다. 이 곡은 내가 귀동냥으로 듣고 장난감 피아노로 연주한 최초의 선율들 중 하나이기도 했다. 그러나 베토벤은 그 고삐 풀린 성공을 마냥 기뻐하진 않았다. "내가 분명 더 좋은 곡들도 썼는데 말이지." 그는 나중에 체르니에게 그렇게 말했다.[21]

시간이 흐르자 「피너츠」 특집들에서 들은 음악 중 내가 마음에 제일 들어했던 게 슈로더의 베토벤 독주들이 아니라는 것을 깨달았다. 내가 가장 즐긴 것은 경쾌한 사운드트랙들이었다. 들리는 것에 붙여야 할 어떤 음악 용어도 모르는 채, 나의 어린 귀는 당김음이 많은 스윙, 예쁘장한 선율들, 단 7도에 강렬한 친밀감을 느꼈다. 나는 워킹 베이스에, 드럼을 톡톡 치고 브러시로 쓰는 소리에 전율을 느꼈다.

무엇보다도 피아노의 기적은 감정의 온 세상을 어떻게 해서든 아우르는 데 있었다. 행복하고, 아쉽고, 황홀하고, 시무룩하고, 희망에 차고, 고독하고, 조바심나는 감정을 번갈아가며 말이다. 찰리나 스누피나 루시나 슈로더가 어떻게 느끼는지뿐만 아니라, 내가 그들을 보면서 느끼는 감정이기도 했다. 피아노 음악은 내가 보는 것에 대해서 어떻게 느끼는지를 깨닫도록 도왔다. 그리고 왠지 더 강렬하게 느끼도록 만들었다. 음악은 어떻게 이런 일을 하는 걸까? 그런 음악을 연주하는 법을 배우는 것이 나에게 가능할까?

슈로더의 기량과 연습에 대한 헌신을 존경하면서도, 다른 모든 종류의 음악을 희생하며 베토벤에게 격정적으로 집착하는 것은 그 무렵에조차 이해되지 않았다. 그의 이런 태도에는 창작자가 이후 「피너츠」 특집들의 음향을 결정지을 음악에 어떤 양가감정을 지녔는지 또한 반영되어 있었다. "내 생각에 재즈는 끔찍하다." 슐츠는 1965년 12월 방영된 첫 특집 「찰리 브라운 크리스마스 A Charlie Brown Christmas」에서 전통적인 성가들과 재즈 음악을 섞는 데 동의한 지 겨우 몇 달 후에 기자에게 말했다.

10년도 더 전인 1952년 12월 9일자 만화에서는 슈로더가 「월광 소나타」를 연주하는데 찰리가 끼어들어 묻는다. "재즈를 좀 연주하면 어떨까?" 슈로더는 혀를 내밀어 보이는데 마치 병이라도 난 것 같아 보인다. 마지막 심사위원으로 루시가 등장하자 찰리가 설명한다. "그 단어를 말하는 것만으로도 얘가 몸서리치게 만들 수 있어."22 특정 종류의 음악에 어떤 식으로 반응하는지는 인력으로 어쩔 수 없는 일이다. 재즈라는 주제에서 슈로더와 나는 견해 차이를 인정할 수밖에 없었다. 아버지의 음반 수집품과 「피너츠」 사운드트랙 사이에 나는 평생 사로잡혀 있었다.

♫

내가 부엌의 식탁 의자들 중 하나를 옆으로 돌려놓고 앉아서 가만히 있으려고 기를 쓰는 사이 어머니는 뒤에 서서 내 머리카락을 땋았다. 나는 아버지와 함께 첫번째 라이브 재즈 콘서트에 참석할 참이었다. 그는 1976년 오스트랄라시아 순회공연의 자크 루시에 트리오의 연주를 보기 위해 표를 사두었다. 어머니는 우리가 보러 가려던 재즈 연주자들보다 「문 리버Moon River」를 부르는 앤디 윌리엄스처럼 감상적인 노래를 부르는 남자 가수들을 더 좋아했고, 집에 머물면서 동생을 돌보기로 했다.

여섯 살인 나의 머리에는 여느 때와 마찬가지로 제자리에 있지 않은 머리카락이 한 올도 없었다. 모두가 **내 얼굴을 볼** 수 있어야 마땅했다. 머리를 풀어서 어깨에 늘어뜨리면 얼굴이 희미해진다는 게 무슨 말인지 절대 이해할 수 없었다. 다른 여자애들은 긴 머리를 가졌어도 얼굴을 아주 또렷이 볼 수 있었던 것이다. 그렇지만 풍성한 머리카락을 관리하려는 어떤 노력도 없이 버젓이 내보이는 것은 어머니에게는 큰 문제였다. 머리카락을 귀 뒤로 넘기는 것으로는 충분하지 않았다.

"머리카락을 뒤로 넘기란 말야." 어머니는 우리 집 텔레비전의 화면을 화려한 낯선 이들이 줄줄이 빛낼 때면 말하곤 했다. 밤이면 텔레비전을 보면서 껍질콩 꼭지를 따서 거대한 은색 소쿠리에 넣다 말고 여배우들과 아나운서들에게 외치곤 했다. "저 머리카락 좀 보라지. 엉망진창이야. 왜 썩둑 자르질 않는 거야?" 머리카락이라는 것은 고정시켜야 마땅했다. 고무줄로, 땋아서, 인내심을 가지고. 드물게 늘어뜨릴 경우에도 여전히 일부는 올려서 머리핀으로 고정시켰다. 어머니 입장에서 보면 그 큼직한 머리핀은 딸과 혼돈 사이를 가로막는 유일한 존재를 대변했다. 이 여자들이 그녀의 말을 들을 수 없다는 데 안도했다. 나는 그런 말에 익숙했지만 다른 사람들은 그녀의 견해가 좀 극단적이라고 생각할 수도 있었다.

어머니는 곧게 뻗은 머리카락을 짧게 잘랐고 펌은 하지 않았다. 수요일 아침마다 미용사를 찾아가서 정비해야 하는 스타일이었다. 그런데 왜 나는 머리를 길러야 하느냐는 의문은 나에게 한번도 떠오르지 않았다. 머리를 자른다는 것은 고려 대상이 아니었다.

♬

아버지와 나는 조지 스트리트에서 넓고 나지막한 계단을 걸어올라 시드니 타운홀 정문에 도달했다. 안에서는 수백 명의 여자들이 구두를 딸깍거리며 하얀 대리석 바닥을 가로질렀지만 나의 광나는 동그란 코의 클라크스 상표 구두에서는 소리가 나지 않았다. 우리는 발코니석으로 이어지는 계단을 오른 후, 객석이 직사각형이라 치면 긴 면들 중 하나를 3분의 1 정도 내려간 좌석에 앉았다. 우리 열은 난간에 가까웠다. 나는 그 너머를 보고 싶어서 일어섰고, 어른들의 몸이 우리 아래의 좌석들을 채우는 것을 빤히 응시했다.

나는 나이에 비해 작았는데, 아버지가 표를 예매할 때 틀림없이 고려했을 사항을 깨달았다. 수백 명의 어른들의 머리 너머를 보려고 노력해야 했다면, 콘서트에서 아무것도 보지 못했으리라는 사실을 말이다. 무대 위에서 거대한 그랜드피아노, 옆으로 뉘여놓은 더블베이스, 굽이치는 파도 같은 형태의 드럼 세트가 보였다. 슈로더와 스누피의 캄보°가 생각났다.

「피너츠」TV 특집 「다시 연주해, 찰리 브라운Play It Again, Charlie Brown」의 핵심 딜레마는 루시와 찰리가 '뭔가 현대적인 음악을 연주해도 괜찮다'고 슈로더를 설득할 수 있는지에 있다. 루시는 슈로더의 첫 공연을 확정 짓지만 페퍼민트 패티가 베토벤 연주를 금지하자 광분한다.

대신 그는 드럼의 꾀죄죄한 피그펜, 어쿠스틱 기타의 찰리, 거대한 더블베이스를 오르락내리락하며 '워킹 베이스'를 연주하는 스누피로 구성된 '캄보'와 함께 연주해야 했다. 슈로더는 그 캄보가 블루스풍의

---

●    재즈를 연주하는 소규모 악단.

당김음이 많은 곡을 즉흥연주하는 것을 발견하고는, 너무나 역겨운 나머지 토하는 척하면서 당황하는 루시에게 구역질 반사 흉내를 낸다. "내가 신념을 버렸어." 그는 울부짖는다.

『자크 루시에 트리오 플레이즈 바흐The Jacques Loussier Trio Plays Bach』를 처음 들은 것은 일요일 아침의 가정 음악회들 중 하나에서였다. 그 앨범 및 다른 많은 앨범들에서, 이 프랑스 피아니스트는 바흐의 작품들을 재즈 즉흥연주의 기초로 사용했다. 내가 바흐의 음악을 이 즉흥연주를 듣기 전 한번이라도 제대로 들었을 것 같지는 않다. 그러나 루시에에게 매혹된 사람은 나뿐만이 아니었다. 타운홀 콘서트 즈음, 그의 트리오는 수백만 장의 음반을 팔았고 내가 태어나기도 전부터 공연을 하며 세계를 돌고 있었다.

보는 관점에 따라 루시에는 최악의 음악적 혼종을 실천한 것일 수 있다. 유럽으로의 먼 우회를 경유해, 이 장르의 아프리카적 뿌리를 건너뛴 백인의 재즈를 연주한다는 점에서 말이다. 아니면 음악의 전도사로 볼 수도 있다. 즉흥연주와 당김음의 리듬에 대한 사랑을 수백만의 청취자들에게 퍼뜨린다는 점에서 말이다. 사람들은 즉흥연주가 고대 그리스, 그레고리안 성가, 중세의 세속 음악의 일부였고, 유럽 음악가들 사이에서 수백 년 동안 보편적이고 가치 있는 기술이었다는 사실을 모르면서도 이 음악을 즐겼다.

오늘날에는 바흐를 천재적 작곡가로 알지만, 18세기 전반에는 특출한 즉흥연주가로 여겨졌다. 베토벤은 공연 중의 그의 즉흥연주가 인쇄된 작품들보다 더 놀라웠다고 말하며 다음과 같이 썼다.

진정한 즉흥연주는 자신이 연주하는 것을 의식하지 않을 때만 나온다. 그렇기에 대중 앞에서 가장 뛰어나고 진실된 방식으로 즉흥연주하기를 원한다면 스스로를 잊고 머릿속에 떠오르는 것에 자유롭게 열중해야 한다.[23]

오늘밤 콘서트까지 루시에의 바흐에 대한 접근은 귀로만 접한 신비로움이었다. 그러나 이제 그것이 살아 움직이는 것을 지켜보았다. **트리오**라는 게 무슨 뜻인지 알고 있었음에도, 그 넓은 무대에 겨우 세 명의 음악가들만 있다는 것을 거의 믿기 힘들 정도였다. 어떻게 했는지는 몰라도, 그들은 소리의 온전한 세상을 창조했다. 더블베이스 연주자가 악기의 긴 현을 뜯던 모습이 아직도 눈에 생생하다. 한 손은 낮게 내리고 다른 손은 높이 들어 악기의 목에 올린 채 부드러운 스타카토 음정들을 만들어내다가 「전원곡 C단조Pastorale in C Minor」의 서두로 이어졌다.

아버지의 쌍안경을 통해 베이시스트와 피아니스트가 눈으로 소통하는 게 보였다. 그들은 각자 눈썹을 치켜올리거나 고개를 끄덕여서 상대가 솔로를 시작하거나 끝낼 때를 알렸다. 드러머와 베이시스트는 상대 연주의 어떤 면이 마음에 들면 미소를 지어서 비슷한 친밀감을 나눴다. 그들이 얼마나 적극적으로 귀를 기울이는지, 서로의 모든 음과 몸짓에 얼마나 주의를 기울이는지를 보면서 나는 놀랐다. 그들은 삶의 재미난 시간을 보내는 좋은 친구들처럼 보였다.

그들이 연주 중인 곡을 어떻게 계속 따라가며, 그 곡의 어디쯤인지 어떻게 아는지 궁금했다. 베이시스트는 악보 몇 장을 발치에 흘어두었지만, 루시에는 악보를 참고하지 않았다. 드러머는 그들 모두가 타이밍을 맞출 수 있게 하고 있었지만, 그런 부담에도 불구하고 너무나 여유로워 보였다. 서로에 대한 그들의 친밀함이, 무대 위에서의 편안한 자신감이, 모두가 지켜보는데 어떻게 당황하지 않을 수 있는지 부러웠다.

아버지의 음반을 너무나 여러 번 틀었기에 바흐의 작품들을 알아볼 수 있었지만 무대 위에서 흘러나오는 음악은 달랐다. 그 차이를 듣는 것이 얼마나 짜릿했는지 모른다. 하나의 곡이라는 한도 내에서 그런 변주가 가능하다는 것이 나를 짜릿하게 만들었다. 나는 같은 곡을 매번 일부러 다르게 연주한다는 사실을 알고 있었다. 중요한 것은 원곡을 화성적으로 적절한 변화들을 통해 빛내는 것이었는데, 이것은 기보된 선율과 화음들이라는 경계 내에서만 가능했다. 합의된 형식이라는 보다 큰 맥락 안에서 유연함을 제공하는 음악을 통해 내 귀는 어마어마한 자유로움을 들었다.

음악가들이 땀을 흘리거나 옆에 둔 물잔에 손을 뻗는 광경 또한 나를 놀라게 만들었다. 이 남자들은 나에게 마치 신처럼 보였기 때문이다. 그들이 땀이 나고 목마름을 느낀다는 사실은 해방적이었다. 이는 내가 자라면 그들처럼 연주할 수 있을지도 모른다는 희망을 주었다.

나는 그 악기들을 전부 연주하고 싶었다. 다른 사람들과 함께 피아노 앞에 앉는 법을 배워서, 나를 가만히 앉아 있기 힘들게 만드는 이 강렬한 감각을 만들어내고 싶었다. 무대 위에서 관객을 위해 이런 음악을 연주하는 어른이 되는 것은 세상에서 할 수 있는 가장 훌륭한 일이라고 생각했다. 이 어른들이 모두 남성이라는 점이나, 또는 이런 사실이 어떤 식으로든 영향을 주리라는 생각은 떠오르지 않았다.

쌍안경을 돌려주자 아버지는 미소를 지었다. 거기에는 고되게 번 돈을 낭비하지 않았다는 사람의 자부심이 차 있었다.

쉽지 않을 것이다. 바흐를 연주할 수 있을 정도로 잘하려면 슈로더처럼 늘 연습해야 할 것이다. 그러다 바흐를 연주할 수 있게 될 때에는, 어쩌면 그 아름다운 선율들에 맞춰 춤을 춤으로써 내가 그 음악을 얼마나 사랑하는지 그에게 보여줄 수 있을지도 몰랐다. 피아노에 앉아서 손과 상상력을 사용함으로써, 친숙한 주제들로 새로운 변주들을 연주함으로써 시간을 가로질러 작곡가에게 말을 건다면 얼마나 경이로울까.

슈로더는 이해하지 못할 수도 있지만, 이제는 내가 장난감 피아노를 치워버릴 시간이었다. 나는 바흐를 어떻게 연주하는지 배워야 했다. 그래서 루시에처럼 연주할 수 있어야 했다.

피아노, 여성을 집안일에서
구해줄 사적인 세계

앨리스 메이 모리슨 테일러.

나의 무서운 할머니가 결혼 전 이렇게나 눈부신 이름을 가졌다는 사실을 믿기 힘들었다. 그녀의 이름이 온전히 쓰인 것을 보았을 때, 그것이 마치 시라도 되는 것처럼 단어 하나하나를 크게 읽고 싶은 충동에 사로잡혔다. 그때까지 그녀는 내게 그냥 할머니, 또는 한참 더 후에는 시시한 세 음절인 고故 앨리스 로이드로 인식되었다. 그러나 앨리스 메이 모리슨 테일러는 어떤가. 하나, 둘, 셋씩 뭉쳐 있는 이 음절들에는 양손으로 연주되는 복잡한 화음 같은 진지함이 있다.

앨리스는 1895년 7월 8일, 글래스고의 서쪽 끝인 패트릭의 덤버턴 로드 370번지에 사는 샬럿과 제임스 테일러의 다섯 아이들 중 둘째로 태어났다. 그을음이 낀 금빛 사암으로 지은 3층 주택의 1층집이었다. 19세기 이곳에는 공장들과 조선소들에서 일하기 위해 밀려들어온 노동자들을 위해서 줄줄이 많은 집이 지어졌는데, 그런 곳들 중 하나였다. 제임스는 레븐강이 클라이드강과 만나는 어귀, 덤버턴 록 바로 아래에 자리잡은 '데니스 십야드'에서 일했다. 데니스의 유명세는 찰스 디킨스 못지않았다.

제임스의 맏이 앤은 스코틀랜드 전통에 따라 그녀 어머니의 어머니 이름을 따왔다. 그러나 다들 그녀를 낸스, 그리고 예쁜이로 알고 있었다. 둘째 앨리스는 빈센트, 스티븐, 제임스 세 남동생을 연달아 얻었고, 그리하여 다섯 아이들은 침실 두 개로 비집고 들어가는 법을 익혔다.

앨리스가 자신의 어린 시절을 어떻게 회고할지 상상해봤을 때 가장 먼저 떠오른 것은 소음이 아니었을까 하는 생각이 든다. 집에서 남동생들이 서로를 쫓아 뛰어다니며 소리를 지르느라 어머니가 훨씬 더 큰소리로 꾸짖고 조용해질 때까지 소음이 끊이지 않았으리라. 또 의자들이 차가운 돌바닥과 올이 드러난 양탄자를, 싸구려 나이프와 포크가 이 빠진 접시를 쉼 없이 긁어댔을 테고, 아버지의 장화는 묵직하게 쿵쿵거리는 소리로 긴 하루의 노동이 끝났음을 선언했을 것이다.

앨리스가 출생한 해에 글래스고는 유럽에서 네번째로 큰 항구였고, 경제적 중요성으로 따지면 대영제국에서 둘째가는 도시로 알려졌다. 클라이드강 발원지라는 글래스고의 위치는 아메리카 대륙으로 향하기 편리했는데, 그 보이지도 않는 해안의 영향력이 부두로부터 모든 노동계급의 가정에 이르기까지 파문을 일으켰다. 그즈음 조선업은 글래스고의 용광로에 거의 200년간 연료를 공급해온 면직물과 담배 무역을 대체했다. 조선 회사들이 클라이드강둑에서 번성했으며, 영국이 바다를 지배하는 가운데 조선 산업은 점차 세계 최고가 되었다. 패트릭은 제1차세계대전 직전 절정에 달한 글래스고 조선업의 중심지였다. 1881년과 1891년 사이의 인구조사에 의하면, 패트릭의 인구는 2만 7396명에서 3만 6538명으로 33퍼센트 이상 증가했다.[24]

1883년 3월 3일 샬럿 스피드와의 결혼 증명서에 제임스의 직업은 '숙련 리벳공'으로 올라 있다. 제임스가 숙련공이라는 사실은 그가 도제 수업을 완수했으며 남에게 고용되어 일하는 처지임을 의미했다. 리벳 작업은 중요하면서도 전혀 안 보이는, 대단히 독특하면서도 고도로 숙련된 일들 중 하나임에도 불구하고 말이다.

항공 교통 관제사, 방사선 암 전문의, 콘서트 피아니스트[*] 등 너무나 많은 전문직과 마찬가지로, 리벳공은 그 일을 가능하게 또 필요하게 만든 테크놀로지의 발전 이전까지는 도제 수업이 필요한 역할이 아니었다. 필요는 발명의 어머니일 수 있지만, 발명이 다시 독특한 아이들을 낳을 수도 있다. 제임스 직업의 경우, 전문 리벳공들의 부상에 필요한 전제는 철강 산업이었다.

내가 가진 유일한 사진 속 앨리스의 아버지는 하얀 팔자수염을 기른 건장한 남자로, 회색 모직 양복과 몸에 맞는 조끼, 베레모를 걸치

---

[*] 연주회를 중심으로 활동하는 직업적 피아니스트.

고 어리벙벙한 미소를 띠고 있다. 제임스가 으르렁거리는 도가니로부터 몇 피트 떨어진 곳에 서서, 팀원들과 함께 날마다 열 시간씩 푸른 빛의 뜨거운 금속을 강철판에 미리 뚫어둔 구멍들로 밀어넣으며 일하는 모습을 상상해본다.

그는 이 남자들을 기억이라는 것이 형성되는 나이가 된 이래로 알아왔다. 그들은 거리를 따라 늘어선 서로의 집을 들락거렸는데, 여전히 살고 있는 집인 것은 물론 그의 어머니와 아버지가 때가 되어 세상을 떠난 집이기도 하다. 이 남자들은 덤버턴 로드 370번지에서 조금만 걸으면 나오는 세인트 메리스 올드 메이스닉 바에서도, 다우언힐 연합 자유 교회에서도 함께한다. 그리고 여기 용광로의 열린 문 앞에서 함께한 몇 달은 그들이 알아차리지도 못하는 사이 몇 년이 되었다.

그들이 건조한 배들과 함께 얼마나 많은 세월을 보냈나 하는 생각이 떠오르는 것은 아주 가끔뿐이다. 긴 하루의 끝에 낡은 양탄자와 이따금 다가오는 것 같은 기분이 드는 담배에 찌든 벽들 앞에서, 닳아빠진 장화를 벗으며 자신에게 의지하는 친숙한 얼굴들을 둘러볼 때나, 혹은 아이들 중 하나가 감사 기도를 올릴 때다.

이제 제임스는 용광로 기사가 리벳들이 최대한 뜨거워졌다고 결정하기를 기다린다. 그후 기사는 순수한 열기로 발갛게 빛나는 리벳 하나를 부젓가락 끝으로 잡아서, 리벳을 박아야 할 조인트 옆에 서 있는 캐처에게 던진다. 캐처는 리벳을 구멍으로 때려박고는, 다음 것이 오븐에서 나올 현장으로 돌아간다. 그사이 제임스와 그의 짝은 리벳을 제자리에 맞추는 작업을 함께한다.

그들 중 하나가 리벳의 반구형 머리를 전용 바이스로 움켜쥔 사이, 다른 하나는 리벳의 정형되지 않은 꼬리쪽을 망치로 두드려서 연결부 위에 버섯 모양으로 펴지게 한다. 열역학 제2법칙에 따라 리벳은 이미 식기 시작해서 조인트에서 수축된다. 압력은 구속과 조임을 가져오니, 금속이 숙련공의 인생을 축소판으로 보여준다. 이런 것들을 몇 년에 걸쳐 수천 번 끼워넣으며 제국을 떠돌아다닐 배를 건조했음에도 불구하고, 제임스는 줄줄이 리벳이 박힌 조인트들의 고집스러운 완벽성에 여전히 감탄할 수밖에 없다.

앨리스가 결국 세계의 반대편으로 항해하게 될 P&O의 여객선 SS **베리마**호는 1913년 클라이드강에서 완성된 약 370척의 배들 중 하나였다. 나머지 배들은 전투용이었다. **클라이드빌트**라는 이름은 품질뿐 아니라 여행과 동의어이기도 했다. 휴가를 위해서건 전쟁을 위해서건 말이다.

리벳공 로지• 같은 것은 더이상 존재하지 않는다. 요즘 강철 리벳은 극도로 튼튼한 볼트로 대체되었고, 그 북적거리던 클라이드빌트 조선소들 중 남아 있는 것은 겨우 두 곳뿐이다. 2011년 과거 조선소 현장에, 다름 아닌 자하 하디드가 디자인한 삐죽삐죽하고 반들거리는 크롬 느낌의 글래스고 리버사이드 교통 박물관이 문을 열었다. 조

---

• 제2차세계대전 중 전장에 나간 남성들 대신 미국의 군수 공장에서 일한 여성들을 표현한 문화적 상징으로, 이후 페미니즘 운동의 표상이 되었다.

선공의 노동은 상업화되어 관광객을 위한 향수 어린 구경거리가 되었다. 철골 구조 사양의 최신판 산업 경전에는 강철 리벳에 대한 참조 자료가 전혀 포함되어 있지 않다. 진정 21세기 스타일에서는 조인트 하나에 리벳을 하나씩 끼워넣는 수련과 장인 둘 다 불필요하다. 새로운 고강도 볼트를 끼워넣는 데는 숙련된 리벳공 네 명 대신 노동자 두 명이면 충분하다.

조선업이 대영제국이 간 길을 따라감에 따라, 앨리스가 살던 중심가는 과시적 소비로 넘어갔다. 오늘날 덤버턴 로드 370번지의 대문은 부츠 파머시*와 카드 팩토리** 사이에 끼어 있다. 이 문은 필 스트리트에서 출발해 1931년 포트로즈 스트리트로 이름이 바뀐 헤밀턴 크레센트까지, 덤버턴 로드를 따라 뻗은 건물들에 길게 들어선 소매점들 사이에서 잘난 체하지 않는 단 하나의 문이다. 머크랜드 스트리트 초입에서 패트릭 기차역 쪽으로 건너가면 이제 같은 블록에 우체국과 은행이 있다. 만일 이것이 모노폴리***라면, 테일러 가족은 이렇게 뛰어난 입지 덕에 횡재를 했을 것이다. 그들의 수입으로 소유권을 갖기란 요원했다는 사실만 빼면 말이다. 돈방석에 앉은 것은 테일러 가족의 집주인이었다. 그들의 집에서 가장 값나가는 물건은 가족의 피아노였다.

---

* 영국의 건강 및 뷰티 상품 전문 체인.
** 영국의 카드 및 선물 용품 전문 체인.
*** 부동산 취득 게임.

♫

　패트릭 교구에서 피아노는 여전히 흔한 것과는 거리가 멀었다. 그렇지만 테일러 가족은 덤버턴 로드에서 거실에 이 악기를 둔 유일한 가족은 아니었다. 피아노 판매가 인구보다 훨씬 빠르게 증가했다는 사실은 이 악기가 사회적 사다리의 낮은 단계에서도 점점 더 접근 가능해지고 있다는 것을 보여준다.

　1851년부터 1910년까지 영국 내 피아노 생산이 2만 5000대에서 7만 5000대로 세 배가 되는 사이 인구는 66퍼센트 증가했다.[25]

　테일러 가족이 어떻게 피아노를 얻었는지는 역사 속에 묻혔지만 아마 친척으로부터 물려받았을 공산이 크다. 샬럿도 제임스도 음악에 관심이 많지는 않았지만, 아이들 중 하나가 이 선물을 사용할 가능성을 생각해 반가워하며 좁아터진 집에 공간을 만들었을 것이다. 낸스가 언니이니 우선권이 있었지만 교습비를 댈 돈은 없었다. 앨리스가 건반 전체를 둘러보면서 창백한 집게손가락 끝을 노랗게 변한 건반 하나의 표면으로 가져가는 모습을 그려본다. 일단 어떻게 연주하는지를 알고 나면, 손가락들을 어느 경로로 움직일 것인지 궁리하면서 말이다. 그녀가 피아노라는 게 무엇인지 알 정도의 나이가 되자마자 그것을 연주할 수 있기를 필사적으로 바랐으리라고 확신한다. 그러나 다른 모든 것들, 즉 옷, 집안일, 침대의 어느 쪽을 차지하느냐와 마찬가지로 혼자 피아노 앞에 있는 시간은 낸스가 싫증나기까지 기다려야 가질 수 있었다.

앨리스 입장에서 가만히 앉아서 건반을 두드릴 수 있다는 것은 여러 모로 끌렸을 것이다. 가장 실용적인 수준에서 보자면 피아노 연주는 집안일과 정반대였다. 형제들도, 할 일도, 비교당할 더 예쁜 자매도, 어머니나 신의 감시도 없는 사적인 세계였다. 나는 앨리스가 몸을 할 수 있는 한 곧추세우고, 등은 곧게 펴고 양팔은 편안하게 두고 앉아 있는 모습을 즐겨 상상한다. 그녀는 교습받기를 꿈꾸었을까? 교회 성가대를 위해 연주하는 것은? 그녀는 일자리를 얻어서 교사에게 돈을 낼 수 있을 만큼 나이들 때까지 기다려야 했을 것이다.

## 검은 피아노에 반사된
## 소녀의 미래

"귀러 연주하는 걸 좋아하리라 믿는다, 꼬마 아가씨."

윌콕스 부인이 말했다. 몇 주 전인 나의 일곱 살 생일날, 부모님이 나에게 진짜 피아노 연주하는 법을 배우고 싶냐고 물었다. 장난감 피아노에 집착적으로 몰두하는 모습에서 피아노에 대한 내 사랑이 쉽사리 꺼지지는 않으리라는 결론을 내린 것이었다.

할머니를 제외한다면 피아노 선생님은 내가 지금껏 가까이에서 본 중 가장 나이 많은 여성이었다. 윌콕스 부인은 키가 크고 여위었으며 살짝 구부정한 자세로 걸었다. 그녀는 오렌지가 연상되는 크고 동그란 얼굴을 가지고 있었다. 그녀는 영국식 억양으로 말하면서 내 눈을 똑바로 쳐다보았다. 나는 그녀가 무서웠는데, 특히 첫 수업에서 엄마에게 밖의 차 안에서 기다리라고 제안한 후 그랬다.

"귀러요?" 그런 사람은 한번도 들어보지 못한 나는 어리둥절해서 되물었다.

윌콕스 부인은 자신의 한쪽 귓불을 잡더니 종처럼 흔들었다. "'귀'로. 어머니가 말하기를 넌 음반이랑 라디오에서 들은 것을 장난감 피아노로 연주할 수 있다더라. 아무나 할 수 있는 일은 아니지, 너도 알겠지만."

집에서 나는 털이 긴 황금빛 양탄자에 편안하게 자리잡은 나의 악기 위에 웅크린 채, 턴테이블이 마치 하이파이의 제단이라도 되는 양 그 앞에 책상다리로 앉아서, 개별 곡들을 재생하고 멈추고 다시 재생하며 프랭크 시나트라가 노래하는 몇몇 곡조들을 조심조심 눌렀다. 이를테면 「밤과 낮Night and Day」 「당신에게 완전히 빠졌어I've Got You Under MY Skin」 「나의 전부All of Me」 같은 것들이었다. 전축에서 떠나보니 내가 멜로디뿐 아니라 가사까지 기억한다는 사실을 깨달았다. 그러나 내가 가사를 기억하고 장난감 피아노로 멜로디를 따라할 수 있다고 해서 프랭크나 엘라 피츠제럴드가 무엇에 대해 노래하고 있는지 이해한다는 의미는 아니었다.

'잘나가는 삶'이 뭘까? 그리고 어떻게 사랑이 '판매 중'일 수 있는 거지? 표현이 수줍기는 해도 성인들의 관계에 대한 가사를 내가 듣는다는 사실이 부모님을 불안하게 만들지는 않았다. 나는 프랭크가 남자들이 어떻게 여자들과 사랑에 빠지는지에 대해서 노래한다는 것을 대체로 알고 있었다. 그러나 어른들의 연애에 대한 나의 개념은 그의 목소리가 내가 반복해서 돌리는 검은 레코드판에 어떻게 담기는지에 대한 나의 이해와 마찬가지로, 때가 될 때까지는 멀고 애매하게 남아 있었다.

월콕스 씨는 어디 있는 건지, 혹은 그런 사람이 정말 존재하기는 하는 건지 확실히 아는 사람은 없었다. 그렇지만 월콕스 부인은 교외의 이 길고 좁은 반도 중간쯤에 있는 자신의 집에서 헌터스힐의 어린 학생들에게 수십 년간 피아노와 플루트를 가르쳐왔다. 그녀의 거실에는 소파 하나와 덮개를 씌운 의자 둘, 책과 장식품으로 가득한 장식장 하나, 그리고 검은색 업라이트피아노가 있었다. 큰 창을 통해서 하얀 유칼립투스 나무의 가지 하나가 산들바람의 보이지 않는 음악에 맞춰 삐걱거리는 소리가 들렸다.

월콕스 부인이 주의 깊게 듣기와 똑바로 앉기와 날마다 연습하기의 중요성에 대해서 이야기하는 사이, 나는 점점 조바심이 났다. 그녀가 무엇에 대해 이야기하는지는 몰랐지만, 내가 계속 가만히 있고 아주 예의바르게 굴면 저 구석의 피아노를 만질 수 있으리라는 것은 본능적으로 이해했다. 거기서 눈을 뗄 수 없었다. 흰 건반들은 바닐라 아이스크림처럼 매끄럽고 맛있어 보였다. 그런 다음 반짝거리는 표면의 검은 건반들이 있었고, 피아노 위에는 책과 종이 무더기들이 있었다. 전에는 진짜 피아노에 이렇게 가까이 있어본 적이 없었다. 창문에서 가장 가까운 반들반들한 면에서 오후의 햇빛이 깡충거렸고 구름과 그림자가 비쳤다.

"와서 피아노 앞에 앉아 보겠니?" 월콕스 부인이 마침내 말했다. 그렇지만 겨우 5분이나 10분이었을 수도 있다.

건반을 만지고 싶은 간절함에도 불구하고, 악기가 말이라도 되는 양 겁을 먹고 달아나기라도 하면 어쩌나 하는 심정으로 손을 옆구리에 붙인 채 다가갔다. 검은색 가죽을 씌운 피아노 의자에 올라앉자, 윌콕스 부인은 그녀가 말하는 **정확한 피아노 자세**를 내가 취하도록 도왔다. 가장자리에 프릴이 달린 흰 양말과 검은 에나멜 메리 제인 슈즈로 감싼 내 발들은 바닥에 닿으려면 아직 1년 정도 있어야 했다.

내 손가락들이 마치 세상에서 가장 자연스러운 일이라는 듯 하얀 건반들 위에 떠 있는 게 보였다. 몇 번 받지 않은 무용 수업에서 그랬던 것처럼 양팔을 공중에서 유지하는 자세는 약간 불편했다. 하지만 시간이 흐르면 어색함은 어떻게든 지나가리라는 것을 나는 이미 이해하고 있었다. 윌콕스 부인은 그 건반들이 나에게 말해주어야 하는 모든 비밀들의 열쇠를 갖고 있었다. 그것들을 알게 되는 날이 조만간 올 것이었다.

♬

피아노 수업들 사이에 연습을 하려면 위어 부인의 집으로 가야 했다. 그곳은 집에서 길모퉁이를 돌아 드 미요 로드의 가파른 경사를 조금 올라간 곳에 있었다. 위어 부인과 어머니는 친구였다. 나는 그녀를 위어드weird• 부인이라고 불렀지만 면전에서는 아니었다. 요즘이라

---

• 기묘하다는 의미로, 발음상 위어(Weir) 부인의 이름과 유사하다.

면 도합 1분 가량 걸리는 이 여정이 일곱 살짜리에게 너무 위험하다고 여길 것이다. 나무 뒤마다 지켜보는 소아성애자들이 있다면서 말이다.

나의 두려움은 한낮의 태양처럼 명백했지만 겉으로는 드러나지 않도록 잘 감춰져 있었다. 나는 초심자용 악보집을 소시지 모양의 몸통 앞에서 움켜잡았다. 우리 학교에 다니는 위어 부인의 아들 앤드루가 있을까 걱정되었다. 내가 어느 음이 어느 음인지 기억해내려고 애쓰면서 더듬거리는 것을 그가 듣는 것은 원하지 않았다. 그는 나보다 한 살 위였지만 피아노를 연주하지 않았다. 자기 집 거실에 피아노를 가졌는데 연주해보려고 시도조차 안 하는 게 어떻게 가능한지 이해할 수 없었다. 만약 우리 집에 피아노가 있었다면 나는 날마다 연주했을 텐데 말이다.

도착하면 위어드 부인은 내가 산타클로스라도 되는 양 식탁에 비스킷 하나와 우유 한 잔을 차려놓곤 했다. 그녀가 미소를 보이면 보일수록, 그 앞에서 음표들을 엮는 나의 첫 시도들이 창피할 따름이었다. 그녀가 무슨 생각을 할지 걱정하느라 내가 연주하는 게 거의 들리지도 않았다. 흡수할 게 너무 많았는데, 나는 그것들을 전부 한꺼번에 이해하기를 바랐다. 완벽주의자들은 실수가 불가피하다는 것을 모르지는 않지만 기왕이면 혼자 있을 때 저지르고 싶은 법이다.

건반의 어떤 음과 인쇄된 악보의 첫째, 둘째, 셋째, 넷째 줄 각각에 위치한 긴 작대기가 달린 검은 원이 서로 어떻게 대응되는지를 익히는 것이 최초의 과제들 중 하나였다. 윌콕스 부인은 E-G-B-D-F를 암기하는 방법으로 '모든 착한 소년은 과일을 받을 만하다Every Good Boy Deserves Fruit'는 구절을 가르쳤다. 검은 선들 위에서 오른쪽으로 갈수록 점점 높아지는 음표들의 이름과 순서였다. 이 구절은 머리에 박혔지만 도움이 되지 않았다. 내 생각에 착한 소년들이 받을 만한 것은 초콜릿이나 새 장난감이었는데, C의 안식처는 이 선들 중 하나의 위에 있지 않았고, **장난감**toy에 해당하는 T도 없었다. 사실 피아노의 알파벳은 꽤나 제한적이라 A부터 G까지만 진행되었다. 배울 음표가 몇 개 되지도 않으니 악기를 금세 통달할 수 있을지 모른다고 생각했다. 검은 선들 사이 흰 공간들에 있는 음표들은 외우기 쉬웠다. 얼굴F-A-C-E이라고 외우면 됐으니까.

피아노를 소유한 무척이나 평범한 위어드 부인은 우리 옆집에 사는 위어드 가족의 친척이었다. 그러나 그들은 정말 이상한 구석이 있었는데, 부엌에 개미 사육 상자를 두는가 하면 일요일마다 차로 교회에 갔다. 내 어머니가 부엌에서 용인할 수 있는 개미라고는 죽은 개미뿐이었다. 그녀는 벌레 퇴치 스프레이를 그 불우한 곤충들에게 열정적으로 분사했다. 일요일마다 옆집 위어드 가족이 차를 몰고 교회로 갈 때면 아버지는 흔히 정원을 손질하고 있었다. 그는 너덜너덜한 흰 러닝셔츠와 카키색 작업용 반바지 차림으로 일어서서는 "저를 위해 기도해 주세요, 스텔라!"라고 외치며 나무 손잡이가 달린 전지가위를 흔들어 보였다.

나의 주일 학교 경험은 오래가지 못했다. 사진에 기록된 바에 의하면 나는 이 성경 공부들을 위해 뭔가 거창한 옷을 입었다. 우리는 얄

곽한 표지의 작은 수첩에 예수의 생애의 핵심 사항들을 개선이 필요한 크기의 손글씨로 받아 적었고, 그의 가장 중요한 순간들을 색연필을 사용해서 재현했다. 주일 학교는 최초의 날에 빛을 만든 신, 자기 아들을 죽인 늙은 남자, 사과를 먹은 여자에 대한 이야기들을 들으러 가는 곳이었다.

그러나 어느 날 "예수 그리스도는 누구죠?"라는 질문에 내가 의기양양하게 "슈퍼스타!"●라고 대답하자, 주일 학교 교사는 어머니에게 전화해야 할 일로 보았다. 이런 식이라면, 천국에 가려면 잘 닦은 구두 한 켤레와 보라색 드레스 한 벌 이상이 필요할 것이었다.

나의 데뷔 공연은 수업을 시작하고 겨우 3주 후에 열린 윌콕스 부인의 정기 학생 연주회였는데, 아이러니하게도 내가 예수를 부적절하게 부른 장소인 교회 본당에서 벌어졌다. 점잔을 빼며 피아노 쪽으로 걸어가던 당시의 나는 '인디언 댄스'가 미국 원주민들을 거의 아무 기교도 필요 없는 음악 또는 단순한 곡조와 연관을 지었다는 점에서 인종 차별적이라는 점은 상상도 못했다.

"20센트 동전을 손등에서 계속 떨어뜨리지 않을 수 있어야 해." 나의 첫 교습들 중 어느 날 윌콕스 부인이 말했다. 무대 위에서 내 왼손은 1분 동안 손가락 두 개로 연주하는 음 두 개 사이를 오르락내리락하는 동안 제자리에 머물렀다. 이렇게 계속되는 사이 오른손도 제자리에 꽤나 잘 머물렀고, 다섯 음이라는 범위에서 맴돌며 반복된 패턴

---

● 뮤지컬 〈지저스 크라이스트 슈퍼스타〉를 의미한다.

으로 건반을 눌렀다. 움직이지 않은 다른 것이 있다면 내 머리카락이었다. 어머니가 너무나 세게 뒤로 당겨 묶다보니 일곱 살짜리 내 얼굴이 겨우 여섯 살로 보일 지경이었다.

137년 전 체르니의 교습법과 마찬가지로, 월콕스 부인은 학생들의 첫 수업부터 피아노 연주의 목표를 공연으로 간주했다. 이런 입장에서 보자면 그녀는 플로베르의 보바리 부인에도 필적했다. 보바리 부인은 청중이 있을 가능성이 거의 없는데도 연습하는 것에 절망했다.

그녀가 왜 연주해야 한단 말인가? 누가 듣겠는가? 그녀가 소매 짧은 벨벳 드레스를 입고 콘서트 무대 위에 앉아, 가볍고 우아한 손가락들이 에라르 피아노의 상아 건반을 누비는 가운데 청중의 황홀한 소근거림이 포근한 산들바람처럼 주위에 흐르는 일은 절대 없을 텐데, 이지루한 연습을 견딜 이유는 전무했다.

나는 벨벳이 아닌 면직물 옷을 입었고, 콘서트 무대 위 에라르 그랜드 피아노가 아닌 교회 본당의 야마하 업라이트피아노 앞에 앉았다. 그러나 청중의 고요한 주목은 중독적이었다. 30분마다 요란하게 뉴스를 알리는 라디오도 없었고, 남동생 역시 가만히 앉아서 나에게 귀를 기울이는 것 말고는 선택의 여지가 없었다. 남동생과 아버지는 축구 소식을 집으로 가는 차 안에서야 따라잡게 될 것이었다. 내가 연주할 곡은 너무나 단순해서 나는 자신감에 차 있었고, 아무리 설익은 재능일지언정 솔로 연주를 한다는 것만으로도 스스로 특별해지는 느낌이 들었다. 나는 무대에 있는 시간 내내 미소를 지었다. 내 양손이 대중의 주목 속에 정확하게 움직이는 모양새에 즐거웠고, 내가 다른 사람들을 위해 연주하는 것을 진정으로 즐긴다는 사실을 깨달아 안도했으며, 다음 수업과 익혀야 할 새 곡들이 기다리고 있다고 생각하니 흥분되었다. 보바리 부인의 환상에서처럼 청중 사이에 "황홀한 소근거림"은 없었다. 그렇지만 그 박수는 진짜였다. 연주회 후 나는 본당 뒤편에서 차와 비스킷을 먹으면서 친숙한 얼굴들이 건네는 칭찬에 미소로 화답했다.

콘서트 후 얼마 지나지 않아 윌콕스 부인은 어머니에게 내가 자신만의 악기를 가진다면 훨씬 빨리 발전할 거라고 제안했다. 어머니는 망설임 없이 아버지에게 내게 진짜 피아노를 사줄 때가 되었다고 말했다.

어머니의 예언가가 옳았다.

♫

나는 아버지와 함께 피아노 전시실을 돌아다니면서, 위어드 부인 집에서의 연습 시간이 끝난다는 생각에 짜릿함을 느꼈다. 검은색 피아노, 갈색 피아노, 화이트초콜릿색으로 반짝거리는 거대한 피아노가 나를 둘러싸고 있었다. 그 순간까지 나는 그랜드피아노들이 여러 사이즈로 나온다는 사실이나, 바로 브와지노 발렌티노 리버라치•가 하얀 피아노를 소유했다는 사실을 알지 못했다. 우리는 스타인웨이와

뵈젠도르퍼와 가와이와 빌스 들을 지나쳐, 전시실의 제일 먼 구석을 차지하며 전시된 수수한 업라이트피아노들에게로 나아갔다. 판매원은 우리를 곁눈질하며 관심을 두기 시작했다.

아버지는 나를 의자로 슬쩍 밀며 "시작하렴, 뭔가 연주해봐." 하고 말했다.

우리 중 피아노를 사면서 무엇을 주의해야 하는지 뭐라도 아는 사람은 없었다. 나는 어머니가 아버지를 위해 다림질한 셔츠의 칼라만큼이나 매끄러운, 작은 적갈색 야마하 피아노 앞에 앉아서, 나무의 광택과 윤이 나는 하얀 건반에 사로잡혀 있었다. 이 신품 피아노들은 비행기로 도착했을까 아니면 배편이었을까? 가게에서 하나를 실어내 집으로 들이려면 어떻게 해야 할까? 그리고 어머니는 어디다 두라고 하시려나? 일곱 살의 나에게는 피아노가 얼마쯤 하는지, 혹은 내가 피아노를 가질 수 있도록 부모님이 다른 소비를 얼마나 줄여야 할지에 대한 감각이 전무했다.

한 세대에 걸친 우리의 무지가 판매원에게도 빤히 보였던 게 틀림없다. 내가 초보자용 악보집에 있는 단순한 멜로디 하나를 외워서 치려고 하는데 그가 더 가까이 다가왔다. 초조함 때문에 내 오른손 손가락들이 꼬였다.

"아잇! 잘못 눌렀어." 나는 말하고는 그 멜로디를 올바르게 연주

●　미국의 피아니스트 겸 가수. 1950년대 TV 「리버라치 쇼」에서 팝과 클래식 명곡을 화려한 스타일로 연주해서 인기를 끌었다.

했다.

"중요한 것은 이 아이가 자신이 실수를 했다는 사실을 안다는 것입니다." 이제는 팔릴 것을 확신한 판매원이 아버지의 옆에 딱 붙어서 말했다.

아버지는 자신의 자부심을 북돋는 판매원의 말을 내 조숙한 재능의 증거로 해석했다. 그 밤색 업라이트피아노는 열흘 후 우리 집에 도착했다.

반짝반짝한 일제 피아노가 이제 우리 집에서 '조용히 앉아 있는' 방으로 통하는 곳의 한구석에 서 있었다. 지금껏 내가 그 방에 가는 것은 등받이가 높은 올리브색 소파에 웅크리고 앉아 책을 읽기 위해서뿐이었다. 그 방은 내가 혼자 있을 수 있다는 점에서 최고의 장소였다. 연한 금색 벽지와 밀짚 빛깔 양탄자로 덮인 방에 있는 사각 유리 탁자에는 완벽하게 한가운데 자리한 빈 도자기 주발 말고는 아무것도 없었다. 그것은 삶이 배제된 정물화였다.

건반 뚜껑을 처음으로 들어올리자 야마하 피아노에 자주색 펠트 띠가 걸쳐 있는 것을 보고 놀랐다. 마치 완벽하지만 수수한 비율 덕분에 방금 미인대회에서 우승하기라도 한 것 같았다. 어느 건반을 먼저 두드려야 할지 알 수 없었다. 검은 건반은 야생마의 갈기처럼 보였다. 나는 가운데쯤의 흰 건반 하나를 마치 물어뜯길까 겁이라도 나는 것처럼 오른손 검지 끄트머리로 눌렀다. 악기는 짜임이 촘촘한 양탄자 위에 놓였고, 놋쇠 페달은 세 개의 작은 발처럼 그 위에 떠 있었다. 피아노 상판을 올리고 내장된 막대를 상판 아래 전용 구멍에 끼위 받쳐두면 열어놓을 수 있었다. 피아노 상판을 열어놓은 채로 연주하면 닫혀 있을 때보다 소리가 더 크게 들렸다.

며칠 후 어머니는 자신의 도자기 인형들 중 하나를 피아노의 닫힌 상판 위에 두었다. 그녀의 야드로* 수집품에는 연애 중인 멕시코 농민(솜브레로**로 마무리되었다) 한 쌍과 지도에서 아직 식민지화되지 않은 영역을 찾아보고 있는 영국 해군 대령이 포함되어 있었다. 그 수고롭고 낭만적인 세련된 조각상들은 공백을 혐오했다. 어머니는 소녀 시절에 피아노를 배우고 싶었지만 집이 너무 가난해서 교습비를 감당할 수 없었다고 종종 이야기했다. 이제 자신의 집, 조용히 앉아 있는 방에 업라이트피아노가 떡하니 놓이자, 어머니는 직접 손가락으로 건반을 두드리는 대신 자신의 수집품 중 가장 큰 도자기 인형이라도 되는 양 먼지를 터는 쪽을 택했다.

이후 오랫동안 나는 상판을 연 채 연습하기 위해 인형들을 치우곤 했지만, 그럴 때는 어머니에게 괜찮냐고 물어봐야 했다. 어머니가 내 머리카락을 늘 뒤로 묶어야 한다고 고집하는 것과 피아노 상판을 닫아두는 쪽을 선호하는 것 사이에는 연관성이 있었지만, 그때는 그 사실을 알아차리지 못했다.

악기보다 2주 후 도착한 피아노 조율사는 장소를 못마땅해했다. 피아노의 뒷면은 동쪽으로 타번크리크다리가 보이는 큰 창문에 접해

---

●　스페인의 도자기 브랜드.
●●　챙이 넓은 멕시코 모자.

있었다. 그 창으로는 매일 밤낮으로 다리를 건너는 차들과 트럭들 위로 태양이 떠오르는 것이 보였다.

"그 사람이 그러더라, '이 모서리에서 유리창 둘이 만나잖아요. 햇빛이 밀려들어와 음이 안 맞게 될 겁니다.'" 내가 학교에서 돌아오자 어머니가 보고했다. "피아노에는 최악의 장소라고 하더만." 그녀는 기억을 떠올리느라 눈을 번득이며 고개를 절레절레 흔들었다. "배짱도 좋지, 나한테 피아노를 어디다 두라고 말하다니!"

조율사가 딱하다고 생각했다. 아마 자신이 이야기하는 분야는 잘 알고 있었겠지만, 반대 의견을 내봤자 소용없다는 것은 몰랐을 것이다. 유일한 대안은 피아노를 제일 짧은 벽 쪽으로 옮기고, 해가 잘 드는 구석에는 크림색 소파를 놓는 것이었다. 이 대안이 별로라는 사실은 나조차 알 수 있었다. 소파는 너무 컸다. 누가 뭐래도 어머니가 옳았다. 햇빛은 천을 변색시킬 것이었다.

"그 사람한테 너무나 유감이지만 지금 자리에 그대로 있을 거라고 말했단다." 이렇게 말하는 그녀의 목소리에는, 나에게 말에게 씌운 굴레와 비슷한 효과를 주곤 하던 날선 데가 있었다. 피아노 조율사가 그녀의 어조에서 이를 몰라봤을 리 없다고 확신했다. 자신이 자영업자라는 것을 기억해내고, 악기를 있는 그 자리에서 조율하기 전에 말이다.

♫

수요일이 되면 학교가 끝나기를 기다리기 힘들었다. 그날이면 선생님의 매끄러운 검은색 가죽 피아노 의자에 앉아서 그녀가 손으로 쓴 악보들을 공부할 수 있었다. 많은 초보자들과 마찬가지로 나는 존 톰프슨의 『짧은 손가락들을 위한 연주 교습Teaching Little Fingers to Play』 시리즈의 클래식 편으로 시작했고, 그후 슈만의 『어린이를 위한 앨범Album for the Young』과, 다름 아닌 바흐의 『어린이 바흐The Children's Bach』로 넘어갔다. 곡선들과 직선들이, 점들과 희고 검은 음표들이 빼곡하게 들어찬 미색 4절지들이 아직도 눈에 선하다. 그리고 그 모든 것들을 헤치며 마치 내 머리카락의 엉킨 곳들을 훑어나가는 빗처럼, 높은음자리표와 낮은음자리표가 그려진 오선들을 따라 오른손과 (어느 정도는) 왼손으로 질주하던 것을 말이다.

크리스마스 카드의 상단에서 보표를 보기 전까지는 아무것도 이해하지 못했다.

러시아 시인 마리나 츠베타예바는 기보된 음악을 배우기 위한 분투에 대해서 이렇게 썼다.[26]

그 보표에서는 오선 위에 음표 대신 앉아 있었다, 참새들이 말이다! 그러자 음표들이 가지 위에서 산다고 이해되었다. 각각 자신의 가지 위에 있다가, 해당 건반들로 점프한다. 그러면 음이 만들어지는 것이다.[27]

20세기 최고의 시인들 중 하나가 된 마리나는 1934년작 에세이

『어머니와 음악Mother and Music』에서, 악보를 읽으며 동시에 연주하는 것을 싫어했다고 고백한다. 음표들이 방해가 된다고 느낀 것이다. 내 경험은 반대였다. 나에게 씌어진 기표는 내가 이해할 수 있는 수수께끼 혹은 비밀이었다. 만일 윌콕스 부인에게 주의를 기울이고 날마다 연습을 한다면 말이다.

나에게 글자와 낱말 읽기를 가르친 것은 어머니이지만, 악보 읽기를 배운 것은 나의 독자적 발견이었다. 쭉 뻗은 꼬리가 달린 동그라미 하나가 특정한 음 하나에 해당한다는 발상, 종이 위에 쓰인 상징 하나가 음 하나의 정확한 높이뿐 아니라 길이까지 보여준다는 발상은 너무나도 중독적이었다. 나는 더 많은 것을 바라며 계속 피아노 의자로 돌아갔다. 그러나 오른쪽과 왼쪽을 위아래로, 집중력을 한껏 사용하면서 읽어야 하는 악보 읽기는 지치는 일이었다. 그리고 그렇게 했을 때마저도, 악보는 절대 그것이 만들어낸 예쁜 소리 이상을 의미하지 않았다. 점들과 선들의 조합은 글자들이 단어들을 형성하는 것과 닮지 않았다. 그것들은 무언가에 대한 것이 아니었다.

그렇긴 해도, 나는 여전히 새로운 언어를 말하는 법을 배우고 있었고, 이야기하기를 멈추고 싶어하지 않았다. "네 머릿속에 든 생각이야 내가 다 알지." 어머니는 의견 충돌이 있으면 가끔 경고조로 이렇게 말했다. 그러나 이것은 몰랐다. 어머니를 기쁘게 하고 싶은 열망은 피아노 앞에서 내가 느끼는 기쁨, 질서와 기쁨으로 가득한 나의 작은 영토와 어긋났다. 가족 중 검은 음표들과 오선이 의미하는 바를 이해하는 유일한 사람으로서, 나는 기보된 음악에 사생활과 권력을 결부시켰다. 그리고 피아노는 나만이 갈 수 있는, 다른 누구도 따라올 수 없는 비밀의 장소가 되었다.

♫

진도가 나아감에 따라, 나의 짧고 조급한 손가락들 아래에서 음을 얻는 것은 새로운 작품을 익히는 것의 한 측면에 불과해졌다. 또다른 측면은 악보의 문자 언어 어휘를 익히는 것이었다. 그것들은 주로 이탈리아어였다. 초보자용 교습서의 고전인 바흐 「2성 인벤션Two-Part Inventions」의 페이지들에는 이탈리아어 단어들과 구절들이 가득했다.

예를 들어 '인벤션 13번 A단조'의 두 페이지 중 왼쪽 상단의 **알레그로 트란퀼로**Allegro tranquillo는 피아니스트가 착수해야 할 속도(**알레그로**는 빠르게라는 뜻이다)와 음색(**트란퀼로**를 맞춰도 상은 없다)을 지시한다. 나는 빨리 연주하는 데는 문제가 없었지만, 평온하게 연주하라는 부분은 더 힘들었다. 형용사로 따지자면 내가 제일 좋아하는 것은 걷는 속도를 뜻하는 **안단테**andante였지만, 템포는 **프레스토**presto를 선호했고 **라르고**largo를 혐오했다. 그 느린 속도는 인내, 자제, 그리고 무슨 말인지 모르겠지만 윌콕스 부인이 **각 음들 사이의 감정적 연결**이라고 설명했던 것을 요구했다.

화려한 f는 **포르테**forte, 크게라는 의미라고 알았고, 여기에 **메조**mezzo를 더한 mf는 f와 작게 연주하는 **피아노**piano를 뜻하는 p의 중간 정도의 음량을 나타냈다. 어머니가 내 머리카락을 제자리에 있도록 사용하는 실핀과 닮은 기호들도 있었는데, 어느 쪽으로 벌어졌나에 따라 점점 커지거나 작아져야 함을 나타냈다. 어떤 실핀 밑에는 더 구체적인 지시 사항이 있었다. **디크레스**decresc. **포코 아 포코**poco a poco. 내가 조금씩, 점점 더 작게를 뜻하는 **포코 아 포코**를 얼마나 좋아했는지 모른다. **디민**dimin이라는 축약형은 영어로는 디미니시이고, 피아니스트에게 더 조용해지라고 이야기했다. 반면 **크레스**cresc는 더 크게 연주할 시간이라고 부추겼다.

♫

1723년 바흐가 설명한 바에 의하면, 그의 「2성 인벤션」 15곡은 '아마추어 건반악기 연주자들, 특히 더 열성적인 사람들'을 위한 연습곡으로 작곡되었다.[28] 그는 그 곡들을 당시 아홉 살이었던 아들 빌헬름 프리데만을 위해서 썼다. 바흐가 말한 '건반악기'는 하프시코드와 클라비코드(클라비어)였다. 피아노포르테가 이들을 밀어내려면 몇 십 년은 더 있어야 했다. 약 250년이 흘러 내가 교습을 받은 지 2년째이자 빌헬름 프리데만과 비슷한 나이로 바흐의 '인벤션 13번'을 배우던 무렵 내가 사용한 21세기 판본에는 **피아노**와 **포르테**가 표시되어 있었다. 이 용어들은 이 악기가 초창기의 두 건반악기들과 달라진 점을 요약한다. 바로 피아노는 작은 소리부터 큰 소리까지 연주할 수 있다는 사실이다. 이런 발전 덕에 18세기 후반 피아노포르테는 우세한 건반악기가 된 것은 물론, 전임자들을 재빨리 쓸모없게 만들었다.

인벤션은 건반악기를 위한 짧은 작품이고 대위법으로 정의된다. 「2성 인벤션」의 경우 두 가지 독립적이고 상이한 목소리들이 서로 조화를 이루면서 작용한다. 정말이지 모든 관계의 귀감이라고 할 수 있다. 리듬과 멜로디의 그 모든 변주들, 오른손이 방금 연주한 것을 왼손이 모방하거나 변주하는 그 모든 패턴들이, 독립적인 전개와 조화로운 감정 이입을 보여주는 ('인벤션 13번'의 경우) 24마디에 빼곡하게 채워진다. 바흐의 구조적으로 더 복잡한 작품인 「프렐류드와 푸가 Preludes and Fugues」에서와 똑같이, 「2성 인벤션」에서 양손은 멜로디를 유쾌하게 공유한다.

테니스 시합에서와 비슷하다. 오른손이 연주하던 멜로디의 단편을 두 마디 뒤 왼손으로 던지면, 다시 멜로디 전개의 과제가 오른손의 코트로 로브되기 전까지 두 마디 동안 유지된다. 오른손의 멜로디 단편에 다시 왼손이 답하지만, 구성상 뒤로 가면 다시 뒤집힌다는 조건하에서다. 이런 식으로, 오선과 마딧줄이라는 네트를 가로질러 계속 오락가락 진행된다. 두 손 사이, 두 목소리 사이의 시합에는 조화와 합의가 존재한다. 혹시 불협화음이 발생하더라도 이 음악적 충돌은 금세 스스로 해결된다. 존 메켄로보다는 비에른 보리에 가까운 셈이다.•

수업 시간 동안 윌콕스 부인은 닳아서 몽당이 된 노란 연필을 쥔

---

• 상이한 플레이 스타일을 가진 메켄로와 보리의 라이벌 관계는 1970년대 후반~1980년대 초반 테니스계를 평정했다. 보리는 냉정하고 절제적인 태도를 유지한 반면 메켄로는 시합 중 자주 감정을 폭팔시켜서 코트의 악동으로 불렸다.

채 내 오른쪽 어깨 너머에서 서성였다. 그녀는 인벤션에서 유난히 까다로운 음표 위에 내가 어떤 손가락을 사용하면 좋을지 알려주는 숫자를 삽입해서 도움을 주었을 뿐 아니라, 한 발짝 더 나아가 주석들을 연필로 써넣기도 했다. 어떤 마디에서는 왼손의 기보를 아홉 살짜리 내 손이 감당할 수 있도록 바꾸었다. 그 당시조차 나는 바흐가 그녀의 편집적 개입을 어떻게 생각할까 궁금했다.

장래 소설가가 될 조지 엘리엇은 세상이 그녀를 메리 앤 에번스라는 이름으로 알던 소녀 시절부터 열성적인 아마추어 피아니스트였다. 성인으로서, 그녀는 여러 편지에서 피아노 연주가 어떻게 자신에게 "신경적 자극은 물론 신선한 근육 운동"을 주었는지 설명했다.[29] 작가로서, 그녀는 자신의 몇몇 여성 등장인물에게 음악적 재능을 부여했다. 1860년작 『플로스강변의 물방앗간The Mill on the Floss』에서, 엘리엇은 이 악기에 대한 자신의 열정을 여주인공 매기 털리버의 음악 애호를 통해 보여준다.

그냥 옥타브 협화음에 불과한 것이 매기에게는 기쁨이었다. 그녀는 종종 어떤 선율도 없는 연습곡집을 집어들고는 했다. 추상화를 통해 음정들의 보다 원초적인 감각을 더 예민하게 맛보기 위해서였다.

만일 매기가 옥타브들을 한 손으로 처리하고 있었다면 그녀의 한 뼘은 내 것보다 넓었을 것이다. 엘리엇의 상상력을 사로잡은 것은 먼 곳에 있는 거장의 음악성이 아니었다. 그녀는 이 악기가 학생들에게 제시하는 육체적, 정신적 도전들을 이해했고, 자신의 주인공이 연주에서 저지르는 실수들에 공감했다. "템포를 서두르기…… 는 분명히 매기의 약점이었다"고 엘리엇은 언급했다.

초보자에게 서두르고 싶은 유혹은 억제하기 힘들다. 교육용인 『젊은 숙녀에게 보내는 서신』에서 체르니는 흔히 벌어지는 "속도를 재촉하는 실수"를 경고한다.[30] 내 첫 악보집들의 하얀 페이지들은 각기 다른 두 손으로 적은 주석들로 덮여 있다. 윌콕스 부인의 손글씨는 본인과 마찬가지로 길고 갸름하며, 학생들의 어깨 너머라는 이상한 각도에서 악보 귀퉁이에 오랜 세월 글을 써온 결과로 깔끔하다. 그녀의 주석들은 죄다 나에게 템포를 상기시키는 것이다. 사춘기가 되기 전 내 몸통처럼 더 둥글고 통통한 내 손글씨로 말하자면, 그녀의 주석을 내가 구어로 번역한 것들이었다. **속도를 늦춰! 서두르지 마!**

그리고 구두점들이 존재한다. 이를테면 음표 밑의 점은 **스타카토** staccato로 연주하라고, 그 음에서 뛰어오르라고 이야기한다. 그 대척에 선 것은 이상적인 **레가토** legato의 매끄러운 균일함이다. 나에게는 어떤 작품을 처음 익힐 때 프레이즈* 표시를 무시하는 게으른 기질이 있었다. 어떤 작품에서건 그 표시들은 내적 구두점을 이룬다. 프레이즈는 음표들의 연속을 형성하거나, 한 작품의 서두, 중간, 종결을 가늠한다. 그리고 현재 인스턴트 메신저 시대의 유행병인 구두점 경시

---

● 음악을 구성하는 가장 작은 요소인 모티프가 발전해 이룬 자연스러운 한 단락의 멜로디 라인으로, 악절 또는 악구라고도 한다.

가 오해와 혼동된 의사소통으로 이어지는 것과 똑같이, 정확한 프레이징 없이 서둘러 전달되는 나의 멜로디들은 윌콕스 부인이 보기에는 잘 해야 간신히 문맹을 벗어난 수준의 해석들로 귀결되었다.

윌콕스 부인의 건반에서 눈을 들면, 피아노의 반짝이는 검은 표면에 비친 내 모습에 종종 충격받았다. 그 모습은 내 침대 옆 테이블 위쪽에 걸린 거울에 비친 모습을 볼 때와 같지 않았다. 어머니가 가끔 생화를 꽂아두는 작은 꽃병 위쪽에 있는, 그녀가 내 양갈래 머리에 묶어주는 리본이 걸려 있는 거울말이다. 피아노의 검은 거울을 응시하는 것은 미래를 들여다보는 것과 더 비슷했다. 나는 여기서 내 자신이 지금과 다른 모습일 가능성을 처음으로 인식했고, 내가 될 소녀를 언뜻 보았다. 피아노를 연주할 수 있고, 손가락 끝을 통해 스스로를 둘러싼 세계를 이해하고, 말을 할 수 없을 때는 양손으로 대신 말하게 할 소녀였다.

## 처음으로
## 음악성을 인정받다

    피아노 앞에 앉은 앨리스 메이 모리슨 테일러는 머릿속에 떠오르는 음들을 연주하면서, 그날 아침 성가대가 노래한 새로운 찬송가를 나지막하게 반복했다. 그녀는 성가대에 귀를 기울이면서 그들이 노래하는 것의 모양새를 그려보았다. 다들 그렇지 않나? 어떤 때는 음들이 일렬로 덤버턴 로드까지 곧장 행진했다. 또 어떤 때는 멜로디가 마치 덤버턴 록의 꼭대기에라도 오르려는 양 치솟았다가 다시 클라이드강으로 내려가곤 했다.

    앨리스는 예배 동안과 집으로 걸어오는 동안 그 모양새를 머릿속에 유지할 수 있다면, 자신의 피아노로 돌아왔을 때 기억해낼 수 있다는 것을 알고 있었다. 그녀는 피아노를 자기 것으로 생각하게 되었다. 낸스는 연주하는 척하는 것을 완전히 포기했고, 비록 교회의 오르가니스트는 남자일지언정 남동생들은 피아노 연주는 여자애들만 하는 것으로 여겼기 때문이다.

다우언힐 연합 자유 교회는 집에서 10분 거리였다. 거기로 가는 길이면 남동생들 중 하나가 이 교회는 이름처럼 내리막이어야 한다며 농담을 하곤 했다. 낸스는 매번 키득댔지만 그런 농담은 앨리스를 심란하게 만들었다. 그녀가 제일 좋아하는 순간은 길모퉁이를 돌아 하인드랜드 스트리트로 들어서서 하느님을 향해 곧장 솟아오른 첨탑을 보는 때였다. 그녀는 곧 교회 안으로 들어가 노래하게 될 것이다. 비록 그녀 자신이 속한다는 사실을 너무나 잘 아는 성가대와 함께 앞쪽에 있는 대신 잠시도 가만히 있지 못하는 남동생들 사이에 끼어서 신도석에 있더라도 말이다.

"더 빠른 길이 있을 게 분명해요, 엄마." 그들이 하인드랜드 스트리트를 따라 덤버턴 로드로 걸어가는데 제임스가 툴툴거렸다.

"어느 길로 가든 0.5마일이다." 그의 어머니가 대답했다. "앨리스가 성가대에 들어가면 혼자 오가야 할 텐데 이 길이 제일 쉬운 거 알잖니."

일요일마다 앨리스는 지휘자인 늙은 커닝햄 씨를 주의 깊게 보았다. 그가 성가대 앞에서 양팔을 움직일 때 그녀의 눈은 그의 좁은 어깨에서 떨어지지 않았고, 그가 정확히 무엇을 하고 있는지 상상해보려고 했다. 기억할 수 있는 한, 그녀는 성가대에 들어가기를 열망했다. 그러나 다우언힐 연합 자유 교회는 음악을 진지하게 취급했다. 성가대 가입은 초대받은 사람만이 가능했다.

"커닝햄 씨가 오늘 말하기를, 네가 열두 살이 되면 기꺼이 가입시키겠다더라." 지난 일요일 오후 그녀의 어머니가 공용 빨랫줄의 그들 구역에서 다 마른 시트를 고정시킨 빨래집게를 빼며 말했다. 앨리스는 흥분을 가라앉히려고 애쓰면서, 어머니가 시트를 개는 것을 도우려고 허리를 굽혔다. "주님이 주신 선물이야, 네 목소리는." 입에 빨래집게를 문 탓에 억양이 없는 어조로 어머니가 말했다. "우리에게 물려받은 것은 절대 아닌데 말이지."

빨래집게에도 불구하고, 앨리스는 어머니의 목소리에서 조용한 자부심을 느꼈다. 하지만 열두 살이라고? 그녀는 이제 겨우 열한 살이 된 참이었다. 어떻게 그렇게나 오래 기다린단 말인가?

## 능숙하되
## 너무 뛰어나서는 안 된다

곧 피아노 의자는 어느 집에서건 나에게 가장 편안한 자리가 되었다. 집에서는 만찬 모임에서 공연을 해 부모님의 친구들을 즐겁게 했다. 크리스마스에는 푸딩을 먹은 후 친척들을 위해 연주했는데, 바흐보다는 버트 배커랙를 좋아하는 분들이었지만 어쨌거나 예의바르게 박수들을 쳤다.

나는 초견이 좋은 연주자였다. 처음 보는 작품도 믿음직스럽게 연주할 수 있다는 의미이다보니, 열 살 즈음에는 인근의 바이올리니스트들, 가수들, 플루티스트들의 단골 반주자가 되었다. 프리랜서가 으레 그렇듯이, 내 공연들은 주로 직접적인 인맥과 입소문에 의한 추천으로 이루어졌다. 나도 한때 속했던 윌콕스 부인의 학생들 중 가장 뛰어난 플루티스트들은 정기 콘서트에서 반주가 필요했고, 나는 이제 거기서 대미를 장식하는 솔로 연주자이기도 했다. 하지만 솔로 공연의 도전에서 두각을 나타내면서도 음을 잊어버리거나 눈에 띄는 실수를 저지를까 걱정이 됐고, 그런 불안은 나의 즐거움에 먹구름을 드리우기 시작했다.

나는 반주자 일의 다채로움, 참신함, 동료 의식에 끌리는 스스로를 발견했다. 독주자가 최고의 소리를 내도록 돕는 것 말이다. 초등학교 때 친구였던 바이올리니스트가 교회 연주회에서 같이 공연하자고 청했다. 지역에서 활동하는 가수가 다가오는 오디션을 위한 예행연습에서 나의 도움을 바랐다. 나는 모두에게 좋다고 했다. 반주는 나에 관한 것이 아니었다. 그것은 다른 음악가가 안심하도록 만드는 것이었다.

초견은 시각적 기호 및 상징으로 이루어진 음악적 정보를 소리로 바꾸는 과정이다. 이것은 음악가 앞에 놓인 음악 종류에 대한 문화적 친숙함이라는 탄탄한 토대 위에서 구축된 단기 기억의 위업이다. 즉 천성과 교육의 조합인 셈이다. 연구에 의하면 능숙한 초견연주자들은 덜 능숙한 연주자들보다 음악을 훨씬 멀리 본다고 한다. 눈과 손 사이의 폭을 다른 음악가들보다 더 넓게, 즉 음표를 읽는 것과 그것들을 실제 연주하는 것 사이의 간격을 더 넓게 처리하고 기억할 수 있는 것이다. 언어를 예측에 의지해서 읽는 것(마음에 안 들게도 '덩어리 만들기'*라고 부른다)과 비슷하게, 유능한 초견연주자는 음표들의 패턴

---

* 청킹(chunking)이라고 부르는데, 인지 처리 과정에서 다양한 정보들 중 의미 있는 정보들을 연관 지어 기억하는 것을 말한다.

을 하나의 단위로 인식한다.

초견연주는 중독적인 일이다. 왜냐하면 그 정의상 음악가는 먼저 막대한 양의 새로운 기보로 기술을 발전시키고, 그다음에 보다 음악적인 요구를 충족시킬 것이 요구되기 때문이다. 대단히 능란한 초견연주자였던 프랑스 철학자 바르트는 이것을 새로운 음악에 대한 "갈증"으로 설명했다.[31] 이 욕망이라면 내가 안다. 나는 음악적 난교라는 것을 다른 어떤 욕망보다도 일찍 이해했다. 혼자서건 다른 사람들과 함께이건, 언제나 연주할 다음 작품을 찾으면서 말이다. 나의 경우 초견 재능은 나를 반주로 이끌었고, 이는 다시 나를 더 강력한 초견연주자로 만들었다. 하지만 이것은 필연적인 경로가 아니다. 바르트는 오로지 피아노 독주를 위한 새 작품들만 찾았고, 그것을 아침마다 단 한 명의 관객을 위해 연주하곤 했다. 그의 어머니였다.

♫

돌이켜보면 내가 매일 저녁식사 전 연습한 것은 우연이 아니라는 것을 알 수 있다. 그때 어머니는 조용히 앉아 있는 방 바로 옆인 부엌에서 식사 준비를 하고 있었다. 연주할 때 어머니가 듣는 것은 나에게 아주 중요했다. 피아노 앞에 앉은 채 벽을 투시해서 어머니를 볼 수는 없기에, 그녀의 어조를 악보의 음높이 및 리듬과 연관 지었다. 그녀가 말하는 단어 하나하나가 어떤 음에 정확히 대응되는 것은 아니었지만, 그 패턴들은 쉽게 통역되고도 남았다.

'아주 좋아ve-ry good'의 경우 8분음표 두 개와 4분음표 하나로 번역되었는데, 음높이가 점점 높아져서 두번째 단어가 강조되었다. '그거 좋구나, 얘야that's nice, darling'의 경우, 동일한 음높이에서 내려갔다 올라가는 대칭적인 U자 모양 8분음표 네 개로 번역되었다. 이런 식으로, 어머니의 오르락내리락하는 억양은 집에서의 피아노 공연들에서 없어서는 안 될 반주가 되었다.

나는 어머니의 목소리 뉘앙스에 마치 지진계가 지진을 감지하는 것처럼 민감했는데, 있을 수 있는 최악의 소리는 그녀의 침묵이었다.

어느 날 나는 어머니가 지역 로터리 클럽 미술 전시회의 초대장들을 접는 것을 도왔다. 아버지가 해마다 자원봉사계의 시시포스●처럼 떠맡는 어마어마한 무급 노동이었다. 보통 엄마와 나는 잡담을 하거나 아니면 다정한 침묵 속에 앉아 있었다. 하지만 오후가 흘러감에 따라 침묵에 구름이 드리웠다. 어머니의 기분이 바뀌었다는 사실을 어떻게 알았는지는 모른다. 그녀가 뭔가에 마음이 상했다는 사실을 겉으로는 아무 기색도 드러내지 않음에도 그냥 느낄 수 있었다.

나는 우리가 작업하던 부엌 식탁 한가운데 있는 이미 봉한 초대장 무더기를 가리켜보았다. 그즈음 거기 있는 초대장들은 수백 장은 되었다. "봐요, 엄마." 나는 침묵에 구멍을 뚫듯 조심스럽게 말했다. "우리 사이에 벽이 있네요."

---

● 그리스 신화에서 제우스를 속인 죄로 지옥에 떨어져 영원히 바위를 산 위로 밀어올리는 벌을 받은 코린트의 왕.

"확실히 그렇구나, 얘야." 그녀가 날카롭게 말하자 식탁 주변의 기온이 곤두박질쳤다. "확실히 그래." 그녀는 얼굴을 굳히고 초대장을 계속 접으면서 돌 같은 침묵으로 빠져들었는데, 그 침묵은 며칠씩 갈 수도 있었다. 이 은유는 교훈을 주었다.

그녀의 어조가 내 위를 저미는 것 같았지만 무슨 문제라도 있냐고 묻지 않을 정도의 지각은 이미 갖고 있었다. 절대 아무 문제도 없었다.

몇 년 후, 어머니가 혹시 아버지와 나의 관계 때문에 따돌려진 느낌을 받았던 게 아닐까 하는 생각이 들었다. 그것은 음악에 대한 우리의 사랑 속에 결속된 관계였다. 그녀는 우리 둘이서만 공유하는 무언가를 갈망했지만, 우리가 함께 책을 읽고 이야기를 하며 시간을 보냈어도 그러지 못했다고 느꼈을 수 있다는 생각이 나를 슬프게 만들었다.

그러니 피아노 의자에서 어머니를 부르는 것은 지도나 기술적 향상을 바라서가 아니었다. 그녀가 여전히 기분 좋은 상태로 남아 있다는 것을 확인하기 위해서였다. 내가 연주하는 것은 그녀를 위해서였고, 내가 구한 것은 그녀의 인정이었다. 어머니의 짧막한 격려를 듣고 싶은 욕망은 물릴 줄을 몰랐다. 부름과 응답이라는 우리의 의식은 모든 게 아직 괜찮다는 규칙적인 확인을 제공했다.

♫

어머니가 나에게 미묘한 뉘앙스 차이와 임박한 파국을 대비해 늘 귀를 기울이도록 가르친 것을 고맙게 생각한다. 나는 음악가가 몇 마디 쉰 후 정확히 언제 다시 들어가야 할지나, 독창자가 노래하려는 음을 미묘하게 빨리 내는 것에 대해 정교히 연마된 육감을 발달시켰다. 어떤 프레이즈들에서 각별한 정확성이 필요할지, 또는 악보의 어디쯤에서 독창자가 템포를 앞서 달리기 시작할지에 대한 육감이었다. 주의 깊게 귀를 기울이는 능력은 초견 능력과 더불어 나를 인기 있는 반주자로 만들었다.

나는 피아노와 떨어져서는 카리스마와 거리가 멀었다. 어머니가 내 인생의 다른 모든 측면에서 발휘한 것과 비슷한 사회적 권력을 헌터스힐 초등학교에서는 그레타 미첼이 나에게 행사했다. 당시 그레타는 경고도 없이 나를 자기 무리에서 축출했다. 어떻게 된 일인지 그녀는 누가 들어오고 누가 나갈지 결정하는 권력을 갖고 있었다. 마치 우리가 같은 친구 그룹에 속함으로써 그녀만이 아는 음들로 구성된 음계를 형성하기라도 한 것 같았다.

나는 비탄에 빠졌다. 올리브색 피부를 가졌고 첼로를 연주하는 그레타를 나는 우러러보았다. 그러나 그녀는 더이상 나와 눈을 마주치지 않았다. 가끔 어머니가 나에게 말을 걸지 않거나 날선 듯 눈 마주치기를 거부할 때 마음속 깊은 곳에서는 그녀의 말없는 거절이, 마치 몇 주나 지속되는 것처럼 느껴지는 그 시간이 결국에는 끝날 것을 알고 있었다. 그녀는 절대 자신의 침묵을 해명하지 않았지만, 그럼에도 뭔가 잘못되었다는 사실을 나는 이해했다. 그레타 역시 해명하지 않았지만, 그녀의 결정은 최종적이었다. 집에서 피아노 앞에 앉아 울음을 터트리자 게일의 엉겨붙은 머리카락에 눈물이 떨어졌다.

"헛소리 작작해라!" 울면서 무슨 일이 일어났는지 설명하자 어머니는 폭발했다. "대관절 왜 그레타랑 친구하길 바라는 거니? 새 친구들이나 만들렴." 그녀의 간결하고 폭력적인 일갈은 나를 상처라도 입은 것처럼 마비시켰다. 그녀는 돌아서더니 감자들이 껍질이 벗겨지기를 기다리고 있는 부엌 싱크대로 갔다.

무슨 말을 더 할 수 있겠는가. 나의 목소리를 찾을 수조차 없는데? 당신이 장기 투숙객이건, 피아노 조율사처럼 그냥 방문객이건 간에, 우리 집에서 공감은 턱없이 부족했다. 분명히, 내가 느끼거나 설명에 어려움을 겪는 것들은 남들에게 말할 게 아니라 혼자 간직해야 했다. 나는 교훈을 얻었고, 뭐가 되었건 중요한 것을 다시는 어머니와 공유하려고 하지 않았다.

어떤 것이든 강하게 느낀다는 것은, 자기 자신과 그것을 다른 식으로 강하게 느끼는 타인들과의 사이에 심연을 창조하는 것이었다.

버지니아 울프의 『출항The Voyage Out』의 주인공 레이철 빈레이스는 이렇게 결론짓는다.

피아노나 연주하면서 나머지는 모두 잊는 편이 훨씬 나았다.

레이철과 마찬가지로, 나는 피아노 앞을 제외하고는 조용하게 지냈고, 나의 손가락들은 오직 피아노 건반 위에서만 점점 더 자신감 있고 유창하게 이야기했다.

♬

피아노 앞에서 가장 재능 있는 소녀들의 뒤에는 대단히 영향력 있는 어머니가 존재한다. 마리나 츠베타예바의 어머니 마리아는 재능 있는 아마추어 피아니스트였다. 그러나 마리아의 아버지는 직업적 음악가의 경력을 쌓겠다는 그녀의 야망을 거부했다. 이런 태도에서 아버지 츠베타예바는 빅토리아시대 사람들 대부분과 의견을 같이 한다. 그들은 무대를 사창가의 옆집이 아니라 사창가로 이르는 문으로 간주했다. 마일스 프랭클린의 1901년 소설 『나의 눈부신 경력My Brilliant Career』에서, 시빌라 멜빈이 노래 지도를 받아서 '무대로 간다'는 생각을 품고 있다는 것을 알자, 그녀의 할머니는 고집스럽게 말한다. "절대 뻔뻔한, 나쁜 여배우가 되지 않으리라고 약속하렴."

「어머니와 음악」에서 마리나는, 전문가가 되겠다는 포부를 품은 어머니가 본인의 목표를 어떻게 딸들에게로 옮겼는지에 대해서 쓴다. 마리나는 1892년에 어머니가 낳기를 기대한 남자아이가 아니었다. 태어난 바로 그 순간부터, 그녀는 어머니의 차선책이 되었다.

갈망되었고, 예정되었고, 거의 운명적이었던 아들 알렉산더 대신 태어난 게 고작 나였을 때, 어머니는 긍지 높게도 한숨을 삼키고는 말했다. "최소한 애는 음악가가 될 테니까."

가련한 마리나. 최소한 내 어머니가 만났던 예언가는 출생 전 나의 성별과 음악적 성향을 확인해줄 수 있었다. 큰 기대는 일찌감치 관리하는 게 최선이다. 마리나의 좌절한 어머니는 스스로에게 말했다. "내 딸들은 내가 그렇게나 되고 싶어한 '자유로운 예술가들'이 될 거야." 그러고는 음악적 천성을 보여준 유일한 딸 마리나가 날마다 몇 시간씩 연습하기를 네 살부터 강요했다.

"넌 두 시간 내내 앉아 있게 될 거야. 그리고 좋아할 거라고!" 마리나는 마리아가 다른 엄마들이라면 채소를 먹으라고 할 때나 사용했을 어조로 말했다고 전한다. 전혀 자유롭지 않다. 자유와 가장 거리가 멀다.

1906년에 어머니가 결핵으로 사망하자 마리나는 곧장 러시아 모스크바 국립 음악원으로 향했다. 이 풋내기 시인 겸 피아니스트의 나이는 열네 살이었다. "나는 분명 음악원을 마칠 테고, 좋은 피아니스트로 알려질 거라고 확신했다." 그녀는 거의 30년 후 회고했다. "꼭 필요한 능력은 있었으니까." 대신 그녀는 작가가 되었고, 어머니와 딸 사이의 사랑에 담긴 지독한 양가감정에 바치는 산문 「어머니와 음악」을 썼다. "그런 어머니 이후 내가 가진 대안은 하나뿐이었다. 시인이 되는 것이었다"라고 그녀는 썼다.

딸이 콘서트 피아니스트가 되리라는 마리아의 드높은 야심은 여성 피아니스트들이 19세기에 보통 받던 기대와는 근본적으로 달랐다. 당시 그들은 능숙해야 하지만 너무 뛰어나서는 안 된다고 여겨졌다. 이런 태도는 제인 오스틴의 소설들에도 만연하다. 여기서 주목할 만한 피아노 기술은 주목받지 말아야 하는 무언가다. 1815년에 출간된 『에마Emma』에서, 제인 페어팩스의 지나치게 뛰어난 피아노 기술은 그녀를 오스틴의 세계에서 도덕적으로 그늘진 구석자리로 내몬다. 등장인물들은 페어팩스가 연주하는 것을 듣기를 좋아하지만, 그들의 작가는 그런 능력의 진정한 가치를 의심한다. 페어팩스의 재능과 미모에도 불구하고 그녀는 이야기의 주인공으로서 절대 에마에게 위협이 되지 못한다. 프랭크 처칠과의 비밀스러운 관계 때문인데, 그는 소설의 많은 부분에서 출처가 모호한 호화로운 피아노의 기증자이기도 하다.

1813년에 쓴 『오만과 편견Pride and Prejudice』에서 메리는 베넷 자매 중 음악적으로 가장 뛰어나지만 오스틴은 그녀에게 별로 인내심을 보이지 않는다.

메리는 천재성도 취향도 갖지 못했다. 비록 허영심이 그녀에게 근면함은 주었을지 몰라도, 현학적 분위기와 우쭐대는 태도 역시 주었다. 이는 그녀가 도달한 것보다 더 높은 수준의 뛰어남이라도 망쳤을 것이다.

작가는 주인공 엘리자베스를 더 좋아한다. 그녀의 "연주는 절반에도 미치지 못했지만, 음악에 귀를 기울이면서는 훨씬 큰 즐거움을 누렸다."

19세기의 가장 유명한 여성 거장인 클라라 비크는 1840년 작곡가 슈만과 결혼 후에는 클라라 슈만으로 알려졌다. 클라라의 아버지인 교사 프레데리크 비크는 딸을 다섯 살 때부터 콘서트 피아니스트로 키우기 위해 훈련시켰다. 그녀는 연주자로 보낸 길고 영향력 있는 경력에도 불구하고, 자신의 딸인 마리와 오이게니는 독주자가 되기보다는 가르치는 일을 하도록 독려했다. 그들은 1880년대에 프랑크푸르트의 호흐 음악원에서 교습 조수로 함께 일하면서, 아직 클라라와 직접 공부할 만큼 기술이 향상되지 못한 학생들을 도왔다.[32] 어머니와 공부하기를 바라는 사람들의 대다수는 먼저 딸들 중 하나와 공부하는 수밖에 없었다. 아버지에게로 가는 유일한 길이 아들이라는 성서적 약속을, 페미니스트적으로 인상 깊게 비튼 셈이다.

야심만만한 피아니스트이자 헨리 헨델 리처드슨이라는 예명으로 더 유명한 오스트레일리아 작가 에설 플로렌스 린드세이 리처드슨은 1888년에 어머니와 함께 배를 타고 희망봉을 경유해 라이프치히 음악원으로 갔다. 라이프치히에서 피아노에 대한 리처드슨의 충성심은 문학에 대한 사랑에 시험받았다. 그녀가 "필요하긴 하지만 영혼을 죽이는 음계 연습을 헤쳐나가는" 동안 보면대에 받쳐두고 읽은 것은 다름아닌 레프 톨스토이였다. 1948년 자서전 『젊은 시절의 나Myself When Young』에서, 리처드슨은 어머니를 실망시키고 싶지 않았던 것에 관해 쓴다.[33]

여기 나는, 어머니 말마따나 적잖은 비용을 들여 라이프치히로 보내졌다. 나를 위해서 그녀는 해외에서 사는 것을 감내했다. 좋아하지 않고, 그들의 언어를 익힐 수도 없는 사람들 사이에서 사는 것을 혐오했으면서도 말이다. 그러나 완성된 피아니스트가 된 나를 데리고 오스트레일리아로 돌아갈 수만 있다면 그녀는 이 모든 것을 기꺼이 견디려고 했다. 그곳에서 나는 돈만 버는 게 아니라 명성도 떨치게 될 예정이었다.[34]

그녀가 태어나고 자란 나라에서 생계를 유지하는 직업 피아니스트가 되는 것. 어머니가 부탁한 것은 그게 전부였다. 그러나 그녀는 독일에서 땡전 한 푼 없는 지식인과 사랑에 빠졌고, 차였다.

나의 훈련은 아무 쓸모없었고 그 대신 별 것도 아닌 젊은 남자와의 결혼을 고려했었다고 이제 와서 털어놓으면, 어머니의 꿈과 야심에 잔혹한 타격이 될 것이었다.[35]

마리나와 마찬가지로 리처드슨은 직업 음악가가 되거나 자신의 배움을 직접 활용하지는 않았다. 그러나 음악에 대한 사랑은 구불구불한 길로 여행하도록 이끈다. 그녀의 경우에는 피아노가 중요하게 등장하는 소설을 낳았다. 1908년에 발표한 첫 소설 『모리스 게스트Maurice Guest』에서, 그녀는 1890년대에 라이프치히에 도착한 젊은 피아니스트의 비극을 묘사한다. 그는 콘서트 예술가가 되기를 절실히 원했지만, 다른 음악가와 자기 파괴적이고 파멸적인 관계를 시작할 뿐이었다.

마리나에게 자신이 음악가가 아닌 시인이 되리라는 깨달음은 구원으로 다가왔다. 그렇지만 그녀의 시를 형성한 것은 피아노 앞에서 구축해낸 어머니와의 관계였다. 그녀의 글쓰기는 음악과 불가분하게 연결되어 있었다. 그녀의 정신은 음악에 대한 어머니의 열정에 의해 형성되었기 때문이다. 이후 30년 이상 그녀의 펜에서 쏟아진 격류는 유년기를 대신했던 '피아노 시기'에 빠져들었던 감수성을 반영했다.

어린이로서 그 악기 앞에서 보낸 시간을 되돌아보면서, 마리나는 그것이 시인 지망생에게 자신의 일부이면서도 별개인 장소를 주었다는 것을 알았다. 하나를 통해서 다른 하나를 보는 방법, 그녀로 하여금 자신의 경험 내부와 외부에 동시에 존재할 수 있게 해주는 이중의 시야였다. 피아노를 연주하는 것은 자아 발견인 동시에 자아 표현 행위였고, 강력한 비유 행위였다.

나는 어머니도 아버지도 피아노를 연주하지 않았다는 것에, 그리고 그들이 나의 지도를 외부인인 윌콕스 부인에게 맡겼다는 것에 영원히 감사할 따름이다. 피아노 연주를 처음 배우기 시작했을 때 나는 너무나 발전하고 싶어서 피아노 앞에 날마다 앉았다. 다른 부모들이었다면 아이들이 피아노 의자에 앉도록 강요하거나, 혹은 텔레비전이나 아이스크림으로 뇌물을 주어야 했을 것이다. 내 부모는 그저 딸의 교습비를 감당할 수 있을까 가슴을 졸였을 뿐, 단 한 번도 나에게 연습하라고 강요하지 않았다. 나는 스스로 충분한 압박을 가했다. 내면화된 압박이 너무 크다보니 마치 압박이 아예 없는 것처럼 느껴졌다. 왜냐하면 항상 그랬기 때문이다. 나는 외바퀴자전거라도 되는 것처럼 긴장에 올라탔고, 절대 떨어지지 않았다.

## 타고난 음악성은
## 축복일까, 죄악일까?

나는 새 고등학교 정문에 일찌감치 도착해서 주인을 기다리는 경비견 같은 태세로 잠복했다. 완벽하게 다린 회색 하운드투스 무늬 튜닉 차림으로 친구 수잰을 기다렸다. 600명 중 내가 아는 유일한 소녀는 정문에서 나를 만나서 안내해주기로 했다. 날마다 스케일과 아르페지오*를 연습하느라 피아노 앞에서 등을 펴고 앉아 있었던 덕에, 나는 스스로 어른스러운 자세라고 믿는 그대로 꼿꼿이 서 있었다.

진갈색 머리카락은 하나로 모아서 굵은 포니테일로 묶었다. 교칙에 따르면 풀어 내린 머리카락은 옷깃에 닿지 않아야 했기 때문이다. 묶

---

•   화음을 이루는 각 음들을 한꺼번에 소리 내지 않고 아래에서 위로, 위에서 아래로, 또는 오르내리는 꼴로 내도록 한 화음으로, 펼침화음이라고도 한다.

은 리본의 색깔 역시 규정대로 남색이었다. 지나치는 이름 모를 얼굴들을 모두 면밀히 살피고 있자니 가슴속에서 걱정의 파도가 일렁였다.

이 '작은 아씨들'은 노아의 방주에라도 승선하는 것처럼 교실 쪽을 향해서 종종걸음을 쳤다. 열성적인 눈들, 촘촘하게 땋은 머리가닥들, 둘씩 짝을 지어 도로를 쿵쿵거리는 반짝이는 검은 구두들. 이런 환경에서 생존은 명백히 파트너를 가지는 데 달려 있었다. 그러나 나는 오랫동안 이 인생의 교훈을 붙잡는 데 실패해왔다. 몇 년 후에는 이케아에서 혼자 쇼핑하다가 강렬한 기시감에 충격받게 될 것이었다.

어머니는 위노나에서의 첫날을 두고 나보다 훨씬 흥분했다. 그녀는 매주 시드니 상업 중심가에 위치한 데이비드 존스 백화점으로 쇼핑 여행을 떠났는데, 귀가하는 버스에 탄 소녀들이 입은 연회색 교복에 처음 감탄했을 때부터 이 학교를 마음에 두었다.

사물의 표면에 대한 예리한 관찰자로서 그녀는 단정한 포니테일들, 반짝이는 클라크스 상표의 구두들, 반항적인 치아 위에 깔끔하게 줄지은 금속 교정기들을 눈여겨본 바 있다. 그녀는 부분을 전체로 취급하는 비범한 제유提喩 행위를 통해, 이 학교가 자신의 음악적인 딸에게 적절한 환경이 되리라는 결론을 내렸다. 어머니도 아버지도 위노나의 성적 수준에 대해서는 아무 정보도 없었다. 그 학교의 음악 수련의 질에 대해서 어떤 조사도 하지 않았다.

또한 내가 거기서 공부하는 비용을 지불할 계획인 6년 동안 매일 오가는 데 필요한 등하교 시간도 거의 고려하지 않았다. 나의 왕복 여정은 버스, 페리, 열차를 얼마나 정밀하게 결합하느냐에 따라 매일 두 시간에서 세 시간까지 걸리는 것으로 밝혀졌다. 졸업반이던 어느 아침, 털털거리며 언덕을 올라 학교로 향하는 만원 버스에서 짓눌리며 계산해보니, 나는 대중교통에서 내 인생의 5개월을 보냈다. 그러나 언제나 그랬듯이, 나는 아무 말도 하지 않았다. 나의 모든 표면을 매끄럽고 반짝이게 유지하는 것이 얼마나 중요한지 이미 배운 바 있다. 고집스러운 앞니는 나에 관한 것들 중 유일하게 눈에 띄는 반항적 존재였다.

어느 시점엔가 상급생 소녀 하나가 수잰을 기다리는 나에게 다가왔다. 그녀는 나의 꼿꼿한 자세를 겁에 질려 굳은 것으로 여겼다. 그녀는 분명 열일곱 살이었지만, 나에게는 어마어마한 지혜를 가진 위대한 여성으로 보였다. 그냥 어마어마한 지혜가 아니라 나의 인식능력을 훨씬 넘어서는 지혜였다.

그녀는 다정하게 미소 지으며 뭐든 도움이 필요하냐고 물었다. 나는 고개를 흔들었고, 눈물이 나는 것을 가라앉히려고 애를 쓰며 할 수 있는 가장 공손한 목소리로 고맙지만 친구를 기다리는 중이라고 알렸다. 그녀는 잠시 서성이다가 물러갔다. 나는 결정적인 순간에 한눈을 판 탓에 수잰이 나를 지나쳐 곧장 걸어갔을 것이라는 공포에 사로잡혔다. 나는 몰랐지만, 대부분의 소녀들은 학교 반대편의 후문을 통해서 도착하고 있었다. 나는 다시 고개를 정문 쪽으로 돌려서 절대 오지 않는 발소리를 기다렸다.

♪

피아노는 너무나 고독한 악기다.

헬렌 가너의 『어린이들의 바흐The Children's Bach』에서 에티너는 생각한다.[36]

언제나 세상에 등을 돌린 채 혼자 존재한다.

고등학교 시절 나의 경험은 완전히 반대였다. 내가 절대로 고독함을 느끼지 않는 유일한 장소가 피아노 앞이었다. 6년 동안 매주 두 번씩 학교 조회에서 반주하면서, 내가 연주하는 것이라고는 죄다 회색 하운드투스 무늬 옷을 입은 10대 소녀 수백 명을 위한 성공회 찬송가들이라는 것은 문제가 되지 않았다. 그들에게서 등을 돌릴 수 있다는 것은 흔히 구원이었기 때문이다. 철저히 혼자였지만, 절대로 고독하지 않았다.

학교 강당에서 조회가 시작되기 15분 전, 청소년 수백 명의 엉덩이들이 플라스틱 좌석에 가만히 앉아 있느라 근질근질해지기 시작할 바로 그 순간, 우리의 교장인 잭슨 선생님은 무대 위 자신의 연단에서 주름 잡힌 검은 가죽 의자에 앉은 내 쪽을 내려다보곤 했다. 내 앞에 있는 것은 스타인웨이, 청동으로 주조한 바퀴 셋 위에 올라앉은 위풍당당한 검은색 그랜드피아노였다. 그 검은 광택은 뚜껑과 휘어진 옆면에 긁힌 무수한 자국을 잘 보이지 않도록 만들었다. 내 기분은 『작은 아씨들』의 베스 마치가 마침내 그랜드피아노로를 연주해도 좋다는 허락받은 때와 비슷했다.

마침내 그 훌륭한 악기를 건드리자 스타인웨이는 그녀의 공포를, 그녀 자신을, 그리고 음악이 그녀에게 주는 말로 표현할 수 없는 기쁨을 제외한 모든 것을 잊게 만들었다. 그것은 사랑하는 친구의 목소리와 비슷했다.

컨테이너선만큼이나 느리고 신중한 움직임으로, 잭슨 선생님은 큼직한 안경테 위의 고압적인 눈썹을 치켜올리며 근엄하게 끄덕였다. 그즈음 나의 타이밍은 예술적 수준에 도달했다. 그녀의 은빛 쪽진 머리의 끄트머리가 이마라는 수평선 위로 떠오르는 것을 발견하는 순간, 나는 몇번째일지 모를 「예루살렘Jerusalem」의 첫 네 마디 도입부를 시작했다.

그리고 그 고대의 발들이
잉글랜드의 푸르른 산 위를 걸었던가
그리고 그 신성한 신의 어린양이
잉글랜드의 상쾌한 목초 위에서 보였던가!

그리고 그 신성한 얼굴이,

우리의 구름 낀 언덕 위에서 밝게 빛났던가?

그리고 예루살렘이 여기 세워졌던가,

이 어두운 악마의 맷돌 사이에?


이 가사는 윌리엄 블레이크가 1808년에 발표한 시에서 따온 것으로, 만일 외경外經에서 서술되듯 어린 예수가 삼촌인 아리마대의 요셉과 함께 글래스턴베리로 성스러운 우회를 했다면, 잉글랜드는 잠시나마 지상의 천국으로 할당됨을 누렸으리라고 암시한다. 이유는 몰라도 그는 글래스턴베리 뮤직 페스티벌보다 몇 세기 일찍 나타났다. 그 찬송가를 연주하는 것은 감동적인 멜로디와 애수어린 화성을 터무니없는 가사로부터 분리한다는 점에서 분열적인 연습이었다. 블레이크의 네 가지 질문이 노래될 때 내 머릿속에는 하나하나에 대해 명백한 답변이 울려 퍼졌다. 아니, 아니, 아니, 그리고 아니. 그런 발상은 전쟁이 발발함에 따라 휴버트 페리 경이 블레이크의 시에 음악을 붙임으로써 「예루살렘」을 열렬한 민족주의적 찬송가로 바꿔놓은 1916년에 그랬던 것과 다름없이 여전히 허구적이었다.

"고맙다, 빅토리아." 침묵 속에 회의적인 나의 태도야 알 바 아닌 잭슨 선생님이 말했다. 그녀의 입장에서라면 내 이름은 빅토리아고 「예루살렘」은 최고의 찬송가였다. 이 찬송가 속의 이상화된 잉글랜드는 랭커셔 출신인 우리의 지도자를 휘저어놓았던 게 틀림없다. 비록 나사렛 예수가 차라리 금발에 푸른 눈을 가졌었다고 보는 쪽이, 이 머나먼 나라에 발을 디뎠던 것보다는 더 그럴싸하겠지만 말이다. 그녀는 문자 그대로 더 푸르른 나라의 목초가 자신의 제2의 조국에서보다 더 푸르리라고 상상했다. 내가 확실히 아는 것은 한 가지뿐이었다. 예루살렘을 노스시드니의 워커 스트리트 꼭대기에서 발견하기란 불가능했다.

우리 학년의 숱한 케이트들과 세라들과 피오나들의 부모들 중, 나의 아버지는 집 밖에서 뭐든 육체노동에 가까운 일을 하는 유일한 사람으로 보였다. 내가 아는 한 다른 소녀들의 아버지들은 딸의 흰 칼라가 달린 교복의 값을 화이트칼라 직종에서 일해 지불했다. 그들은 CEO, 변호사, 의사, 약사들이었고, 사무실용 건물들에서 양복과 넥타이를 착용한 남자들이었다. 나의 아버지는 날마다 동틀 때 기상했고, 흰 러닝셔츠, 카키색 작업용 반바지, 흰 면양말과 장화를 착용했으며, 따뜻한 우유를 곁들여서 콘플레이크를 먹은 후 노란 홀든 트럭을 몇 마일씩 운전해 건설 현장으로 가서 자신이 하도급을 준 사람들과 함께 날이 저물 때까지 일했다.

아버지는 당신이 10대 때부터 늘 자기 자신의 보스였다는 사실에 대단한 자부심을 가졌다. 소년 시절 그는 책이나 가만히 앉아 있는 것에 흥미를 가진 적이 한번도 없었다. 그는 아버지와 함께 농장으로 나가서, 자신의 개 바니와 놀거나 크리켓 공을 물탱크에 던지며 타격 연습을 하기를 바랐다. 그는 자기 반 일곱 명 중 여자애 셋 때문에 얼마나 위축되었는지 회고하며 웃음을 터트렸다. 그들은 아버지보다 훨씬 똑똑했을 뿐 아니라 선생님의 딸들이기도 했다.

마침내 쓸 돈을 갖게 되었을 때, 아버지는 샹젤리제 거리를 거닐거나 시드니항에서 자기 소유의 쌍동선으로 항해하는 데는 흥미가 없었다. 그는 가족을 그들이 원하건 말건 부양하려고 했다. 그는 아내가 집 밖에서 일하기를 그만두라고 고집하곤 했다. 비록 그녀가 애멀거메이티드 와이어리스에서 전자계산기의 선조 격인 고속도 계산기의 오퍼레이터로 일하는 것을 좋아했음에도 말이다. 그는 아이들을 비싼 학교에 보내서 자신은 받지 못한 공교육을 받게 했고, 아내가 재촉하자 딸에게 피아노를 사주었다.

토머스 하디의 1874년작 『성난 군중으로부터 멀리Far from the Madding Crowd』에서 농부 가브리엘 오크가 배스시바 에버딘에게 처음 프로포즈한 이래 100년이 흘렀다. 오크는 배스시바에게 그녀가 악기를 갖게 될 거고, 행복하게 해주겠다는 감언이설을 늘어놓는다. "한두 해 후면 당신은 피아노를 갖게 될 거요. 농부의 아내들도 이제 점점 피아노를 갖고 있으니까요. 나는 플루트를 연습해서 매일 저녁 당신과 근사하게 합주할 겁니다."

19세기 후반 즈음 피아노는 노동계급 가정에도 보급되었다. 가정에서의 음악 연주는 흔한 여흥이 되었지만, 악기를 소유했다고 여가가 있다는 뜻은 아니었다. 농부가 피아노를 살 형편이 될 수는 있어도, 그의 아내가 그것을 연주할 시간은 없었다. 어쨌거나 배스시바는 받아들이려고 하지 않았다.

한 세기 후, 건축업자의 아내에게 연주할 시간은 있었지만 그럴 생각은 없었다. 그들의 딸은 피아노 교습을 받게 될 것이다. 그녀는 피아노를 갖게 될 것이다. 그녀는 그들의 악기가 될 것이다.

인간의 영혼에는 실재하는 아름다움이 빵보다 훨씬 더 필요하다.

D. H. 로런스는 1929년 에세이 『노팅엄과 광산 지역Nottingham and the Mining Countryside』에서 이렇게 썼다.

중산층은 광부들이 피아노를 산다며 조롱한다. 그러나 피아노란 것은 뭐랄까, 그저 아름다움에 맹목적으로 손을 뻗는 것인 게 보통이다.[37]

♫

"내 생각엔 네가 아이스테드바드 대회를 시작할 때가 된 것 같구나." 새 피아노 선생님은 두어 주 교습한 후 내 등에 대고 선언했다.

맥팔레인 씨는 시드니의 노스 쇼어 아래쪽의 녹음이 우거진 두 거리 사이 모퉁이에 있는 원룸 아파트 1층에서 학생을 가르쳤다. 위층에는 그의 어머니가 살았는데, 교습을 받은 8년 동안 한 번도 마주친 적은 없어도, 내 머리 위에서 냄비를 덜그럭거리고 의자를 질질 끌면서 무언가 고대 신화 속의 화난 영주처럼 자신의 존재를 느끼게 만들었다. 작은 교습실에는 책과 악보 무더기가 마치 절대 녹지 않는 눈보라라도 되는 양 출렁이고 있었다. 긁힌 자국들과 지문들로 뒤덮인 검은 업라이트피아노 뚜껑 위에서는 베토벤 흉상이 나를 노려보았다.

초등학생으로서의 마지막 수업이 끝나자 윌콕스 부인이 기습적으로 말했다. "내가 가르칠 수 있는 게 더 없구나, 얘야." 그녀는 이 말로 우리의 수업이 초등학교와 마찬가지로 끝났다고 설명했다. 비록 이제는 발이 바닥에 닿을 정도가 되었지만 그래도 심한 충격을 받았다. 매년 등급 시험을 품평회에서 상을 받은 조랑말처럼 뛰어넘은 후, 나는 스스로의 기술적 성취에 자부심을 가진 차였다.

그러나 이 소식은 고통스러웠다. 나는 채 열두 살도 되지 않았다. "그분의 성함은 맥팔레인 씨란다." 그녀는 피아노 의자에 앉은 채 말문이 막힌 내 손에 봉투 하나를 찔러넣었다. "이 편지를 어머니께 드리렴. 오랫동안 내 학생들 중 몇몇을 그분에게 보냈단다. 오디션을 봐야겠지만, 넌 합격할 거야. 그분은 아주 뛰어난단다."

뭘 봐야 한다고?

그의 학생으로 받아들여지긴 했어도 나는 맥팔레인 씨의 두꺼운 안경에, 꿀빛 곱슬머리가 빠져가는 머리에, 엄격한 표정에 기가 죽었다. 오늘날까지도 내가 뭘 그렇게 두려워했는지 명시하지 못한다. 나를 불안하게 만든 게 특히 어느 점이었는지 상상하지 못한다. 왜냐하면 대체로 모든 점이 그랬기 때문이다. 잘못된 것을 말하는 것과 잘못된 음을 연주하는 것은 늘 같았다.

나는 피아노 교습마다 공포라는 구속복을 입고 있었다. 이따금 맥팔레인 씨의 어조를 가늠하기 위해 내 오른쪽 어깨 너머를 몰래 힐끗거릴 때를 제외하면, 처음 인사부터 마지막 순간까지 내 앞의 베토벤만을 응시했다. 어머니 목소리의 뉘앙스를 늘 고도로 경계했던 터라 권위적인 목소리는 모두 질책하는 어조로 잘못 들었다. 내가 방금 실수를 저질렀거나 아니면 저지를 것이라는 느낌을 늘 가졌다.

선생님은 나의 몇 피트 뒤의 나무 의자에 앉아서, 통통한 다리의 한쪽 발목을 다른 쪽 무릎에 걸치고 있었다. 30대로 들어선 지 얼마 안 되었지만 그는 바지 말기 뒤에 불룩한 배를 숨기고 있었다. 어쩌면 내가 두려워한 많은 것들 중에, 결국 피아노 교사로 끝나는 것도 있었을지 모른다.

그런데 **대회**라고 말했던가? 나는 어떤 종류의 경쟁이건 혐오했다. 그 단어로 말하자면 필드하키, 멀리뛰기, 터널 볼* 같은 불필요한 활동들에 낭비하는 시간의 줄임말이었다. 매년 열리는 수영 대회의 불협화음은 말할 것도 없었다. 내가 수영 대회를 얼마나 혐오했던가, 인간의 육체들이 물을 헤치고 움직이는 것을 보면서 열광하는 척하는 것 말이다. 염소의 악취. 고무 수영모를 튕기는 소리. 피아노 연습과 숙제를 마치면 최소한 밤 열한 시가 될 테고, 그후에야 침대와 『더버빌가의 테스Tess d'Urberville』의 관능적인 비극으로 돌아갈 수 있을 것이다.

"아이스테드바드는 매년 연령별로 열리는 음악 대회란다." 맥팔레인 씨는 설명했다. "올해에는 아직 12세 이하 부에 참가할 수 있지만, 넌 15세 이하 부에서 경연해야 한다는 게 내 생각이다."

그것은 질문이 아니었고 논쟁의 여지는 없었다. 나의 일면은 새 선생님이 나의 테크닉이 더 나이 많은 집단에 걸맞는 수준이라고 생각하는 데 흥분했다. 그러나 새 교사, 새 학교, 새 친구들이라는 연속

---

* 줄줄이 서서 제일 앞사람이 다리를 터널 삼아 공을 보내면 마지막 사람이 받아 앞으로 와서 다시 공을 보내는 것이 반복되는 게임. 주로 아이들이 한다.

장애물을 신속하게 뛰어넘고 나니 갑자기 기댈 곳이 없는 느낌뿐이었다. 나를 흥분시킨 것은 새로운 음악을 배우고 더 나은 피아니스트가되는 것이었는데, 내 생각에 이는 집에서 혼자 연습해도 달성할 수 있는 일이었다. 나는 선생님과 달리, 어린 피아니스트를 본인에게 편안한 수준 이상으로 밀어붙이기 위해 경쟁이 하는 역할을 이해할 수 없었다.

맥팔레인 씨가 자리에서 들썩일 때마다 몸에서 나는 냄새가 느껴졌다. 겨드랑이 주위의 축축한 부분들을 보면, 하얀 반소매 폴리에스터 셔츠 아래의 하얀 민소매 면 러닝셔츠가 땀을 많이 흘리는 체질을 통제하는 데 별 도움이 되지 못한다는 것을 알 수 있었다. 이런 순간들이면 윌콕스 부인에게 받은 플루트 수업이 고맙게 느껴졌다. 몇 년이나 열심히 연습했지만 이 악기는 나를 지루해서 죽을 지경으로 만들었다. 목관악기라는 주제에 대해서라면 나는 클라리넷을 두고 "누가 불어도 아무 장점이 없는 유해한 목관악기"라고 묘사한 오스카 와일드의 편이다.[38] 희망적인 면이라면 횡격막을 사용한 호흡법을 배운 덕에 오랫동안 숨을 참을 수 있다는 점이었다. 그 기술은 맥팔레인 씨를 만나기 전까지는 잠영할 때에나 유용했는데, 바로 수영 대회 프로그램에 한번도 등장하지 않은 종목이었다.

♬

"나는 날마다 가능한 한 많이 연습해. 그를 위해서 더 많이 할 수 있으면 좋겠어." 1796년 9월, 스물둘의 제인 오스틴은 사랑하는 언니 카산드라에게 보내는 편지에 이렇게 썼다. 그녀가 언급했던 남자는 피아노 교사인 조지 윌리엄 처드로, 윈체스터 대성당에서 1787년 이래로 보조 오르가니스트로 일하고 있었다.[39] 오스틴의 아버지와 친분이 있던 처드는 오스틴보다 열 살 연상이었고, 활기차고 잘생긴 남자라는 평판을 갖고 있었다. 처드는 봉급을 보충하기 위해 햄프셔주 주위에서 개인 교습을 했는데, 오스틴의 교습을 위해서 스티븐턴 교구 목사관까지 말을 타고 40마일을 갔다. 『첫인상Frist Impressions』이라는 가제의 소설을 쓰기 시작했을 무렵 그녀는 그의 학생이었다.

그녀의 조카 캐럴라인 오스틴은 회고록에서 이렇게 회상한다. "제인 고모는 하루를 음악과 함께 시작했다. 나는 이를 두고 그녀의 타고난 취향이라는 결론을 내렸다. 왜냐하면 가르치는 사람이 아무도 없고, (내가 들었듯이) 손님 앞에서 연주하라는 권유를 받은 적이 한번도 없으며, 가족 중 누구도 그다지 별로 신경쓰지 않음에도 불구하고 계속 그랬기 때문이다." 제인 페어팩스보다는 메리 베넷에 가까웠던 셈으로, 연주하기에 대단히 고무적인 환경은 아니었다. 1817년에 출간된 『설득Persuasion』의 앤 엘리엇에 관하여 오스틴은 이렇게 썼다.

음악 속에서 그녀는 늘 세상에 혼자 있다는 느낌을 갖고는 했다.

그녀가 이런 생각을 어디서 얻었는지 궁금하다. 1801년 어린 시절을 보낸 집을 떠나면서 오스틴은 자기 피아노를 8기니에 팔았다. 그녀는 이후 바스와 사우샘프턴에 살던 시절에는 거의 글을 쓰지 않았다. 우연의 일치인지 아닌지는 몰라도 자기 소유의 악기도 없었다. 그러나 1809년 7월 햄프셔주 초턴으로 이사했고, 거기서 아버지의 영지에서 나오는 연간 20기니의 용돈과 많지 않은 사회적 의무를 받게 되었다.

그녀의 수입 중 어느 정도가 새 피아노로 갔는지에 대해서는 약간의 혼란이 존재한다. 한 자료가 제시하는 바에 의하면 여기에 한 해 반분의 용돈을 날렸다. 20기니의 예산 중 30기니를 썼다는 이야기다. 어쩌면 유복한 오빠 에드워드가 도움을 주었을 수도 있다. 두번째 자료가 제시하는 바에 의하면 오스틴이 초턴으로 이사했을 즈음 그녀의 용돈은 연간 50파운드에 육박했다고 한다. 그렇다 하더라도, 악기 하나에 30기니를 지출하는 것은 예산에서 큰 몫을 떼어내는 것이었다.

그렇지만 그녀는 그 돈을 지불했다. 오스틴의 새 피아노는 초턴에서는 자기 돈을 자기가 시간을 보내고 싶은 데 쓰겠노라고 가족과 스스로에게 선언하는 것이었다. 책을 쓰고 피아노를 연주하는 데 말이다. 그녀의 가정 관리는 남편을 얻는 데 초점을 맞추지 않을 것이었다. 그녀는 서른셋이었고 결혼 가능성을 훌쩍 뛰어넘는 나이였다. 그녀도, 그녀의 피아노도 초턴에서 이사 가지 않을 것이었다.

오늘날 오스틴의 숭배자라면 누구든 초턴 코티지를 방문해서 작가의 음악 서재를 살필 수 있다. 캐럴라인에 의하면, 오스틴은 왈츠 및 행진곡 악보들을 "너무나 깔끔하고 정확하게 옮겨 적어서 인쇄된 것 못지않게 읽기 쉬웠다". 그녀가 손으로 쓴 어떤 악보집에는 가사와 건반 반주가 완비된 노래 36편이 실려 있다. 또다른 악보집에는 성악과 기악 작품들이 섞여 있는데, 손으로 쓴 악보는 84페이지에 달한다. 이것은 좋아서 한 일이라고 설명할 수밖에 없다. 누구든 악보를 손으로 써보았다면 가장 꼼꼼하고 까다로운 복제 담당자만을 위한 일이라고 증언할 수 있을 것이다.

거의 아무것도 쓰지 않은 10년의 세월 후, 오스틴의 피아노의 도착은 위대한 창조력의 시기를 예고했다. 그녀는 1811년 초 『맨스필드 파크Mansfield Park』의 작업을 시작하고 『첫인상』을 개작했으며(후일 『오만과 편견』으로 출간되었다), 1814년에 『에마』를 쓰기 시작했다.

오스틴의 여성 피아니스트들, 즉 앤 엘리엇, 마리앤 대시우드, 메리 베넷, 제인 페어팩스는 자기 시대의 산물이다. 그들은 요청받으면 의무적으로 다른 사람들을 위해 연주했지만 공연할 기회를 적극적으로 찾지는 않았다. 심사위원의 인정 또는 세속적인 트로피를 위해서 경쟁하는 것은 오스틴의 여주인공들이 할 법한 마지막 행동이다.


♫


바흐 『평균율 클라비어곡집Well-Tempered Clavier』의 「프렐류드 2번 C단조」에 등장하는 위압적인 개수의 음표들은 훈련받지 않은 눈에는 개미들이 페이지에서 온통 기어다니는 모습 같을 것이다. 더 면밀히 검토해보면 개미들은 거의 처음부터 끝까지 알레그로로 움직이면서, 기어다니기보다는 뛰어다닌다. 그들은 또한 잘 훈련되어 있어서,

꾸준한 16분음표 패턴들로 질주하면서 매 손가락마다 할 일을 준다.

'프렐류드' 연주의 비결은 특정 음을 가능한 최적의 손가락으로 연주하지는 못하더라도 중간에 절대 멈칫거리지는 않는 완벽한 운지법運指法을 익히는 데 있다. 또한 시작할 때 너무 빠르지 않은지 확인하는 데 있기도 하다. 만일 너무 빠르게 시작하면 바흐답지 않게 프레스토로 연주해야 한다고 규정한 마지막 여섯 마디에서 속도를 높일 여지가 없어진다.

물론 긴장된 신경은 많은 아마추어들이 그 반대로 가도록 만드는데 나도 예외는 아니었다. 내가 방금 시드니 북쪽 해안 어딘가의 별특징 없는 교회 본당에서 연주한 것 같은 대회들에서는 특히 그렇다. 이 지역으로 말하자면, 이런 뜨거운 오후에는 내 나이의 다른 소녀들 대부분이 매끄럽게 면도한 다리를 햇볕에 그을리거나 파도 속에서 뛰어노는 곳이었다.

그러나 그렇게나 많은 연습을 한 후인지라 속도는 나를 걱정시키지 않았다. 나의 주된 근심은 음을 잊어버리는 것이었다. 나에게는 악보를 외우는 재주가 있었다. 그럼에도 불구하고 나는 모든 솔로 공연들을 뇌가 보내는 상충되는 메시지들에 사로잡혀서 보냈다. 뇌는 잊지 않을 거라고 안심시키다가도 금세 잊을 것 같다며 공포심을 주입하곤 했다. 나의 머릿속에서 작품은 양손이 건반 위에서 번번이 허둥대다가, 겁에 질렸다가, 안도하는 모습으로 그려졌다.

가장 큰 위협은 운지 도중 휘청거리는 것이었는데, 이는 음들의 무의식적인 흐름을 크게 방해할 것이었다. 어떤 곡을 외워서 연주하는 동안에는 음뿐 아니라, 작품의 구조, 템포 등 무수한 정보 조각들이 기억된다. 매 순간마다 얼마나 세고 얼마나 여리게 강약을 줄 것인지, 언제 잠깐 멈추고 언제 살짝 속도를 줄 것인지, 한 프레이즈가 끝날 무렵 언제 오른손을 건반에서 뗄 것인지, 일련의 음들이 질주할 때 언제 서스테인 페달을 밟을 것인지, 언제 음들을 따라 레가토로 매끄럽게 걸어가거나 또는 각 음마다 스타카토로 도약할지에 대해서다. 그리고 다음 마디에서 그런 점프를 해내기 위해 여기서는 엄지를 집게손가락 아래로 밀어넣고 저기서는 새끼손가락이 아닌 약손가락을 사용하도록 요구하는 운지법도 있다. 이들 중 의식적으로 떠올리는 것은 거의 없다.

암보의 목적은 이상적으로는 작품의 역학을 철저히 이해해서 무의식에게 넘겨주고, 연주자는 감정적 해석에 집중하는 데 있다. 나에게는 공연을 테크닉적 문제 없이 마치는 것이 궁극의 성취였다. 마치 마지막 공중제비 후 착지하며 똑바로 선 올림픽 체조 선수처럼 말이다. 그것은 치열하고 반복적인 연습을 통해 음악이 악보로부터 날아올랐다는 증거였다. 마리나 츠베타예바의 참새처럼, 내가 숨 쉬는 공기 속으로 날아들어와 나의 혈류로 들어온 것이다.

클라라 슈만은 대중 앞에서 암보로 연주한 최초의 거장들 중 하나였다. 그녀는 까다로운 아버지와 공부하면서 어린 나이부터 암보를 익혔다. 악보 없이 연주하는 것은 그녀가 아홉 살의 나이로 대중 앞에서 연주한 1828년에는 꽤나 이례적인 일이었다. 평론가들이 이에 대해서 논평했는데 별로 호의적이지는 않았다.[40]

몇 년씩 대중 앞에서 연주한다고 암보 실패의 불안이 누그러지는 것은 아니다. 콘서트 예술가로 수십 년의 경력을 쌓은 시점에 클라라는 절친한 친구인 작곡가 브람스에게 암보 연주의 불안이 점점 더 커지고 있다고 고백했다. "한 곡에서 다른 곡으로 가면서 종종 너무나 초조하지만…… 악보를 보면서 연주하기로 결정할 수는 없어. 그건 나에게 날개가 꺾이는 것처럼 보이거든."[41] 클라라는 오랫동안 아버지의 새장에 갇힌 새였다. 클라라는 그 날개들을 잘 다듬었다. 그녀는 앞에 악보를 두고 의지하지 않았고, 음을 잊어버리지도 않았다.

좋든 나쁘든 클라라는 오늘날까지 이어지는 콘서트 기악 거장의 모델을 수립했다. 이것은 피아니스트의 경우에는 학습 초기에조차 해당된다. 아버지는 내가 바흐를 악보를 보면서 연주하건 우리가 말하던 말마따나 '마음으로' 연주하건 아무 신경도 쓰지 않았다. 그러나 클라라의 본보기를 따른 여러 세대의 기악 독주자들 덕분에, 월콕스 부인과 맥팔레인 씨는 내게 음을 외우도록 독려했다. 그리고 그런 연습은 나의 음악성에 크게 기여했는지의 여부와는 별개로, 나에게 큰 만족을 주었다.

♫

바흐의 프렐류드를 연주한 후 자리로 돌아오자 아버지는 나를 팔꿈치로 부드럽게 찔렀다. "웃었어야지." 관객에게 인사할 때 입을 앙다문 것을 지적하는 것이었다. 자상하지만 뭘 모르는 말씀이었다. 아이스테드바드는 아마추어 음악의 애견 품평회다. 심사위원은 각 경쟁자가 자기 품종의 이상적 규준을 얼마나 잘 따랐는지 평가한 후, 자신의 상상 속에서나 존재 가능한 이상형에 얼마나 근접했는지에 따라 우승자에게 상을 준다. 치아교정기는 어떤 심사위원의 이상적인 피아니스트와도 부합되지 않았다.

다음 경쟁자가 의자에서 일어나서 긴 금발을 좁은 어깨 뒤로 곱게 드리운 채 무대로 걸어갔다. 그녀는 로라 애슐리의 현란한 바닷빛 페이즐리 무늬 원피스와 1인치 굽을 자랑하는 무릎 길이의 갈색 부츠를 착용하고 있었다. 그 부츠는 인조 가죽에 고무 밑창이었을지 몰라도 나에게는 비명이 나올 정도로 세련되어 보였다. 그리고 어머니가 사야겠다고 생각할 마지막 물건이기도 했다. (이유는 몰라도 나는 스스로 가장 가혹한 검열관이 되어 있었고, 내가 정말 좋아하는 것을 엄마에게 말해봤자 소용없다고 여겼다.)

그 소녀의 자세는 너무나 꼿꼿해서 피와 살로 이루어진 게 아니라 나무로 조각된 것처럼 보일 정도였다. 그녀는 피아노 앞에 앉은 어린 소녀의 이상적인 본보기였다. 도자기 같은 피부를 필두로 모든 것이 피에르 오귀스트 르누아르의 1890년대 연작인 「피아노 치는 소녀들 Jeunes filles au piano」에서 걸어 나오기라도 한 것 같았다. 실존하는 육체로 구현된 그 그림은 이름마저 프랑스풍이었다. 소녀의 이름은 재클린이었다.

바지, 반소매 면 티셔츠, 갈색 단화라는 내 차림을 내려다보니 창피했다. 맥팔레인 씨가 보기에 옷차림은 나의 음악 경력의 주요 장애물이었다. 어느 날 내가 좋아하는 회색 멜빵바지를 입고 나타나자 나를 맞아준 것은 치켜올린 눈썹이었다. 나중에 다른 학생으로부터 그가 나를 두고 "텃밭에 있다 방금 오기라도 한 것처럼 보였다"고 말했다는 것을 알았다. 피아노 수업은 나의 착장 결정이 비판받을 것이라고 예상한 마지막 장소였는데, 폴리에스터에 과도한 애착을 가진 사람으로부터는 특히 그랬다.

나는 재클린이 천천히 무대를 가로질러가는 발걸음 하나하나를 매혹되고 선망하며 지켜보았다. 그런 종류의 몸가짐은 배울 수 있는 게 아니었다. 최소한 맥팔레인 씨로부터는 불가능했다. 실용적인 옷차림, 교정기, 콧대 너머까지 반항적으로 위협하는 눈썹을 가진 내 자신에게도 분명 없었다(나의 눈썹은 깎지 않은 잔디 두 무더기처럼 보였다).

나는 아직 프리다 칼로의 자부심에 찬 일자 눈썹을 접하지 못했지만, 혹시 그랬다 하더라도 원치 않는 곳들에서 자라나는 검은 털들에 대한 수치로부터 나를 해방시키지는 못했을 것이라고 확신한다. 프리다는 매일 학교에 등장해서 금발이고 불필요한 체모가 없는 무리와 얼굴을 맞댈 필요가 없었다. 그녀와 그 어마어마한 눈썹은 그냥 실내에 머물며 그림을 그릴 수 있었다.

재클린은 연주 첫 음부터 통솔력과 위엄을 갖춰 건반을 두드렸다. 더불어 눈에는 보이지 않지만 만질 수 없기에 더 강력한 무언가도 갖추고 있었다. 나와 같은 음들을 같은 순서로 연주했지만 결과는 달라졌다. 그녀와 작품 사이의 깊은 연결이 지속적으로 느껴졌다. 그녀는 마치 악보에 인쇄된 기호들과 상징들을 통해서 표기 밑에서 소용돌

이치는 감정들을 보기라도 한 것 같았다. 그녀의 연주에서는 반짝거리는 수면을 가로질러 항해할 때 대상에 대해 갖는 깊은 경의가 전해졌다.

프렐류드는 짧은 프레스토 후 여섯 마디의 코다$_{coda}$•로 끝난다. 이 부분은 피아니스트에게 이례적인 표현적 자유를, 그리고 더 느린 아다지오로 갔다가 마지막 알레그로로 돌아오는 사이에서의 템포 변화를 허용한다. 재클린의 프레스토와 코다 부분 사이의 대조에 귀를 기울여보니 내 자신의 해석적 한계가 명쾌하게 들렸다. 그녀와 내가 매주 이 작품을 연습하며 시간을 보낼 수 있다면 어떨까 궁금해졌다. 내 연주는 기술적으로는 정확하지만 얄팍한 것이, 마치 표면만 걷어내기라도 한 것처럼 들릴 따름이었다.

아이스테드바드의 청중은 몇 안 남은 마지막 경쟁자들이 프렐류드와 '푸가'의 연주를 끝내자 예의바르게 박수를 보냈다. 그러나 결과는 이미 정해져 있었다. 품평회의 우승견은 너무나 당연히도 재클린이었다. 무엇 때문에 심사위원이 승자를 발표하는 게 그렇게 오래 걸리는지 이해할 수 없었다.

마침내 심사위원이 일어서서 목청을 가다듬었다. "이 상을 수전에게 수여하려고 합니다." 그녀는 교회 본당의 치켜올린 눈썹들에게 선언했다. "왜냐하면 온종일 훌륭하게 연주했기 때문입니다."

---

• 한 악곡이나 악장, 또는 악곡 내의 큰 단락에서 마지막에 끝맺는 느낌을 강조하고자 덧붙이는 악구.

그게 무슨 상관이냐고 나는 생각했다. 성공의 80퍼센트는 그저 모습을 보이는 데 달렸다는 우디 앨런의 말이 옳을 수도 있다. 그러나 나머지가 20퍼센트라면 적잖은 실패율을 허용하는 셈이다. 수전은 기술적으로는 나보다 능숙하지만 마찬가지로 단조로운 연주를 한 소녀였다. 아버지가 나에게 눈을 굴려 보이는 가운데 그녀는 심사위원과 악수했다. 아버지는 이미 전문가라는 작자들이 그들의 불합리한 발표를 위해 우리를 불편한 좌석에서 기다리게 만든 이 평행우주로부터 집으로 돌아가는 긴 여정을 생각하고 있었다. 우리는 어쨌거나 교회 안에 앉아 있었던 것이다.

수전은 미안해하는 듯한 미소와 함께 작은 트로피를 들어올렸다. 우승자를 포함하여 모든 사람이 그녀에게 그것을 받을 자격이 없다는 것을 알고 있었다. 재클린의 연주는 플라스틱 의자에 앉아 있는 우리 모두를 능가했었다. 나는 그녀를 아이스테드바드에서 다시는 보지 못했다.

♬

존스 씨가 길고 가느다란 뼈대에 걸친 양복저고리를 4분음표의 꼬리처럼 휘날리며 강당으로 성큼성큼 걸어 들어왔다. 그는 위노나에서 음악을 오랫동안 가르치고 있었지만, 정확히 몇 년 동안인지는 아무도 몰랐다. 우리 나이에 시간이라는 것은 24음계만큼이나 이해 불가였다.

나는 그랜드피아노로부터 허둥지둥 떨어졌다. 거기서 나는 다시금 「제시카의 테마」를 연주하고 있었다.

그러나 존스 씨는 나의 곡 선택에 더이상 신경을 안 쓸 수 없었다. 그는 내가 재능 있지도 비범하지도 않다고 간주했고, 학교 피아노 앞에 내가 단골로 앉는 것을 그의 다른 고용 조건들과 마찬가지로 감내했다.

"미안하구나, 애들아. 우리가 어디서 만나는 건지 잊어버렸었어." 그는 단어 하나하나를 마치 뭔가 시큼한 걸로 코팅되어 있기라도 한 양 내뱉으며 중얼거렸다. "자자, 줄을 서렴. 이미 충분히 시간을 낭비했다. 악보가 없으면 가진 사람 옆에 서려무나. 버지니아, 피아노로 가서 A음을 치렴, 그래 줄 거지?"

친구 하나가 좋은 의도로 외쳤다. "갠 피아노 필요 없어요. 마드리갈•에서 그러는 것처럼 그냥 노래할 수 있어요."

누구든 합창을 해봤다면, A는 노래하는 사람들이 각자 첫 음의 높이를 어림잡을 때 쓰는 음이라는 것을 안다. 우리는 매주 마드리갈 연습을 했는데, 대개 음향은 탁월하지만 피아노는 없는 지하실에서 지휘자가 나에게 시작하는 음을 내라고 요청하는 것으로 시작되었다. 나의 음감은 꽤나 정확해서 지휘자에게는 피아노가 필요 없었다.

존스 씨는 검고 예리한 눈으로 깜빡거리지도 않고 나를 응시하면

---

• 짧은 전원시나 연애시 등에 곡을 붙인 자유로운 형식의 가요로, 보통 반주 없이 합창으로 부르며 14세기 이탈리아에서 성행했다.

서 고개를 살짝 갸우뚱했다. 그러더니 잠시 뜸을 들이다가 말했다. "너한테 절대 음감은 없어."

아무 말도 하지 않는 것이 제일 좋다는 것을 직감했기에 나는 어깨를 으쓱했다. 윌콕스 부인이 내가 음 높이를 기억한다고 의심해서 시험해볼 때까지, 나는 모든 사람이 음을 듣자마자 그 음이름을 안다고 생각했다. 대부분의 사람이 하늘이나 소방차의 빛깔을 알아볼 수 있는 것과 동일한 방법으로, 나는 거의 모든 소리가 무슨 음인지를 내 외부의 어떤 것도 참고하지 않고 말할 수 있다. 예를 들어 내 프린터는 종이를 C언저리의 음으로 뱉어냈고, 오늘 아침 내 창밖에서 주차장으로 후진해 들어가던 트럭의 경고음은 B플랫이었으며, 우리 집 현관 초인종의 음 두 개로 이루어진 소리는 D장조다.

학교에서는 이것이 얼마나 이례적인지 깨닫지 못했고 그저 괴물 같은 기억력으로만 간주했다. 나의 음악성은 실용적 자산이라기보다는 호기심에 가까워 보였다. 흥미로울 수는 있지만 쓸모는 없다는 점에서 말이다. 어떻게 해야 그것을 이 마녀의 가마솥을 떠나 대학교에 가면 지체 없이 시작될 '진짜 인생'에서 사용할 수 있는 무언가로 바꿀 수 있을지는 몰랐다.

"저쪽으로 가서 서거라, 벽을 보고." 존스 씨가 말했다. "어서." 그는 한 손을 내저어서 나를 제일 가까운 벽으로 보냈다. 번들거리는 검은 양복의 소매 끝동에는 수업 시간에 꼭 쥐고 지휘봉이라도 되는 양 휘두르는 하얀 분필 때문에 형성된 영구적인 구름이 있었다.

그는 피아노 쪽으로 기세 좋게 움직였다. 조금 전까지는 우리에게 주목하라고 강권해야 했지만 그는 이제 세상을 다 가졌다. 동급생들은 무슨 일이 일어나고 있는지 모르면서도 중요하다는 것을 느꼈고 조용해졌다. 내가 학교에서 가장 친한 친구라고 생각하고 싶던 조애너마저 주목하기 시작했다.

존스 씨는 앙상한 손가락으로 음 하나를 눌렀다. 그 음은 조용하던 강당 전체로 울려 퍼졌다.

"B요." 나는 곧장 말했다. 첫번째 실수였다. 대답하기 전 몇 초 기다려야 했다는 것을 즉시 알았다. 최소한 의식적 노력이 필요한 척은 해야 했다.

존스 씨는 아무 말도 안 했지만 또다른 음을 눌렀다.

"E플랫이요." 나는 스스로를 어쩔 수 없었다. 그 소리는 내 자신의 얼굴 못지않게 알아보기 쉬웠다. 눈을 깜박거리는 것을 멈출 수 없는 것과 마찬가지로, 음 하나하나를 못 알아보는 척할 수는 없었다. 내 잘못이 아니었다. 완전 음감 혹은 절대 음감은 1만 명 중 한 명에 가까운 비율로 발생하는 유전적 우연이다.

존스 씨는 음을 연주하는 속도를 높였다. 음역도 넓혀서 어떤 음들은 건반의 아주 높은 곳에 있었고 다른 음들은 낮았다. 그러나 나에게는 아무 차이도 없었다.

"A, F샵, B플랫, D요." 나는 대담하게 받아쳤다. 정답이 나올 때마다 그는 더 세게 건반을 때렸다. 마치 실망한 그가 점점 폭력적으로 됨으로써 음 높이가 달라져서 나를 곤란하게 만들 수 있기라도 한 것 같았다. 이것은 존스 씨가 끝났다고 결정할 때까지 계속될 게임이었다.

반 친구들을 볼 수가 없으니 그들의 지루함은 그저 상상만 가능했다. 내 입장에서 보자면 뮤지컬 음악과 탑 40• 메들리로 그들을 즐겁게 해주는 것과 선생님의 이해마저 훌쩍 뛰어넘는 괴물 같은 음악적 기술을 가졌다는 사실이 밝혀지는 것은 완전히 차원이 다른 일이었다. 조애너는 내가 이런 식으로 돋보이는 것을 좋아하지 않았을 것이다. 친구로서 나의 역할은 지적, 사회적 성취에서 그녀와 보조를 맞추거나, 아니면 더 바람직하게는 약간 뒤에 머무는 것이었다. 그녀는 일본어, 경제학, 영어에서 내가 앞서지만 않는다면, 음악에서는 우선권을 주었다. 지금까지의 내력을 지침으로 삼자면, 내가 자기로서는 경쟁이 안 되는 무언가를 한 죄에 대한 벌을 충분히 받았다고 결정하기 전까지 며칠은 못 본 척 할 것이다.

존스 씨는 피아노 뚜껑을 덮었고, 나는 동급생들 사이의 자리로 돌아왔다. 그러나 나는 추방되었다. 지금 내 자신을 발견한 곳이 어디이건 간에, 그곳으로부터 돌아가기에는 너무 늦었다.

메리 앤 에번스(조지 엘리엇)는 1839년 고모 엘리자베스에게 보내는 편지에서, 피아노를 연주할 때 "동료 피조물들의 존경을 얻고 싶다는 만족할 줄 모르는 욕망"에 대해서 묘사했다. 그녀는 다른 사람들을 위해 연주하고 싶은 욕망이 가진 힘을 두려워하면서, 이런 야심은 자신에게서 "떠나지 않는 죄악"이라고 가혹하게 묘사했다. 극심한 내

---

• 어떤 장르에서 현재 가장 인기있는 곡을 지칭하는 개념.

적 갈등은 그녀의 청소년기의 특징이었다. 그녀는 칭찬을 추구했지만 그것을 받는 것을 견딜 수 없었다.

도덕적인 동시에 스스로를 대중 앞에서 과시하는 것이 가능한가? 감탄받고 싶은 욕망과 그것을 억누르고 싶은 욕구를 어떻게 화해시 킨단 말인가? 수줍음이 관심을 갈구하는 행위를 감추는 전략이 될 수 있는 것이 이 지점이다. 지나치게 적극적이고 과시적이라고 여겨지 는 것을 막는 방책 말이다. 연주를 해놓고는 그것에 괴로워하기. 이는 특히 뛰어난 연주자라면 내적 갈등의 양극 사이에서 섬세한 균형을 이루며 집행유예에 머무르는 것이다. 꽤나 피곤한 삶의 방식이다. 정 말로.

내가 절대 음감을 가졌다는 사실을 존스 씨가 왜 부정하고 싶었 는지 아직도 모르겠다. 어쩌면 내가 그의 수업에서 꾸준히 높은 점수 를 받는 것이, 선생으로서 자신의 능력보다는 고작 운 때문이었다는 것을 알아서 화가 났을지 모른다. 어쩌면 요청하지도 알아보지도 못 한 우연한 재능을 가진 열네 살짜리 굼뜬 소녀에게서 삶의 불공평의 전형을 발견하고 격분했을지도 모른다. 음 하나하나 정확하게 이름을 댈 때마다 나의 창백한 목 뒤로 그의 매서운 시선이 꽂혔다.

만일 내가 이 재능을 낭비할 것을 존스 씨가 어떻게든 알았다면 어 땠을까 생각해본다. 내가 피아노를 버리고, 시작음 A만큼 믿음직스럽 고 든든한 닻을 찾아서 수년간 부유하리라는 것을 알았다면 말이다.

나에게 기대하는 것과
내가 바라는 것 사이

앨리스 메이 모리슨 테일러가 1910년 9월 하순 즈음 글래스고에서 찍은 사진을 본다. 마치 자녀들이 학교에서 귀가하기를 기다리고 있는 모습처럼 보이지만, 앨리스는 막 열다섯 살이 되었다.

두꺼운 교복과 다리를 꼰 자세 탓에 육체적인 면은 거의 드러나지 않지만, 나는 이 초상 사진이 10대로서의 앨리스에 대해 꽤나 많은 것을 말해준다고 생각하기를 즐긴다. 그녀의 외모와 카메라를 벗어난 시선은 많은 공을 들인 것으로, 이는 크림빛 피부와 반쯤 벌린 입을 주목하게 만든다. 그렇지만 그녀의 표정은 사죄나 놀라움이나 지루함이나 초조함을 뜻할까? 어쩌면 그냥 카메라 앞에서 어떻게 긴장을 푸는지 몰랐거나, 아니면 초상 사진 작가의 작업실의 세심한 고요 속에서 어떻게 평소 모습을 보여야 할지 모른 데서 온 어색함일 수 있다.

도처에 존재하는 카메라들에 가장 잘 받는 각도를 과시하는 오늘날의 10대들을 생각하면 앨리스의 침울한 태도가 얼마나 작위적이고 형식적으로 보이는지 모른다. 초상 사진을 찍을 때 웃지 않는 옛 관행은 그 대상이 유머와 색채가 전무한 삶을 영위했다는 인상을 준다. 그러나 이는 소셜 미디어의 환한 미소들을 문자 그대로 '행복한' 스냅 사진으로 해석하는 것만큼이나 잘못된 결론일 것이다.

앨리스의 머리카락을 보자. 머리통 하나에 있기에는 많은 머리카락이다. 생물학적으로 말해 나의 머리카락은 앨리스로부터 물려받은 게 아니니 이 문제로 그녀를 비난할 수는 없다. 그렇지만 그녀가 자기 머리카락을 내가 내 머리카락을 보는 것처럼 축복이자 저주로 여겼을지 궁금하다.

그녀는 윤기가 흐르는 짙은 갈색 머리채를 복잡하게 땋아서 머리 둘레에 칭칭 감아 정돈하고 머리핀들을 써서 그물처럼 촘촘하게 고정시켰다. 이 우아한 새둥지를 스스로 건설했을까, 아니면 그녀 어머니의 작품이었을까? 만일 원치 않는 부위들에 지나친 체모가 있었다면 신의 의지로 받아들였을지, 아니면 솜털이 보송보송한 윗입술에 맞서서 집에서 제조한 치료약을 고안했을지도 물론 궁금하다.

열다섯에 들어서서도 아직 생리를 하지 않는 나였지만, 밤사이 검은 숲이 나의 백합처럼 흰 다리들 전체로 진군해서 창백한 발등과 심지어 공포스럽게도 거대한 발가락들 위에까지 진을 친 것처럼 보였다. 굵고 검은 체모가 허벅지를 따라 복부 전체에, 내가 수목한계선이 끝난 것으로 간주한 곳보다 훨씬 북쪽까지 기어올랐다. 길을 잃은 길고 검은 털들이 유두 주위에까지 마치 선발 정찰대처럼 출몰해서 족집게로 부지런히 잡아 뽑았다. 이 적군에 대한 감시는 지속적 경계를 요구하는 비밀 작전이었다.

나는 털보였다.

털북숭이였다.

흉측했다.

나는 『돌리Dolly』 매거진을 무슨 외국 지도라도 되는 것처럼 참조했다. 그 반지르르한 페이지들에서 누워 있거나 뛰어다니는 모델들은 볕에 그을리고 행복해 보였다. 그들의 치아는 가지런했고 다리는 매끄러웠다. 비키니 수영복 하의 언저리에는 털의 흔적이 전무했다. 동급생들의 팔다리를 몰래 감시해보니, 다른 누구도 원치 않는 부위에 체모를 가지지 않았다.

매일 밤 침대에서 만일 하느님이 이 진군의 흐름만 되돌려주신다면 독실한 신자가 되겠다고 기도했다. 당시 수업 시간에 데버라 베스트는 인플레이션, 무역수지적자, 국내총생산을 이미 4년제 학위를 마치기라도 한 것처럼 수월히 설명했었다. 경제학에 대한 나의 이해는 탄탄한 것과 거리가 멀었지만, 국내총생산 개념이야말로 내가 스스로를 생각하는 그대로였다.

털북숭이라는 공포를 젖혀놓더라도 나의 얼굴과 양팔에는 주근깨가, 치아에는 교정기가 있었다. 나는 이 자산들의 빈약한 가치를, 수요와 공급의 법칙이 소녀에 대한 소년의 관심에 어떻게 적용되는지를 통해서 명쾌하게 이해했다.

앨리스가 이 초상 사진을 준비하며 들인 공은 자신의 육체를 몹시 의식하는 젊은 여성이라는 것을 보여준다. 혹시 그것으로 어떤 쾌락들과 배신들이 가능한지 아직은 몰랐더라도 말이다. 사진의 구도는 지나치게 형식적이고 부자연스러워서 약간 필사적인 느낌까지 있다. 마치 대상인 본인은 아닐지언정 사진사가, 미래에 볼 사람이 그녀로부터 받을 인상을 만들어놓으려고 마음먹기라도 한 것 같다. 사진 속의 책을 보면 그녀는 독서가이거나 아니면 독서가로 생각되기를 바라는 사람이다. 그것도 아니면 최소한 흠정역성서欽定譯聖書•의 독자일텐데, 집에는 책이 많지 않았고 패트릭에는 1935년까지 공공도서관이 없었다는 점으로 볼 때 이 책은 그녀에게 가장 친숙한 책이었을 것이다.

앨리스를 이런 식으로 응시하는 것은 묘한 경험이다. 나는 흠 하나 없는 앨리스의 얼굴에서 내가 아는 늙은 여자를 알아보았다. 비록 나이든 사진들에서는 10대 시절의 자아를 어디서도 발견할 수 없음에도 말이다. 어쩌면 초상 사진은 대상과의 관계에서 영향을 받는다는 점에서 늘 보는 사람의 선입견에 대한 일종의 로르샤흐 테스트••가 될지 모른다. 앨리스가 이 초상 사진을 보면서 무슨 생각을 했을지 궁금하다. 자신의 현실에 충실한 느낌이었을까, 아니면 다른 사람들의 눈을 위해서 구성한 허구 같았을까?

---

• 1611년 영국 제임스 1세의 명으로 47명의 학자가 영어로 번역한 성서로, 개역성서가 나오기 전까지 영국 국민이 성서로 사용했다.
•• 좌우 대칭의 불규칙한 잉크 무늬가 어떤 모양으로 보이는지를 통해 성격이나 정신 상태, 무의식적 욕망 따위를 판단하는 인격 진단 검사.

비록 그 사진이 한 세기 이상 지난 것이라 하더라도 앨리스가 멀게 느껴지는 것은 꼭 시간의 문제 때문만은 아니다. 우리 모두 과거의 낯선 이들의 사진들을 이해한 경험이 있다. 중고품 좌판이나 골동품 상점의 나무 상자들을 훑다가 돌연 눈에 띄는 사진들 말이다. 앨리스의 경우 나는 그녀가 스스로를 억제하고 있다고 생각하기를 즐긴다. 사진사의 렌즈 뒤에서 마치 잘린 꽃처럼 진정한 자아를 억누르고 있는 것이다.

그 무렵 그녀는 다우언힐 연합 자유 교회 성가대에서 3년 동안 소프라노로 있는 참이었다. 매주 한 번씩 패트릭의 인디아 스트리트 16번지의 램지 부인으로부터 피아노 교습을 받았다. 그녀는 그 교습료를 스스로 냈을 것이다. 덤버턴 로드에서 몇 집 내려가면 있는 남성복 매장의 일자리에서 나왔을 공산이 큰데, 아마 교습비를 내기 위해 그 일을 찾아냈을 것이다.

램지 부인의 집이 앨리스에게 얼마나 평화로웠을지 그저 상상만 할 따름이다. 그녀가 연습하는 집에서 울려 퍼지는 나이프, 포크, 컵, 접시 들의 무형의 교향곡에 비하면 그곳은 오아시스였을 것이다. 여성이 음악에 대한 사랑을 통해서 생계를 꾸릴 수 있다는 사실은 믿기 어려웠으리라. 앨리스는 램지 부인과 만나기 전까지 여성의 일이라면 어머니의 의례적인 가사노동과 영혼 없이 남성복 매장에서 일하는 모습만 연상했을 것이다.

앨리스는 여성으로 태어난 것을 행운으로 여겼을까? 그녀는 아버지를 하루가 끝날 무렵 기진맥진하게 만들었던 종류의 육체노동은 한번도 하지 않았다. 그녀는 남동생들이 나이가 들수록 저녁 식탁에서 아버지를 주시하는 것을 알아차렸을 게 틀림없다. 아버지가, 산 같던 그 남자가 자기 직업 때문에 육체적으로 약해지는 것을 보는 것은, 그들을 먹이고 재울 돈을 벌 방법에서 선택의 여지가 부족했음을 인식하는 한편 그들의 인생은 그의 테마의 변주곡일 될 가능성이 크다는 사실을 서서히 이해하는 것이었다.

사진 속의 야심만만한 젊은 여성은 진지하게 받아들여지기를 갈망한다. 그즈음이면 교구의 음악계에서 점점 더 눈에 띄는 존재가 되고 있었지만, 그럼에도 앨리스는 가사의 책무와 점점 커지는 죄책감이라는 멍에에 매여 있었으리라는 의혹이 든다.

그녀는 부모가 자신에게 기대하는 것과, 점점 더 분명해지는 자신이 바라는 것 사이에 벌어지고 있는 격차를 틀림없이 느꼈을 것이다. 그녀가 바라는 것은 음악이 주변이 아닌 중심적 역할을 하는 삶을 사는 것이었다. 얼핏 앨리스는 여러 모로 경건하고 과묵한 소녀라는 인상을 줄지 모른다. 그렇지만 그녀에게는 열정적인 격렬함과 익살의 재주가 있었는데, 이것은 오직 낸스와 이따금 그녀의 피아노 교사만 볼 수 있었다.

나는 앨리스가 자신의 초상 사진을 처음 봤을 때 실망했을 거라고 상상한다. 그녀를 집에 있을 때의 유순하고 말없는 딸로 파악했기 때문이다. 나는 앨리스를 젊은 여성으로서 바라보며, 당신을 **진정 더 잘 이해하고 싶어요**라고 생각한다. 그렇지만 내가 그런 욕망을 알아본 것과는 별개로, 그녀가 가장 깊이 느끼던 바가 그녀의 노래와 연주에서 드러났을지 아니면 침묵을 지켰을지는 의문이다.

# 감히 언급할 수 없는
# 열망

나는 피아노 선생님에게는 감히 언급할 수 없는 것에 대한 사랑을 갖고 있었다. 바로 즉흥연주였다. 기보되지 않은 음들은 내가 가장 사랑하는 것인 동시에 내 손가락들이 자동적으로 끌리는 것이었다. 그러나 맥팔레인 씨의 학생으로서, 모든 음악가의 공부에서 기본인 스케일과 아르페지오와 더불어 그가 그해의 등급 시험을 위해 선택한 작품들을 부지런히 연습했다. 8단계 시험의 제일 꼭대기로 향하는 상급 학생이던 시절 나의 일일 연습은 같은 음들을 같은 순서로 영원히 반복하게끔 구성되어 있었다.

나의 목표는 피아노 수업과 수업 사이에 정확성과 표현력이 눈에 띄게 향상되는 것이었다. 보통 작품마다 특별한 주의가 요구되는 부분이 있었다. 바흐 푸가에서는 독립적인 목소리들을 명확하게 하는 것이었고, 베토벤 소나타에서는 트릴•을 완벽하게 하는 것이었다. 나에게 가장 큰 도전을 선사한 작곡가인 모차르트의 경우에는 터치의 가벼움과 감정적 연결 사이에서 균형을 유지하는 게 중요했다. 손가락 아래에서 음들을 제대로 얻기 시작하기 전까지, 나는 늘 모차르트에 패배감을 느꼈다. 그냥 맞는 음들을 정확한 순서로 익히는 것은 모차르트 소나타의 섬세한 아름다움과 형식적 완벽함을 온전히 전하기 위해 필요한 것과는 거리가 멀었다. 나는 그것을 연주하기에 적절한 기질도 감성도 갖추지 못했다.

베토벤에서는 한번도 그런 식으로 느끼지 않았다. 그의 소나타들이라고 기술적 도전이 덜한 것은 아니었는데 말이다. 바흐에서도, 특히 푸가에서의 부담에도 불구하고 마찬가지였다. 나는 바흐와 베토벤에게 느낀 묘한 동질감을 모차르트에게는 한번도 느끼지 못했다. 동질감은 젖혀두더라도, 그들과 다른 작곡가들의 작품들을 면밀히 공부하며 보낸 시간은 내가 완벽하게 기보된 악보를 충실하게 존중할 때의 제약들에 얼마나 짜증을 내는지를 깨닫게 해주었다.

즉흥연주를 선호한다는 것을 알게 된 것은 반주자로서의 일정을 통해서였다. 나는 앞에 펼쳐진 작품이 시험용만 아니면 그 반주를 규정보다는 지침으로 간주했다. 더불어 그 작품이 학습용일 때조차 기보된 음악을 벗어나 떠도는 스스로를 발견했다. 나의 손가락들은 기

•   어떤 음을 연장하기 위하여 해당 음과 2도 높은 음을 교대로 빠르게 연주하여 물결 모양의 음을 내는 장식음.

보되지 않은 음들로부터 만들어진 불협화음과 맛깔스러운 소리를 찾아냈다.

나는 피아노 앞에서 혼자 몇 시간씩 보내면서, 음들을 땜질해서 내 귀에 예쁘거나 흉하거나 또는 그 중간 어디쯤으로 들리는 소리들로 조합해서 연주했다. 가끔은 한 덩어리의 음들로 만들어진 흉한 소리가 간단하기 짝이 없는 변화들로 인해 근사한 화음으로 변했다. 달라진 것은 2분음표 하나를 반음 높거나 낮게 옮긴 게 전부였다. 어쩌면 흉한 것과 아름다운 것은 내가 생각했던 것보다 더 가까웠을지 모른다. 어쩌면 우리 모두는 아름다웠건 치열교정기를 낀 특징 없는 소녀였건 단 몇 음만 옮기면 철저히 변신할 수 있었을지 모른다.

나는 모차르트 「소나타 2악장」을 연습할 때면 집중력을 잃었고, 10분이 지나면 건반 위의 손가락들이 나의 무의식의 패턴들을 따라가곤 했다. 반복과 암기 학습에 진력나 있던 나는 모든 것을 손가락들과 우연에 맡김으로써 발견되는 변주들에 흥분했다. 사실 이 조합들은 음악가의 실용적 화성 지식에 기초한 확률적인 것이었지만 말이다.

순수하게 즉흥연주인 솔로 공연으로 명성을 쌓은 피아니스트 키스 재럿은 한 다큐멘터리에서 자신이 즉흥연주가라는 것을 클래식 음악 연주를 통해서 알았다고 말했다. 그러나 나는 동일한 충동을 포용하기를 거부했다. 나는 기보된 음악으로부터 벗어날 때마다, 마치 자위를 배운 후 바지 속에 손을 집어넣지 않고는 못 배기는 10대 소년 같은 죄책감을 느꼈다.

고등학교에서 집으로 오는 길이면 종종 피트 스트리트의 앨런스

뮤직 스토어에서 먹이를 찾았다. 그 거대한 상점에는 나의 피아노 식단의 필수 영양소들이 가득했다. 내가 이른바 『페이크 북Fake Book』이라는 것을 발견한 곳이 바로 거기였다. 이 싸구려 스프링 제본 악보집은 음악가가 철저하게 작곡된 음악으로부터 벗어나도록 부추기는 장르다. 『페이크 북』을 사용해서 어떤 곡의 멜로디와 화성 구조를 익히고, 그후 연주에서는 어느 정도 여기서 벗어난다고 보면 된다. 『페이크 북』의 수록곡들의 다수가 『아메리칸 송북American Songbook』이라는 대중음악의 정전에서 가져온 것들이다. 원래 브로드웨이 뮤지컬이나 20세기 초의 댄스홀 음악에서 비롯된 이 곡들은 재즈 스탠더드라고 불린다. 요즘은 이런 간행물들을 『리얼북Real Book』이라고 부르는데, 차이는 그 곡들이 이제 저작권 소유자의 허가하에 출간된다는 데 있다.

나는 첫 『페이크 북』을 집으로 가져왔을 때 눈에 보이는 음표들이 부족하다는 데 겁을 먹었다. 그러나 곧 표기된 악보 대신 음악 차트를 사용하는 것이 얼마나 자유로운지 깨달았다. 코드 기호들은 어디에 있건 역으로 작동하는 지도와 같다. 이것들은 평범한 풍경에 숨겨진 익숙한 영역의 비밀들을 드러내는 동시에, 익숙하지 않은 풍경들은 즉시 알아볼 수 있게 만든다. 나만의 음들을 찾아내서 멜로디에 반주를 붙이고 기보된 해변으로부터 벗어나는 자유는 나를 고무시켰다. 오랫동안 진지하게 공부했던 완전히 기보된 악보는 내가 음들의 기존 패턴을 반복하는 로봇처럼 느껴지게 만들었다.

이와 대조적으로 이 코드 차트들은 내가 다른 사람의 작품의 정확한 복제를 수행한다기보다는 마치 기존 뼈대로부터 새로운 작품을 창조해내는 것처럼, 작곡가와의 창조적인 협업에 적극적으로 참여하듯이 느끼게 만들었다. 클래식 음악을 연주할 때는 마치 맹도견처럼 솔리스트에게 통솔되고 순종적이어야 했다. 그러나 코드 차트는 제시되는 것과 동일한 조성에 머무르기만 하면, 즉 음악적으로 이야기하기만 하면 음들에 변화를 줄 수 있다.

3년 동안 아이스테드바드 대회에 출전했지만 아직 우승하지 못했다. 내가 앞서지 못한 것은 완전히 기보된 작품들을 암기식으로 익히는 것에 대한 의구심 때문일 거라는 생각은 떠오르지 않았다. 그렇지만 여전히 주위의 모든 사람들이 나의 음악성을 정말이지 대단히 진지하게 받아들였다. 맥팔레인 씨는 나에게 마치 직업적 미래를 가진 진짜 음악가라도 되는 양 말을 걸었다. 학교에서 선생님들과 동급생들은 나의 독주에 박수를 보냈다. 자부심에 찬 부모님은 누구든 귀를 기울이기만 하면 내 칭찬으로 노래를 불렀다. 불평하진 않았다. 그러나 무슨 이유에선가 그들의 판단을 믿을 수 없었다.

나는 태생적으로 회의적이었다. 피아노 선생님은 보수를 받는 만큼 나를 진지하게 취급해야 하고, 우리 학교에는 나와 비교할 만한 다른 조숙한 피아니스트가 없으며, 부모님은 자신들의 애정어린 찬사에 제3자의 인정을 원하지도 구하지도 않는다고 보았다. 미끄럼틀에서 미끄러져 내려왔다고 칭찬을 받는 유아 같은 기분이었다. 내가 한 것은 중력의 법칙을 따른 것이 전부인데 말이다. 생각해보면 나에게 피아노를 연주하는 것은 다른 소녀들이 빠르게 헤엄치거나 소년들의 마음을 끄는 것과 같은 방식으로 자연스러웠다. 피아노 연주는 집안의 격려와 전문가의 교습이라는 행운과 함께 드러난 자연스러운 친근감처럼 느껴졌지, 내가 스스로를 위해서 적극적으로 추구한 무언가는 아니었다.

나의 클래식 피아노 음악 경력은, 간단히 말하자면 공연과 마찬가지로 느껴지게 되었다. 아이스테드바드에서의 성공에 접근은 할지언정 정점에는 절대 도달하지 못하는 것. 내가 큰 칭찬은 받을지언정 특출한 것과는 거리가 먼 게 아닐까 하는 의혹은 확신이 되었다.

♫

나는 우등 상장들과 2등 트로피들에 신물이 난 나머지, 당김음과 반음 낮은 이끈음에 대한 선호를 드러낼 때가 되었다고 결심했다. 나는 맥팔레인 씨에게 올해 대회에는 재즈 기악 부문에 참가할 수 있냐고 물었다. 우승을 원한다면 경쟁자가 적은 부문이 훨씬 나을 거라고 기대한 것이다. 그리고 만일 스스로에게, 선생님에게, 부모님에게, 아니면 누구에게든 이 문제에 솔직했다면 내가 데이브 브루벡, 듀크 엘링턴, 조지 거슈윈, 그리고 오스트레일리아 재즈 싱어송라이터 빈스 존스를 대회에서 연주했던 모차르트 소나타보다 선호한다는 것을 인정했을 것이다.

맥팔레인 씨는 나의 질문을 소화하기까지 오랫동안 주저했다. 나의 의중은 평소에도 스핑크스처럼 헤아리기 어려웠고, 전에 그에게 무언가를 요구한 적이 한번도 없었다. "어떤 작품을 연주하고 싶은 거니?" 그가 겨우 입을 뗐다.

나는 망설이지 않았다. "브루벡의 「블루 론도 아 라 투르크Blue Rondo à la Turk」요."

"『타임 아웃Time Out』의?"

이제 내가 놀랄 차례였다. 1959년 출시된 『타임 아웃』은 관습을 따르지 않는 박자의 자작곡들로 구성된 앨범이었다. 평론가들은 곧바로 싫어했지만, 이 앨범은 100만 장 이상 팔린 최초의 재즈 앨범이 되었다. 1961년 빌보드 팝 앨범 차트에서는 2위에 올랐고, 이 앨범의 대표 곡인 「테이크 파이브Take Five」는 그해 10월 빌보드 탑 100에서 25위에 올랐다. 어쩌면 선생님은 내가 생각했던 것처럼 브람스와 베토벤만 듣는 건 아니었을지 모른다.

나는 브루벡의 곡들이 담긴 악보집을 앨런스 뮤직 스토어에서 샀다. 그곳의 재즈 구역은 그 무렵 나의 사회생활과 비슷했다. 작고, 흔히 텅 비어 있었다. 앨런스에서는 더 폭넓은 악보들이 전시된 통로들도 약간만 더 붐빌 뿐이었고, 얼굴에 여드름이 '점점이' 돋은 젊은이들이 '점점이' 늘어서 있었다. 내가 그 점들에 합류해서 그들처럼 보편적인 방향을 향해 미소 지을 수만 있었으면 토요일 밤에 할 일이 있었을 것이다.

그러나 고독을 즐기는 자이언트 판다가 엄격하게 대나무의 연한 잎만 먹고 살아가는 것과 마찬가지로 나는 피아노 구역에서 음악적 별미를 찾아 쿵쿵거리며 풀을 뜯었다. 용돈으로 에디션 페터스에서 출간된 두 권짜리 베토벤 소나타 세트를 사면서, 마침내 피아노 선생님의 책을 반납할 수 있다는 데 승리감을 느꼈다.

그러나 정말로 군침이 돌게 만든 것은 20세기 후반 피아노 레퍼토리의 귀중한 본보기들을 획득한 것이었다. 먹음직스러운 세 권짜리 빌리 조엘 작품 모음집 말이다. 그리고 판다들과 마찬가지로 나는 짝짓기에 관심이 없었다. 나의 난잡함은 초견으로 연주할 새 악보를 향한 충족되지 않는 식욕에서만 드러났다.

『재즈의 거장—데이브 브루벡Jazz Masters: Dave Brubeck』의 광택 나는 표지에는 시체 같은 푸른빛을 뒤집어쓴 그의 얼굴이 극단적으로 클로즈업되어서, 흰머리의 50대 피아니스트를 조금이라도 젊어 보이게 하려는 어떤 조치도 없이 등장했다. 그 악보집에 내가 「블루 론도 아 라 투르크」의 기보된 버전에 접근할 유일한 수단이 실려 있지만 않았다면, 작곡가의 무시무시한 얼굴은 절대 가까이하지 않을 이유로 충분하지 않았을까? 대신 나는 그것을 집으로 가져갔고, 연습 중 악보집을 펼치거나 닫을 때마다 하루에도 몇 번씩 그를 보는 수밖에 없었다.

맥팔레인 씨의 스튜디오에서 우리는 악보의 음악과 녹음된 버전이 일치하는 것을 확인하기 위해 카세트 플레이어에서 나오는 「블루 론도 아 라 투르크」에 귀를 기울였다. 재즈 음악 연주에 접근하면서 위대한 연주자를 모방하는 것은 보조바퀴를 다는 것과 비슷하다. 그러나 나는 다른 곳에서 시작해야만 했다. 선생님 옆에 앉아 있는 동안 고개를 끄덕이고, 어깨를 들썩이고, 무릎을 흔들고 싶었지만, 나의 본능은 혹시 잘못된 판단일지는 몰라도 완벽하게 가만히 머물라고 말했다. 그렇게 있는 것은 고통스러웠는데, 맥팔레인 씨의 체취 때문만은 아니었다.

그 곡은 주로 8분의 9박자로 구성되어 있는데, 내가 어떤 클래식 레퍼토리에서도 마주쳐본 적 없는 리드미컬한 수치다. 마디당 아홉 개의 빠른 박이 **하나-둘, 하나-둘, 하나-둘, 하나-둘-셋**으로 나뉘어 속사포처럼 쏟아진다. 그러다 매 네번째 마디마다 느낌이 달라져서, 4분의 3박자로 더 왈츠 같은 **셋+셋+셋**이 된다. 브루벡이 이 작품의 기초로 삼은 것은 터키 여행 중 길거리 음악가들의 연주로 들은 전통 리듬이었다. "댁한텐 블루스 같을 거요, 우리에게는 8분의 9지." 이스탄불의 터키 음악가들이 그에게 이렇게 말했다.[42] 여느 재즈 작품과 마찬가지로 이는 즉흥연주를 위해 만들어진 구조이고, 그 목표는 연주를 변주와 장난기로 몰아가는 것이다.

아이스테드바드의 재즈 기악 부문이라는 아이디어에는 한 가지 근본적 결함이 있었다. 이 대회의 경쟁자들은 기보된 음악을 연주한다는 것이었다. 이 행사에는 어떤 즉흥연주도 포함되지 않았다.

♫

즉흥연주가 마땅히 받아야 할 존경을 받은 시절은 한번도 없었다.

재즈 피아니스트 키스 재럿이 2005년에 한 말이다. 완전히 즉흥적인 솔로 콘서트들로 가장 잘 알려진 재즈 음악가가 최근 음악 세계에서의 존경이 부족한 것을 두고 좀 화가 난 것도 무리가 아니다. 그러나 재럿의 견해는 근시안적이었다. 즉흥연주는 전 세계적으로 여전히 어디에나 존재한다. 다만 서구에서는 그런 종류의 음악이 모두 진지한 평론적 주목을 받지는 못한다. 재즈는 20세기 후반에 대학원 과정이 설립되기 전까지 학계에서 외면받았다. 프리스타일 랩은 아마 현재 가장 인기 있는 즉흥음악 형식일 것이다.

우리는 신화 속의 음악가들을 기리면서 그들이 모두 즉흥연주자였다는 사실은 잊는다. 오르페우스가 에우리디케를 죽음으로부터 구하기 위해 연주한 곡의 이름을 대보라. 아니면 판이 연주해서 추종자들이 넋을 잃게 만든 음악의 이름을. 피리 부는 사나이가 하멜린의 아이들을 제일 가까운 절벽으로 유혹하는 데 도움을 준 작곡가의 이름을. 그들의 음악은 기보되지 않았고 구매나 다운로드도 불가능했다. 그들의 삶을 바꾼 음악 제작 행위에서는 연주와 작곡이 다르지 않았다.

오르페우스, 판, 피리 부는 사나이의 이야기들은 음악의 세계가 그 대부분의 역사 동안 그랬던 바를 반영한다. 음악가들이 음악을 만들어낸 것은 악기를 연주하다가 혹은 여행 중 익힌 멜로디들의 변주를 실험하다가였고, 정확한 기보나 저작권과는 무관했다. 음악가들은 연주하면서 작곡했다. 다시 말해, 그들은 즉흥연주를 했다.

『젊은 숙녀에게 보내는 서신』보다 10년 전인 1829년, 체르니는 『즉흥연주의 예술The Art of Improvisation』이라는 책을 썼다. 아나 모차르트가 즉흥적인 창조성으로 아버지를 황홀하게 만든 지 50년 후가 되자, 명연주자라면 독주회 프로그램의 작품들에서 프렐류드를 즉흥연주하고, 주어진 주제들이나 친숙한 곡조들을 가지고 즉석연주하고 (즉흥연주와 바꿔 쓸 수 있는 개념), 연주 중 작품에서 카덴차(코다)를 지어낼 것이 기대되었다.

『즉흥연주의 예술』을 일찌감치 공부한 학생들 중 하나가 열 살의 클라라 비크였다. 그녀의 1830년대 공연에는 즉흥연주가 어김없이 등장했다. 자신의 영재 청소년과 함께 순회공연을 하던 프레데리크 비크는 아내에게 이렇게 편지했다. "얘가 작곡할 수 있다고 믿는 사람은 아무도 없어. 그 나이의 소녀들에게는 절대 없었던 일이거든. 이 아이가 주어진 주제로 즉흥연주를 할 때면 다들 제정신이 아니라고." 경우에 따라서는 뽐을 내기도 했다. "클라라는 소녀지만 즉흥연주가 가능하다는 점에서 이미 세상의 어떤 여성 피아니스트보다도 우위에 있어."[43] 그녀가 자기 세기의 가장 위대한 여성 피아니스트가 되었을 즈음, 즉흥연주는 공연의 일부가 된 지 두 세기가 된 참이었고, 클라라는 가장 뛰어난 대표자들 중 하나였다.[44]

체르니는 어떤 아마추어 피아니스트도 "중급 이상의 연주 기술"을 획득했다면 즉흥연주법을 익힐 수 있다고 믿었다. 즉흥연주는 최상위 기교파 음악가와 콘서트홀에 특화된 기술이 아니었다. 그보다는 음악에 대한 하나의 접근이자 거의 모든 악기에 해당되는 하나의 연주방식이고, 많은 아마추어들이 공유할 수 있었다. 『젊은 숙녀에게 보내는 서신』에서 체르니는 즉석연주를 "전에 기보된 적이 없고, 사전에 준비되거나 연주된 적도 없으며, 오롯이 순간적이고 우연한 영감의 열매"라고 설명한다.[45] 그는 자신의 이상적인 학생 세실리아가 "쉬운 화음, 짧은 멜로디, 악절, 음계, 펼침화음 들을 함께 연결하거나, 아니면 훨씬 낮게는, 이 연결들을 이루는 것을 손가락들에 맡겨 그들의 의지와 기쁨에 따르도록" 시도하라고 독려한다.

그러나 여성들에게 자아 표출의 경로를 부여하는 창조적 행위가 보통 그렇듯, 즉흥연주 연습은 엇갈린 반응들을 촉발시켰다. 클라라조차 연습에서 남편의 지지를 기대할 수 없었다. "한마디만 충고하자." 슈만은 그녀에게 이렇게 편지했다. "즉흥연주를 너무 과하게 하지는 마. 너무 과하면 더 잘 사용할 수 있었던 것이 빠져나가니까. 모든 것을 늘 곧바로 종이에 적겠다고 다짐해."46 이렇듯 기록이 즉흥연주를 이겼다면, 작곡가는 즉흥연주가를 이겼다.

10대 때 클라라는 분명히 작곡을 했다. "작곡은 나에게 큰 즐거움을 준다." 1853년에 그녀는 선언했다. "창작의 기쁨을 능가하는 것은 없다. 소리의 세상에서 사는 존재가 몇 시간씩 스스로를 잊도록 해준다는 것만 가지고도 그렇다."47 그러나 그녀는 동시대인인 프란츠 리스트가 그랬던 것처럼, 혹은 그녀에 앞서 바흐와 베토벤과 모차르트가 그랬던 것처럼 콘서트에서 자신의 작품들을 연주하지 않았다. 그녀는 과도한 자기회의로 고통받았다. 스물이라는 성숙한 나이로, 현명하기로 따지자면 우리 시대 그 나이대의 누구도 미치지 못할 현명함을 가졌던 그녀는 이를 버리기로 결심했다. "한때는 내가 창작의 재능을 소유했다고 믿었지만 이런 생각을 포기했다." 그녀는 이렇게 썼다.

여성은 작곡을 열망해서는 안 된다. 그렇게 할 능력을 가진 여성은 한 명도 없었다. 내가 그런 여성이 될 거라고 기대해야 한단 말인가?

대신 클라라는 콘서트 프로그램에서 다른 작곡가들의 작품을 연주하기로 했다. 예를 들어 1837년의 비엔나 데뷔에서 열아홉 살의 클라라는 베토벤의 소나타 전곡을 콘서트 청중에게 처음 선보였다. 작곡가가 사망한 지 10년 후의 일이었다.[48] 클라라는 이후 수십 년간 유럽 방방곡곡에서 공연하며 이런 관행을 자기 것으로 만들었다. 이것은 개인적인 선택이었다. 그러나 그녀가 나이든 남성 작곡가들의 작품들을 홍보한 것은 콘서트의 구성 방식에 어마어마한 영향을 미쳤고 오늘날까지도 지속되고 있다.

19세기 중반 즈음에는 죽은 작곡가들의 작품들이 유럽의 공연장들을 지배했다. 리스트 (그는 영재 아동으로서 체르니와 함께 공부했다) 같은 기교파 피아니스트들이 자신의 작품으로 요란한 곡예를 보여주던 것은 타인의 작품 해석에 초점을 맞춘 연주자들이라는 모범에 자리를 내주었다.[49] 이런 부류의 음악에서 창작자와 연주자의 분리는 거의 완벽에 가깝다.

19세기 말쯤 되자 즉흥연주는 시대에 뒤떨어진 것이 되었다. 이런 입장은 케이트 쇼팽의 1899년 소설 『각성The Awakening』에도 반영된다. 쇼팽은 지긋한 나이인 라이즈의 즉흥연주를 부정적으로 보며 이렇게 묘사한다. 그녀가 "이 악기 앞에 얼마나 웅크리고 앉았는지, 몸의 선이 우아하지 않은 곡선과 각도로 굳어서 기형적인 모습을 보였다."

클래식 레퍼토리의 발전과 이로 인해 급성장과 높은 수익을 올린 악보 출판 산업은 기보에 의지했다. 즉흥연주는 공연에서 사라지고, 표기된 음악에 대한 문자 그대로의 신봉이 이를 대체했다. 브루벡의 녹음된 『타임 아웃』을 내가 피아노로 옮긴 것은, 완전한 기보를 반대하면서 즉흥적 창조성을 위해 특별히 기획된 종류의 공연을 상품화한 전형이었다. 20세기의 아마추어는 기보된 음악을 경전으로 간주해도 용서받을 수 있다. 마치 악보라는 것이 태초부터 존재했던 것처럼 말이다.

♪

재즈 기악 부문의 심사위원은 낮시간 버라이어티 쇼에서 텔레비전 스튜디오 오케스트라를 이끌며 유명해진 지휘자였다. 이 거장은 검은 바가지머리와 무표정한 얼굴을 가진 작달막한 남자였다.

성장하면서 바지를 입는 습관에서 벗어난 나는 같은 원단의 허리띠가 달린 짙은 녹색 플레어 스커트를 몸에 붙는 살굿빛 반소매 면상의와 맞춰 입고 「블루 론도 아 라 투르크」를 연주했다. 내가 무슨 말을 하겠는가? 때는 1980년대였다.

그녀의 연주는…… 놀라운 것이었다. 댐퍼 페달이 내내 눌려 있었다. 간격이 넓은 화음들이 열두 살짜리 아이의 양팔이 내리꽂을 수 있는 최고의 강력함으로 요란하게 터졌다. 틀린 음들은 자유롭게 흩어졌다. 여전히, 리듬과 멜로디가 뚜렷했다. 그리고 그 작은 손가락들의 날렵함에는 어떤 실수도 없었다.

이 생생한 묘사는 내가 아니라, 헨리 헨델 리처드슨의 1910년 소설 『지혜의 획득The Getting of Wisdom』의 여주인공인 로라 램보턴에 대한 것이다. 로라는 유머 감각이 부족한 여교장을 위해서 모차르트와 같은 시대를 산 지기스문트 탈베르크의 난해한 작품을 넘치는 기백으로 연주 중이다. 이 소설 속 교장은 그에 못지않게 유머 감각이 부족한 나의 거장과 꼭 닮았다. 그러나 로라가 탈베르크에 쏟아붓는 육체적 노력은, 코드가 덩어리를 이루고 박자가 오락가락하는 브루벡을 연주하는 데 내가 들인 에너지를 연상시킨다.

드러난 양팔을 마구 흔들고 뒤꿈치로는 바닥을 두드리면서 나는 서서히 느낌을 잡아갔다. 그렇지만 「블루 론도 아 라 투르크」를 연주하는 나의 기쁨은 그것을 듣는 관객들의 즐거움보다 훨씬 컸다. 내가 그런 생각을 하도록 만든 것이 정확히 무엇이었는지 확신은 못한다. 그런 생각들은 연주자와 관객 사이에서 손에 잡히지 않는 조류를 타고 흐른다.

문제가 정확히 어떤 것인지 알기는 힘들었다. 그것을 해결하기 위해 내가 어떻게 할 수 있는지는 별개로 하더라도 말이다. 이 작품이 관객에게 별로 알려지지 않은 탓에 보이지 않는 저항을 직면했던 걸까? 리듬이 돌연히 변하는 구성이 너무 낯설었던 걸까? 지나치게 터키적인 소리였을까? 그게 무슨 의미든지 말이다. 아니면 단순히 그 무렵 겨우 25년 전의 작품이니 아이스테드바드의 기준으로는 지나치게 동시대였을까?

어쩌면 몇몇 다른 경쟁자들이 그랬듯이, 거슈윈이나 엘링턴의 더 남성적인 곡을 골라야 했을지 모른다. 끝낸 후 미소를 지으며 인사하고 무대를 떠나면서, 어째서 나에게는 뭔가를 쉽게 할 생각이 절대 떠오르지 않는지 궁금했다.

자리로 돌아와서 거장이 나를 어리둥절한 표정으로 응시하는 것을 눈치챘다. 나의 선곡이 그에게 인상적이었기를 바랐다. 다른 어떤 경쟁자도 그렇게 복잡한 리듬의 작품을 선택하지 않았다.

그리하여 거장이 상을 건네던 순간 빈손으로 남은 나는 이만저만 실망한 게 아니었다. 사실 말이 안 나올 지경이었다. 내가 대중에게 선택되지 않았을 수는 있다. 그러나 그를 설득하는 데 실패할 것이라고는 상상할 수 없었다. 로라는 자신이 탈베르크를 연주한 방식에 자부심을 느꼈지만 나중에 "총제적인 뻔뻔함으로 다른 손님들의 귀를 더럽혔다"고 비난받은 것을 알고 대신 모차르트를 연주해야 했다는 것을 배웠다.

일어서서 내 물건들을 챙기는데 거장이 나의 『재즈의 거장—데이브 브루벡』 악보집을 들고 옆에 나타났다. 표지에서 광채를 뿜는 브루벡을 보자 희망이 솟았다. 패배감에 책을 가져오는 것을 잊었던 것이다. 어쩌면 심판이 간단히 격려의 몇 마디라도 해줄지도 몰랐다.

"네가 저 곡의 리듬을 다 틀렸다는 걸 말해주고 싶구나." 그는 악보집을 건네면서 입술을 오므리며 말했다. "너한테 알려줘야 한다고 생각했을 뿐이다."

　로라였더라도 더 크게 놀라지 못했을 것이다. 거장은 『타임 아웃』
을 한번도 못 들어봤단 말인가? 내가 「블루 론도 아 라 투르크」를 스
스로 생각한 만큼 잘 연주하지 못했을 가능성은 얼마든지 있다. 그러
나 리듬으로 말하자면 나는 브루벡 본인이 녹음에서 했던 그대로 연
주했다. 심사위원이 내 연주를 싫어하는 것은 받아들일 수 있었다.
이런 일은 나의 아이스테드바드 경력에서 비일비재했다. 그러나 내가
화가 난 것은 브루벡 때문이었다. 나는 이번 한번만은 실수로 두고
스스로를 탓하지 않았다. 나는 거장이 심각한 부정맥 환자라는 진단
을 내렸다.

# 결혼으로 끝나는 삶밖에 생각할 수 없는 걸까?

　앨리스는 교회의 피아노를 한 번에 한 음씩 연주했다. 매 펼침화음의 첫 음마다 성가대가 아르페지오로 노래했다. 모두가 같은 음으로 상승하다가 다시 처음 음으로 돌아가는 그들의 목소리는 해변에 철썩이는 바닷물처럼 넘실거리며 위안을 주었다. 이제 3년째 그녀는 성가대의 주중 연습과 일요일 예배 전의 준비 연습을 이끌고 있었다.

　일요일 예배에서 처음으로 소프라노 독창 부문을 맡았던 때부터, 앨리스의 명료한 조음과 달콤한 음색은 안일함에 빠진 몇몇 신참이 속한 성가대 전체를 끌어올렸다. 노쇠한 외양에도 불구하고, 늙은 서머빌 씨의 귀는 여전히 휘하의 제일 젊은 테너의 귀 못지않게 예리했다. 그는 예배 후에 앨리스를 성가대 앞에서 칭찬했는데, 그 짤막한 격려는 노래에 대한 그녀의 열정에 불을 지폈다.

그녀는 관객 앞에서 노래할 때 스스로가 갖는 확신에, 거리낌없이 온전히 자신이 되었다고 느끼는 방식에 놀랐다. 매일 밤 자기 방에서 잠들기 전 낸스와 속삭일 때를 제외하면, 거의 어느 곳에서도 그 이상 더 자기 자신이 되는 것은 불가능했다. 무대 위에서 그녀는 앨리스 메이 모리슨 테일러, 종소리 같은 소프라노 음성을 가진 경건한 젊은 여성이었다. 그녀는 가족과 신과 예배 음악을, 꼭 그 순서대로는 아닐 지언정 사랑했다.

다우언힐 연합 자유 교회의 나머지 신자들과 마찬가지로, 앨리스는 서머빌 씨의 은퇴로 프레더릭 허비가 성가대 지휘자 자리를 맡는다는 소식에 불안해했다. 엄격한 선생으로서 허비의 명성은 그를 능가했다. 『뮤지컬 헤럴드Musical Herald』에 실린 그에 관한 기사에 따르면, 허비 씨는 토닉 솔-파 칼리지의 강사, 렌프루 교육 위원회의 성악 감독, 글래스고 성경 학교의 강사이자 음악 감독, 화이트인치 여성 고아원의 음악 감독, 스코츠타운 남성 합창단의 지휘자, 글래스고 윈저 홀스 교회의 음악 감독이었다. 앨리스는 한 사람이 그렇게 많은 자리를 감당할 수 있다는 데 경탄했지만 그녀의 어머니는 부정적이었다. "그 사람은 욕조 말고는 어디라도 들어가는구나." 그녀가 말했다.

이제 앨리스는 학교를 떠나서 랭킨 부인의 남성복 매장에서 전업으로 일했고, 피아노와 성악 수업 둘 다의 비용을 감당할 수 있었다. 그녀는 서머빌 씨의 성가대 지도하에 성장해서 소프라노 파트의 핵심 성원이 되었고 가끔씩 독창도 맡았다. 허비 씨는 그녀에게 연습 지도를 도와주면 그 대가로 성악 개인 교습비를 할인해주겠다고 제안했다. 연습 계획을 짜고, 성가대원들이 필요한 악보를 필요할 때 가지도록 확인하고, 가드너 스트리트와 윈저홀스, 기타 다우언힐 성가대가 매년 중요한 콘서트들을 공연하는 글래스고의 주요 교회들과 연락을 취하는 것이 그녀의 임무가 되었다. 앨리스는 이 임무를 즐거움으로 여겼고, 여기에 스스로 받고 싶은 존경을 반영했다.

그렇긴 해도, 그녀는 스승이 자신의 성악 테크닉에 가하는 제약들에 짜증이 났다. 신이 주신 목소리와 폐활량에 속으로 자부심을 가졌던 앨리스는 첫 수업에서 목을 푸는 아르페지오를 공연이라도 하는 것처럼 노래했다. 끝내고 나자 허비 씨는 그녀를 한참 동안 쳐다보았다. 침묵 속에서 앨리스는 자신의 자만심에 귀를 기울였다. "자네는 대단한 재능을 타고 났어." 그가 마침내 말했다. "좋은 귀, 좋은 음역, 더불어 사랑스럽고 풍부한 음색까지…… 하지만 자네는 지나치게 서둘러, 음악성은 경쟁이 아니라네." 그는 덧붙였다.

앨리스는 교회에서의 피아노 연주는 즐긴 반면, 이 악기의 연습이 반복적이며, 친애하는 늙은 램지 부인에게는 절대 말하지 않겠지만 끔찍하게 따분하다는 사실을 발견했다. 앨리스는 이제 피아노에 대한 자신의 감정이 어머니가 자기 몸으로 낳은 게 아니라 입양한 아이에게 가질 사랑과 비슷하지 않을까 생각했다.

반면 목소리는 이제 자신의 몸으로 낳은 아이처럼 여겨졌다. 그런데 여기 허비 씨가 그녀를 처음으로, 성악의 가장 기초적 측면들로 도로 데려가고 있었다. 그는 그녀에게 기초적 발성과 폐활량 구축 연습을 반복적으로 시켰다. 그는 그녀의 자세에 지나치다 싶을 정도로 주의를 기울였으며, 프레이징에 대한 접근에서 노고를 아끼지 않았다.

"성악가는 악기인 동시에 연주자라는 독특한 위치에 있네." 그는 이렇게 말하곤 했다. "자네가 내면으로부터 외면을 향해 노래하도록, 몸 전체를 사용해서 노래하도록 만들 필요가 있어." 앨리스는 자신이 노래하는 소리에 육체가 개입한다는 생각이 들자 겁이 났다. 그의 말이 무슨 뜻인지 이해하지 못했지만 시간이 흐르면 알게 될 것이라고 믿었다. 조바심에도 불구하고 그녀는 매주 허비 씨와 함께 멜로디와 화성, 프레이징과 음높이를 공부하며 보내는 짧은 시간을 무엇보다 고대했다.

앨리스에게 음악에 푹 빠져서 일하는 허비 씨의 삶은 아버지의 몫인 기름과 더러움, 그리고 사랑은 있지만 음악은 거의 없는 자신의 지저분한 집과 대비되어 마법의 존재처럼 느껴졌다. 그녀는 스승이 런던의 왕립 아카데미에서 학생으로 보낸 시절에 대한 이야기들을, 매주 몇 개씩 콘서트에 참석하던 이야기와 작은 합창단을 지휘하기 위해서 지금 길드홀 학교에서 훈련 중인 재능 있는 여성들에 대한 이야기들을 황홀하게 음미했다.

이따금 보다 화려한 백일몽 속에서, 앨리스는 자신이 런던의 거리들을 거닐고 길드홀에 입학하는 것을 그려보았다. 그러나 이런 생각은 그녀가 읽은 몇몇 소설들 못지않게 무리였다. 소설 속의 젊은 숙녀들은 마치 소녀들이 할 만한 가장 평범한 일이라도 되는 것처럼 유럽으로 가서 음악 공부를 했다. 앨리스는 이런 소설들에 곧 싫증을 냈다. 그 책들의 페이지 밖에서는 그런 불가능한 사치를 들어본 적이 없기 때문이었다. 노동계급 가정 출신의 평범한 소녀가 결혼하거나 제대로 된 가정으로 입양되는 일 없이, 자신의 음악적 재능을 사용해서 스스로 생계를 꾸리는 이야기를 단 한 번이라도 읽고 싶었다. 너무 많은 책들에서 모든 길은 결혼으로 이어졌다. 아기를 낳고 어머니를 피아노로부터 돌려세워 (언제나 피아노였다) 기진맥진한 노예로 바꾸는 결합 말이다.

낸스는 앨리스의 이단적 견해를 이해할 수 없었다. 그렇지만 그 무렵 앨리스는 언제나 자매 중 현실적인 쪽이었다. 자신이 부르는 노래들의 형태를 즉석에서 읽을 수 있었던 것과 마찬가지였다. 앨리스는 비록 관찰자로밖에 경험하지 못했지만, 남녀 사이의 관계의 풍경들을 볼 수 있었다. 그녀는 일상적인 집안일보다 피아노 연습과 성가대 예행연습을 더 좋아했다. 자신과 낸스가 같은 집에서 자랐으면서 결혼생활의 현실에 대해서는 어떻게 그렇게나 다른 결론으로 이끌릴 수 있는지, 앨리스로서는 알 도리가 없었다.

"그냥 기다려 봐. 너한테 맞는 사람을 만나면 느낌이 다를 거야." 그녀의 언니는 말하곤 했다.

모두가 언제나 그녀에게 기다리라고 말하고 있었다. 예쁜 소녀인 낸스에게는 숭배자들 중에서 까다롭게 고를 수 있다는 생각이 드는 것이 너무나 당연했다. 그녀는 장황한 기도의 응답으로 어느 날 리처드가 교회에 나타나기 전까지 몇 년 동안 정확히 그렇게 했다. 다른 소녀들은 결혼 상자*에 넣을 물건들에 대해 생각했지만, 앨리스는 만약 음악에 헌신할 수만 있다면 그렇게 할 이유가 없다고 여겼다. 결혼

상자는 젊은 남자들의 주목을 받고 결혼하기를 고대하는 소녀들을 위한 상자였다.

낸스와 리처드가 오스트레일리아로 이민 가기로 결정한 것은 부모들에게는 실망스러운 깜짝 선물이었다. 그들은 발이 걸려 넘어질 정도로 많은 손자들을 고대하고 있었던 것이다. "날 위해서라도 네가 행복하기를 바라." 패트릭역에서 작별하며 낸스는 흐느꼈다.

앨리스는 신혼부부의 결심을 미리 알았지만 언니의 행운이 조금도 기쁘지 않았다. 그 대신 상실감을 느꼈기에 스스로를 책망했고, 유일한 친구를 대신할 사람을 절대 갖지 못할까 걱정했다. 낸스가 새로운 삶을 향해 배에 오르자, 앨리스는 미래에 자신이 노래를 불러줄 특별한 누군가가 있을지 궁금해할 수밖에 없었다.

• 　전통적으로 미혼 여성들이 결혼을 대비해 옷과 침구 등을 모아두는 상자.

# 고통스러울 정도로 극단적인
# 피아노 앞의 감정

학교의 스타인웨이를 연주하는 것, 손가락 끝 밑의 매끄러운 건반들과 오른발 밑의 댐퍼 페달을 느끼는 것, 내가 만들어낸 음들의 소리를 듣는 것, 이것들은 언제나 위안이 되었다. 피아노와 떨어져 있을 때면 납작한 가슴과 주근깨가 난 창백한 피부가 나를 투명인간처럼 느끼게 만들었다. 그러나 이 악기 앞에 앉으면 어째서인지 자리에서 더 커지고 더 강해졌다. 마치 신장이 160센티미터인 말을 타고 있어서 모든 것을 보고 들을 수 있기라도 한 것 같았다.

그리고 그 고대의 밤들이……

「예루살렘」을 다시 한번 연주한다는 것은 아무렇지도 않았다. 나의 임무는 간단했다. 악보를 읽고, 쓰인 그대로 나의 손가락 끝을 통해 검고 흰 건반들로 옮기고, 학교 전체가 따라 부를 수 있는 한결같은 속도와, 모두 목소리를 높이고 계속 유지해도 안심할 수 있는 크기로 연주하기.

나는 피아노를 이해했다. 그 문법과 기술적 역량과 감정적 영역을 이해했고 내 손가락 끝에서 힘을 즐겼다. 노래하는 사람들이 필요한 음을 찾도록 돕는 것은 너무 쉬웠다. 너무 교묘해서 그들이 내가 돕고 있다는 것을 알지도 못할 정도였다. 반대로 내가 마음먹는 순간 그들을 혼란스럽게 만드는 것도 마찬가지로 쉬웠다. 만일 내가 갑자기 멈춘다면 다른 사람들도 모두 그럴 것이었다. 잭슨 선생님조차 그랬다. 나는 수백 명의 소녀들이 한순간에 침묵하도록 유도할 수 있었다. 비록 침묵은 언제나 내가 듣고 싶어하는 최후의 것이지만 말이다. 내 인생에서 한 가지는 통제할 수 있다고 느끼는 것은 어느 정도 위로가 되었다. 나머지 너무나도 많은 부분은 손쓸 도리가 없었으니 말이다. 비록 귀중한 몇 분에 불과했지만, 나는 이 배의 선장이었다.

1832년, 조지 엘리엇이 코번트리의 프랭클린 교장의 학교에 열세 살짜리 학생이던 시절에 그녀는 '학교 최고의 연주자'로 여겨졌다. 그러나 10대인 메리 앤 에번스는 자신의 피아노 기술에 고도의 양가감정을 느꼈다. 그녀는 자기가 고도로 음악적인 열세 살짜리 학생이었다고 회상하면서, 자신의 감성이 "고통스러울 정도로 극단적"이었다고 묘사한다. 그녀는 "수줍음과 주저함으로 고통받으면서도" 손님들을 위해서 의무적으로 연주하고는, 그후 "자기 방으로 달려가 고통의 눈물 속에 바닥으로 쓰러졌다."50

　내 자신의 극단적 감성은 엘리엇과 반대로 피아노 앞에 있을 때보다는 떨어져 있을 때 발생했다. 실수를 저지를까 걱정이 되기도 했지만 그것은 감당할 수 있는 종류의 것이었고, 다시는 그런 일이 일어나지 않도록 나중에 연습하면 됐다. 그러나 피아노와 떨어져 있을 때면 한 번의 실수가 돌이킬 수 없는 사회적 죽음을 야기할 수 있었다.

　피아노 앞에서 나는 강당 위층에서 노래하는 상급생들의 대부분을 힐끔거렸다. 한두 해가 지나 그 나이가 되면 그들의 자신감뿐 아니라 굴곡진 몸매도 갖기를 바랐다. 모차르트 소나타를 외워서 연주하거나 새로운 작품을 초견으로 연주할 수 있는 것은 아주 대단한 일이지만, 파티에 초대 받지 못하고 아는 남자애 하나 없다면 무슨 소용이겠는가?

　그해 초에 친구 조애너는 그런 파티들 중 하나에서 매슈를 만나자마자 나를 내쳤다. 남자친구와 어깨 길이의 금발과 눈이 튀어나올 정도의 가슴을 가진 조애너는 우리 학교 밖의 신비로운 친구들이 있는 사회적 궤도로 들어갔다. 그들은 우리와 비슷한 나이의 남자애들을 알았고, 그 남자애들이 참석하는 파티들을 열었다. 치아교정기, 일자눈썹, 불편한 위치에 집이 있는 나에게는 접근이 거부된 궤도였다.

　「예루살렘」을 외워서 연주하는 내내 내가 얼마나 한심하고 못났는지 생각했다. 나에게 싫증을 냈다고 조애너를 비난할 수는 없었다. 그녀는 여자가 된 반면, 나는 여전히 소녀기에 갇혀서 피아노를 연습했다. 조애너의 뺨에는 하얗게 튀어나온 거대한 여드름들이 가득했지만 매슈는 여전히 그녀에게 키스하고 싶어했다. 여자가 된다는 것에는 내가 아는 이상의 무언가가 있는 게 틀림없었다. 나의 치아교정기나 털 북숭이 다리의 문제만일 리는 없었다. 나에게는 뭔가 다른 게 잘못된 게 틀림없었다. 어쩌면 내가 절대 음감을 가졌기 때문일지도 몰랐다.

나는 영적 싸움을 멈추지 않으리라,
내 검도 내 손에서 잠들지 않으리라.
우리가 예루살렘을 건설할 때까지,
푸르른 잉글랜드의 즐거운 나라에.

조애너는 나를 더이상 집에 초대하지 않았고, 매슈와 주말에 무엇을 했는지에 대해서 아무 말도 해주지 않았다. 그래서 나는 그들이 이따금 파티에 참석하는 것을 제외하면, 섹스 이외에는 아무것도 안 한다는 결론을 내렸다. 「예루살렘」의 가사대로 그들은 자신만의 푸르고 즐거운 나라를 건설했고, 그곳에서 그의 칼은 그녀의 손에서 잠드는 것만 빼고는 모든 것을 했다. 나를 멈추지 않는 영적 싸움과 이미 패배한 끝없는 투쟁과 함께 두고 그녀는 떠났다.

조애너와 내가 너무 심하게 웃어서 뺨에 눈물이 흐르고 숨을 몰아쉬던 건 그리 오래전 일이 아니었다. 우리가 폴 웰러에 기절초풍하게 빠져서 그가 스타일 카운실이라는 그룹 이름으로 낸 앨범들을 반복해서 들으며 주말 오후들을 보내던 때가, 조잡한 멜 브룩스 영화들을 보고 고지식한 백발의 영어 담당 앤더슨 선생님을 위한 성적 판타지들을 지어내면서 그녀가 아직 우리와 마찬가지로 처녀일 거라고 확신하던 때가 말이다.

나와 마찬가지로.

제인 오스틴의 『이성과 감성Sense and Sensibility』의 마리앤 대시우드는 상심한 이후의 나 그대로의 소녀였다.

그녀는 모든 시간을 피아노 앞에서 노래하다 울었다 하며 보냈다. 그녀의 목소리는 자주 눈물 때문에 중단되었다.

피아노 앞에서 비참해하지 않을 때면 대시우드는 손에 책을 들고 비참해했다.

음악에서와 마찬가지로 책들에서도, 그녀는 과거와 현재 사이를 대조함으로써 당연히 받게 될 비참함을 자초했다.

집에서 피아노는 내가 자기 연민에 빠지기에 완벽한 장소였다. 집의 나머지 부분에는 등을 돌린 채로, 학교에서 얼마나 불행한지를 두고 실컷 울 수 있었다. 억눌렸던 눈물이 서서히 뺨을 타고 흘러내릴 때면 안심이 되었는데, 그밖에 안전하게 이럴 수 있는 장소라고는 샤워실뿐이라는 것을 알았기 때문이다. 발밑의 털이 긴 양탄자가 소음을 흡수했지만, 나는 부모님이 다가오는 것을 알리는 소리에 익숙해졌고 손등으로 눈을 훔치고 행복한 얼굴을 준비할 시간이 있었다.

울고 연주하고 독서할 때 대시우드의 생각들은 내 것들보다 더 순수했다. 섹스에 대한 생각은 나를 매혹시키는 동시에 혐오하게 만들었다. 그리고 나는 그 생각을 멈출 수 없었다. 「예루살렘」의 3절에는 남근에 대한 언급들이 가득했다. 불타는 황금 활, 욕망의 화살, 심지어 하느님 맙소사, 창도 있다. 애초에 잭슨 선생님이 우리가 이 찬송가를 부르도록 허락했다는 게 놀라왔다.

조애녀와 매슈는 그걸 침대에서 했을까? 시트 아래에 누웠을까, 아니면 이불 위였을까? 처음에는 소파에 낡은 수건을 깔고 했을까, 아니면 호젓한 공원에서 담요와 속이 움푹 파인 나무 아래에서였을까? 키스할 때는 어떻게 숨을 쉬지? 걘 임신이 겁나진 않았을까? 도대체가 콘돔이란 걸 어떻게 끼는 건데? 어쩌면 여자 쪽이 피임약을 먹었을지 모른다. 그렇지만 어떻게 어머니 몰래 의사에게 간 거지? 매슈의 거시기는 똑바로 섰을까 아니면 튀어나왔을까? 걔가 거기 키스했을까? 만일 그랬다면, 냄새는 안 났을까? 사방에 찐득하게 튀었을 텐데 어떻게 전부 닦아냈을까? 『돌리』 매거진에서 알쏭달쏭한 '질 분비물 자국'을 언급하는 것을 읽은 적 있었다. 역겨운 소리였다.

4절이 이어진 후 「예루살렘」이 마침내 끝났다. "고맙다, 빅토리아." 잭슨 선생님이 말했다. 그녀가 또다시 나를 다른 사람으로 착각한 것에 기뻐해야 마땅했을 것이다. 그러나 나는 피아노 앞에 앉을 때 사라지기를 갈망했던 것 못지않게, 내가 돋보이도록 도와줄 유일한 존재로서 피아노에 의지했다. 우리 교장이 틀린 이름으로 감사를 표하는 버릇은 남들 앞에서 먹기, 교회에서 박수치기, 기타 똑같이 **저속**하다고 간주하는 행동들에 대한 비난 못지않게 어김없었다. 그녀가 독심술사가 아닌 것이 오히려 다행이었다. 만일 그랬다면 나의 추잡한 상상들에 발작적으로 분노했을 것이다.

1838년 11월에 코번트리에서 코랄 유니온이 공연한 오라토리오를 들은 후, 조지 엘리엇은 다정한 친구이자 과거의 스승인 복음주의자 루이스에게 편지를 보내 뛰어난 음악가가 되는 것에 대한 복잡한 감정을 설명했다. "만일 우리나라에서 들리는 유일한 음악이 엄격한 찬송가뿐이라도 저는 아무 유감없을 것입니다." 그녀는 자신의 기쁨을 대뜸 인정했음에도 불구하고 경건하게 말하기 시작했다. "불멸의 존재의 모든 시간과 힘을 그토록 쓸모없는 (최소한 100명 중 99명에게는) 재주의 숙달을 위해 바칠 것을 포함하는 즐거움이라니, 저로서는 생각할 수 없습니다. 그런 성향은 순수하거나 고상할 수 없어요." 음악을 연주해서 즐거움을 주는 것은 신과 같은 헌신과 기술이 필요한 재주이지만 무의미하다고 말하는 몹시 장황한 방법이다. 이런 것이 양가감정이 아니라면 무엇이 양가감정이겠는가.

오스틴의 『설득』에서, 앤 엘리엇은 (그녀가 8년 전 약혼을 파기한 웬트워스 대령도 포함하여) 다른 사람들이 춤을 추는 동안 피아노 앞에서 고독과 사생활을 발견한다.

그리고 비록 악기 앞에 앉아 있을 때 이따금 눈에 눈물이 차긴 했어도, 할 일이 있다는 게 너무 기뻤고 그 대가로 눈에 띄지 않는 것 말고는 아무것도 바라지 않았다.

쓸모가 있고, 혼자 있도록 놔두는 것. 나의 고등학교 음악 경력의 진정한 목표는 이것이 아니었을까 싶다. 조지 엘리엇이 관객 앞에서의 연주를 두고 헛다리짚은 게 이 지점이다. 이는 관심을 호소하는 것이 아니다. 그보다는 악기가 영역 보호를 위한 효과적인 도구로 기능하는 방어 전략이다. 피아노는 사실 엄청난 사생활을 제공한다. 피아노 앞에서는 대화에 참여하지 않아도 된다. 실언을 할 위험을 무릅쓰지 않아도 된다. 악기 앞에 앉는 데는 그럴 만한 이유가 있다. 적극적인 목표를 갖고 거기 있는 것이다. 본질적으로 누구의 시선도 받지 않는다. 마치 사진을 위해서 어색하게 포즈를 취하는 때처럼.

조애너의 거부에도 불구하고, 나는 여전히 우정을 되살리는 것이 가치 있는 목표라고 믿었다. 『젊은 숙녀에게 보내는 서신』에서 체르니는 이렇게 썼다.

많은 손님 앞에서 자신을 두드러지게 하고 근면과 재능을 명예롭게 인정받는 것보다 더 큰 만족은 없다.

그러나 체르니는 틀렸다. 명예로운 인정을 숱하게 받았지만, 나로 말하자면 조애너의 우정을 다시 갖는 것이 더 큰 만족이었을 것이다. 그리고 어쩌면 남자친구도.

## 음악이 직업인 삶

1914년 3월, 앨리스 메이 모리슨 테일러는 스코틀랜드 국립 성악 협회 주최로 글래스고에서 매년 열리는 대회에서 최우수 상장을 받았다. 상장에 의하면 그녀는 '음색, 표현, 박자 및 음정, 전반적 감정, 목소리, 전반적 이해'에서 100점 만점에 90점을 기록했다. 그녀는 지난 해 첫 출전에서는 고작 85점을 기록했었다. 노래에 대한 재능은 그녀가 음악, 시, 노래를 겨루는 스코틀랜드 굴지의 대회인 내셔널 상초에 나갈 자격을 얻게 만들었다. 그녀는 금메달 하나와 은메달 하나를 가지고 고향으로 돌아왔다.

앨리스의 부모가 딸의 훌륭한 음악성에 대해 어떻게 생각했을지 누가 알겠는가. 그러나 대회에서의 거듭된 성공과 글래스고 인근에서의 정기 공연들 후, 그녀는 스스로에게 랭킨 부인의 남성복 매장에서의 일자리 이상의 것을 감히 희망하도록 허용했을 게 틀림없다. 그즈음이면 그녀는 자신의 기술과 식견, 그리고 고향 도시의 교회 합창에서의 유능함을 확신하며 스스로를 음악가로 여겼을 게 틀림없다. 그녀는 분명 음악이 직업인 삶을 열망했을 것이다. 그렇지 않았다면 스승인 프레더릭 허비가 1914년 5월 19일에 쓴 편지의 존재를 어떻게 설명하겠는가?

이 편지는 앨리스 메이 모리슨 테일러가 지난 2년 동안 저와 성악을 공부했으며, 1913년과 1914년 스코틀랜드 성악협회의 최우수 상장을 (100점 만점에 각각 85점과 90점으로) 받았음을 증명합니다. 그녀는 훌륭한 음색과 높은 라에서 낮은 솔에 이르는 음역의 소프라노 목소리를 가졌습니다. 훌륭한 취향과 통찰력을 갖고 노래하며, 다수의 공연 출연은 언론에서 호의적으로 다뤄졌습니다. 폭넓은 레퍼토리에는 헨델의 「메시아Messiah」와 「테오도라Theodora」가 포함됩니다. 그녀는 매우 근면하고 열성적인 음악가이고, 어떤 중요한 자리를 찾더라도 기꺼이 추천합니다.

이로부터 오래 지나지 않아, 앨리스는 더 크고 명망 높은 가드너 스트리트 교회의 성가대 지휘자 자리를 수락했다. 글래스고의 음악 생활에서 그녀의 위상이 심지어 존경받는 스승의 영향력 이상으로 떠오르고 있다는 것을 반영하는 자리였다.

# 달아나거나,
# 무대 위에서 죽거나

500명의 사람들이 헌터스힐 타운홀 안의 의자에 자리잡고는 조명이 어두워지기를 기다렸다. 로터리 클럽 미술 전시회의 개막식 밤을 축하하는 콘서트를 위해서 자비로운 마음을 가진 인근 주민들이 모여들었다. 아버지가 자선 골프의 날에 더해 10년간 조직 중인 행사였다. 그는 생색 안 나는 연례 이벤트 전문이었다. 오늘밤의 주인공인 독주가로 참가한 나 역시 자원봉사였다. 내 전문은 대중 앞에서 피아노를 연주하는 것이었는데, 내가 그 활동을 즐기는지 여부는 더이상 확신할 수 없었다.

제일 앞줄 한쪽 옆에 앉아서 무대 위로 걸어나가기를 기다리는 동안, 나의 축축한 손바닥에 1866년 타운홀을 건설한 벌꿀빛 사암처럼 구멍이 숭숭 뚫린 것같이 느껴졌다. 공연하기까지 아직 몇 분이 남았고, 나는 암보로 연주할 작품의 처음 몇 마디를 그려보려고 노력하고 있었다. 벨러 버르토크가 1926년부터 1939년까지 작곡한 「미크로코스모스Mikrokosmos」의 4권이었다.

작품들을 한 음도 빼놓지 않고 기억하는 것은 나에게 늘 자부심의 문제였다. 나는 10분씩 걸리는 모차르트나 베토벤 소나타를 단 한 음도 잊어버리지 않고 연주할 수 있었다. 보통은 악보를 머릿속에 즉각 소환했지만, 오늘밤에는 나의 청소년 연주 경력 사상 처음으로 곡이 어떻게 시작되는지 기억할 수 없었다. 버르토크가 자기 자신의 음악을 대중 앞에서 악보를 보며 연주하는 것을 수치로 여기지 않았다는 사실을 생각하면 역설적인 일이다.[51]

'**괜찮을 거야, 저기 올라가면 어떻게 시작하는지 기억해낼 거야.**' 나는 속으로 중얼거렸고, 후한 박수 속에 무대로 걸어가며 허세를 떨었다. 열렬히 박수치고 있는 사람들의 다수가 내가 피아노 앞에서 성장하는 것을 지켜보았다.

무대 조명 바로 너머에서 코버첵 부부를 알아볼 수 있었다. 그들의 아들은 내 남동생과 함께 학교에 갔고, 몇 년 전 별거를 선언했지만 이혼 비용 때문에 절대 끝내지 못했다. 그들 앞에 앉은 것은 비커슨 부부*였는데, 남들 앞에서 계속 다투는 어떤 로터리 클럽 회원과 그의 아내에게 나와 남동생이 사용하는 암호명이었다. 앞쪽에 더 가

---

● 1946~1951년까지 방송된 미국 라디오 드라마. 주인공인 비커슨 부부는 거의 모든 시간을 끝없는 말다툼으로 보낸다.

까운 곳에 시장의 화려한 아내가 화장을 갑옷처럼 두르고는 남편 옆에 앉아 있었다. 그녀의 외양은 온통 금빛 줄무늬와 스팽글인 게, 텔레비전 연속극 히트작인 「다이너스티Dynasty」의 오스트레일리아판 같았다. 면도날처럼 예리한 견갑골은 소매 없는 시프트 드레스의 가느다란 어깨끈을 위협했다.

나는 아는 얼굴들의 무리에 고개를 끄덕이며 미소를 지은 후, 그날 오후 일찍 예행연습을 했던 거대한 가와이 그랜드피아노 앞에 앉았다. 긴 단발로 자른 머리는 내 얼굴을 반 이상 덮어서 얼굴에 드러나는 징후를 확실하게 감추었다. 나는 이번 한번만은 어머니를 거역했다. 그녀는 여전히 머리를 뒤로 넘겨서 하나로 묶어야 한다고 또다시 주장했다. "그래야 모두가 네 얼굴을 볼 수 있지."

훈련된 근육의 무의식적 인지를 통해서 버르토크의 서두가 기적적으로 나에게 다가왔다. 무대 위에서 나는 서서히 숨을 내쉬면서, 이것은 숱하게 겪었던 조마조마할 필요 없던 경우들이 다시 한번 찾아온 것이라고 인식했다. 상상력이 파멸적인 시나리오와 함께 질주하도록 둔 내가 바보였다.

내 양손이 건반 위에서 맴돌고 있다는 것을 알게 된 것은 3분의 2 정도 진행한 때였다. 다음에 뭐가 올지 모른다는 사실을 깨닫는 데는 0.5초도 걸리지 않았다. 인쇄된 악보를 늘 자동으로 펼치던 나의 마음의 눈이 페이지를 넘기는 데 실패한 것이다.

무슨 시동이라도 걸려는 듯 양 손목을 흔들었지만 아무것도 달라지지 않았다. 내가 방금 연주한 그 모든 음들 뒤에 무엇이 올지 기억해낼 수 없었고, 수백 쌍의 귀들이 내 쪽으로 맞춰져 있는 판에 실험을 해볼 수도 없었다. 살면서 가끔 할 말을 잃은 적은 있었지만 피아노 앞에서 다음 음을 잃은 적은 한번도 없었다. 내 양손이 공중에서 멈췄고, 나를 지켜보는 수백 명의 사람들이 내뿜는 침묵이 들렸다.

앞으로 나아갈 길이 없는 것이 분명했기에, 내가 할 수 있는 유일한 것은 돌아가는 것이었다. 처음으로 말이다. 나는 전체를 다시 시작했다. 나의 일면은 관객 중 얼마나 많은 사람들이 침묵의 마법이 깨진 것에 안도하면서 내가 다시 시작했다는 사실을 알아차리지도 못했을지 궁금해했다.

얼굴에 드리운 머리카락의 장막이 고맙게 느껴졌다. 나는 아무도 볼 수 없었다. 최소한 어머니는 보이지 않았다. 그녀는 무슨 일이 벌어지고 있는지 음악적으로 집어내지 못할지 몰라도, 내가 최소한 머리핀이라도 착용했었기를 여전히 바랄 것이었다.

몇 분 전 모든 방향 감각을 잃었던 부분을 향해 나아가는데, 나를 집으로 데려갈 책임을 손가락들에 떠넘겨야겠다는 예상 못한 조바심이 느껴졌다. 마치 전투에서 마비 상태가 된 후 유일하게 가능한 행동 방침은 동료들이 안전한 곳으로 데려갈 것이라고 믿는 것뿐인 것과 비슷했다. 근육의 기억이 이번에는 박차고 나갈 것인지, 나는 그저 두고 볼 수밖에 없었다.

미처 깨닫기도 전에 나는 마지막 3분의 1을 연주하고 있었다. 그 너머에 곧장 자유가 있다는 것을 알면서 마지막 마디들을 향해 날아갔다. 길게만 느껴진 몇 초 동안 겁에 질린 나는 만약 기억력이 다시

나를 패배시킨다면 할 수 있는 선택들을 고려해보았다. 아무것도 없었다. 나는 해리 후디니*와 마찬가지로 탈출하거나 무대 위에서 죽는 것 말고는 아무 선택이 없는 상황에서 살아남았다.

양손이 마침내 종착점에 도달하자, 나는 연주자와 관객 둘 다 이 유감스러운 모험담의 끝에 도달했다는 것을 강조하기 위해 건반 위에서 잠시 멈추었다. 내가 일어나자 열광적인 박수가 터지는 가운데 안도의 떨림도 들렸다.

콘서트 후 셀프 서비스인 차와 커피, 아르노 종합 비스킷이 차려진 가대식 탁자 옆에서, 선의에 찬 사람들이 죽다 살아난 공연을 두고 줄줄이 나를 칭찬하는 것에 웃어 보이고 어깨를 으쓱했다. 나는 늙은 여자들과 더 늙은 남자들이 말하는 누가, 어떻게, 왜, 무엇에 자동 반사적으로 반응했다. 로터리 클럽 회원들과 이야기하는 것은 왜 이렇게 쉬운지 궁금해졌다. 내 나이의 소녀들 대부분과는 뭐라도 재미있는 이야기를 해볼라치면 고군분투하는데? 집중적인 피아노 교습과 남몰래 하는 즉흥연주 때문인지 나는 종종 동년배들보다 더 나이든 느낌이었다. 그러나 지금 나를 둘러싼 정말로 나이든 사람들과 이렇게 편안하기에는 나는 너무 어렸다. 열다섯 살에 나는 아직 생리도 남자친구도 갖지 못했다. 나이 드는 것은 급하지 않았다.

* 1874~1926년, 탈출 묘기로 일세를 풍미한 세계적인 미국 마술사.

## 삶에서 주목받는
## 유일한 순간

1917년 여름, 글래스고의 햇빛은 기나긴 낮들 내내 힘없이 깜빡이는 게 마치 태양이 전쟁의 시절로 인해 소모되기라도 한 것 같았다. 공포와 상실로 고통받는 사람들은 삶을 즐기는 게 가끔은 여전히 가능하다는 것을 일깨울 아름다움을 갈망했다. 그러다보니 수많은 사람들이 자기들 중 한 명에 속하는 친숙한 소프라노 목소리를 재차 듣게 되었다.

윈저홀스 교회의 관객은 앨리스 메이 모리슨 테일러의 최근 콘서트들 중 어떤 것과 견주어도 세 배의 규모였다. 오늘밤에는 군중에 독창자의 부모가 포함되어 있었는데, 딸의 음악성에 대한 그들의 열광은 대중의 점증하는 관심과 평론가들의 주목에 비하면 희미했다. 그렇긴 해도 테일러 씨와 테일러 부인은 아들 빈센트가 오늘 저녁 앨리스의 연주회에 같이 온 게 자랑스러웠다. 영국 군함 **맘루크**호가 인근 조선소에서 수리를 받는 몇 주 동안 집으로 돌아온 것이다.

대중 앞에서 노래할 때, 앨리스는 여전히 다른 어디서도 불가능한 방식으로 살아 있다고 느꼈다. 무대 위에서 그녀는 자신의 목소리를 통제했다. 자신의 레퍼토리를 알았고, 자신이 준비가 되었다고 느꼈다. 그녀는 공연 전마다 요동치는 열망이 찾아와서, 남을 위해 노래하는 것이야말로 자신이 가장 사랑하는 일이라는 사실을 상기시켜주는 것을 환영했다. 그녀의 삶에서 주목의 중심이 되는 유일한 때였다. 앨리스는 군중 속에 있을 때 튀는 것을 피했던 반면, 무대 위에서는 모든 시선이 자신에게 향해도 완전한 편안함을 느꼈다. 정말이지 관객의 존재에 비할 것은 세상에 없었다.

무대로 걸어 올라가 예의바른 환영의 박수가 잦아드는 사이 고요히 서 있을 때마다, 앨리스는 거의 성적 흥분에 가까운 무언가를 느꼈다. 스포트라이트의 따뜻한 포옹, 낯선 이들의 완전한 주목, 지휘자가 지휘봉을 들어올리거나 반주자의 손가락들이 건반에 닿기 직전의 예리한 침묵.

앨리스는 끝없는 소음의 강에서 자랐다. 남동생들이 집 안에서 노느라 몸부림쳤고, 포크와 나이프는 달그락거리고 냄비와 팬은 서로 부딪혔으며, 아버지의 목소리는 좁은 집의 이쪽 끝부터 저쪽 끝까지 튜바처럼 우렁차게 울렸다. 502번 전차와 말이 끄는 마차들이 덤버턴 로드를 따라 덜컹거렸고, 멀리서 교회 종소리들이 울렸으며, 열차들이 날카로운 비명을 질렀다. 그리고 이따금씩 새로 건조된 배들이 클라이드강변의 조선소로부터 절대 끝나지 않을 것 같은 전쟁이 벌어지는 해안들을 향해 떠나며 우렁찬 소리를 냈다.

관객의 일부는 소프라노가 집에서 만든 연회색의 수수한 실크 드레스를, 그것도 처음이 아닌 옷을 입은 모습을 보며, 그녀가 괜찮은 젊은 남자를 찾았으면 얼마나 좋았을까 생각했을지 모른다. 하지만 만일 허리와 매력적인 미소를 과시할 수 있었더라도 행운은 여전히 그녀의 편이 아니었을 것이다. 악보가 아닌 다른 곳에서 앨리스의 타이밍은 형편없었다.

신랑감들 중 너무나 많은 수가 북해에서 자신의 소임을 다하고 있거나 아니면 전투의 사상자였다. 패트릭 교구의 사상자 명단은 길지 않았지만 앨리스는 몇몇 이름을 잘 알고 있었다. 형부 리처드의 어린 시절 친구인 찰리 모리슨. 스튜어트빌 학교 시절부터 알던 캐럴라인 리들리의 오빠 짐. 전보가 도착한 이래 한마디도 하지 않고 있는 동네 푸주한 로버트 리치의 아들. 싸울 수 있는 연령의 건강한 남자들 중 멀리 있지 않은 경우는 병역면제자이거나 조선소에서 분주하게 전투함을 만들고 있었다. 그런데 앨리스가 관심 없는 부류의 남자를 딱 하나만 들자면, 배와 뭐든 관계가 있는 남자였다.

가끔 패트릭 교구의 공기 자체가 비탄으로 탁하게 느껴질 때면, 앨리스는 노래를 부르는 게 무슨 소용일지 생각하게 되었다. 그녀는 성가대가 노래하는 찬송가 가사와 그것을 지탱하는 선율 및 화성의 아름다움과 균형을 조화시키기 어렵다는 사실을 깨달았다. 찬송가가 찬미하는 신은 이 전쟁이 시작되도록 허락했고 계속되도록 몇 년씩 내버려두었기 때문이다. 음악 작품에는 서두, 중반, 결말이 있었다. 그러나 이 전쟁은 아니었다.

그렇더라도 앨리스는 무대 위에서 자신이 다른 시간과 장소에 있다고 상상할 수 있었다. 코번트 가든, 로열 앨버트홀, 파리 오페라. 몇몇 부분만 뽑아서 하는 대신 「테오도라」의 전막을 음악적 지식과 애정을 가진 관객을 위해서 공연하기. 비록 누군가의 연인이었던 적은 한번도 없었지만, 기독교 순교자이자 디디무스의 연인인 테오도라 역은 앨리스의 간판 배역이 되었다.

그녀가 입을 벌리면 경의를 담아 장막처럼 드리우는 침묵은 거의 손에 잡힐 듯했다. 그녀는 전 고용주인 랭킨 부인의 가게에서 제일 싼 실크 원단으로 직접 바느질한 드레스 대신 벨벳을 둘렀다고 상상했다. 앨리스는 윈저홀스의 스포트라이트의 온기 속에, 자신과 객석에서 귀를 기울이는 육신들 사이에 전류가 질주하는 가운데 사랑과 강요된 이별을 열정적으로 노래했다. 그러는 동안 앨리스가 자신이 스물두 살이고 한번도 글래스고를 떠난 적이 없다는 사실을 잊기는 쉬웠다.

# 소설과 다를 바 없는
# 현실의 성 정치학

내가 만약 제인 오스틴이 10대 때 진지한 피아노 교습생이었다는 사실을 알았다면 아마 『에마』를 즐기려고 더 노력해봤을 것이다. 심한 짜증을 유발한 그 소설은 고등학교 마지막 학년의 독서 과제였다.

오스틴은 자신의 피조물 에마 우드하우스보다는 훨씬 뛰어난 음악가였다. 그러나 그녀의 가장 뛰어난 피아니스트인 신비로운 제인 페어팩스만큼 건반 앞에서 인상적이지는 않았다. 피아노 교습에 헌신하는 페어팩스는 자신의 음악성에 대해 겸손했고, 그 아름다움과 재능 때문에 고립되어 있었다. 나에게는 늘 에마보다 훨씬 흥미로운 등장인물로 여겨졌지만 그즈음이면 반대 의견을 자제하는 기술을 훌륭히 연마했던 터라 수업 시간에 아무 말도 하지 않았다.

버지니아 울프의 첫 소설 『출항』에서, 고립되었지만 특권적 존재인 레이철 빈레이스는 오스틴에 대한 혐오를 고백해서 클라리사 댈러웨이를 겁에 질리게 한다. "그녀는 너무-너무-잘나서, 마치 꼭꼭 땋은 머리가닥 같다니까요." 내 말이 그거였다. 내 머릿속에는 그런 생각들이 너무나 많았는데, 그중 어느 것도 남과 공유하고 싶은 기분은 들지 않았다. 머릿속에서 끊임없이 빗발치는 반대 의견들에 귀를 기울이다보니 다른 어느 것도 명쾌하게 듣는 게 불가능했다.

나는 동급생들이 무엇 때문에 에마에 매혹되는지 아는 데 완전히 실패했다. 나는 그녀가 뭐든 다 아는 척하고 자기만족적이며, 밀실공포가 느껴질 정도로 좁아터진 공동체에 의해 과분하게 높은 존중을 받으며, 원하는 것은 뭐든 얻는 응석받이 파파걸이라고 생각했다. 나는 특권적 존재라는 면에서 내 자신과 오스틴의 여주인공 사이의 유사성을 보지 못했고, 『에마』를 무가치한 로맨스 소설로 일축했다. 19세기 초 여성들에게 가능했던 제한적 선택들에 숨이 막혔고, 왜 20세기 후반에 우리가 그 책들을 읽고 있는지 혼란스러웠다.

그 소설에서 나를 질리게 한 그 모든 것들 중에서도 제일 짜증나는 것이 결혼에 대한 집착이었다. 작년에는 『오만과 편견』의 다시 씨에게 황홀해했던 우리 영어 수업의 소녀들이 이제 나이틀리 씨 때문에 제정신이 아니었다. 왜 1980년대 후반에 열여섯일곱 살의 소녀들이 부유한 지주와의 결혼에 환상을 갖는단 말인가? 아니 그게 누구든 간에? 결혼은 오스틴의 소설 속 거주자들이 생각해낼 수 있는 거의 모든 질문의 해답처럼 보였다.

몇 년 후, 랠프 월도 에머슨이 1861년 여름 자신의 공책에서 오스틴의 주요 주제에 대해 내가 우려한 바를 공유했다는 것을 발견하고는 어마어마하게 안도했다.

삶이란 절대 그렇게 얄팍하고 협소하지 않았다. 내가 읽은 『설득』과 『오만과 편견』 두 이야기 다에서 작가의 머릿속에 있는 단 한 가지 문제는 결혼 가능성이다. 소개된 모든 등장인물이 관심을 두는 것도 여전히 전부 이것이다. 그 남자 혹은 그 여자는 결혼할 돈과 적절한 조건을 가졌는가?…… 자살하는 게 낫겠다.

우리 교실 밖에서는 결혼과는 아무 관계없는 격렬한 짝짓기가 벌어지고 있었다. 노스 시드니 기차역에서, 여학교 학생들은 그들을 바라보고 있는 남학교 학생들을 바라보았다. 나는 사교적인 박해를 피해 서큘러 키에서 혼자 타던 버스에서, 소설을 읽다 말고 창문을 통해 힐끔힐끔 그들을 관찰하곤 했다. 소녀들은 열차나 정거장 플랫폼에서 방금 일어난 어마어마한 사교적 진전들을 두고 깍깍거리며 버스에 탔다. 담배 연기를 지우기 위해 껌을 씹는 중이었고 턱에는 키스 자국이 선명했다.

그들 무리로부터 벗어날 날을 기다리기 힘들었다. 다른 모든 사람을 얕잡아 보는 것은 나의 자존감의 보잘것없는 대체물이었다. 나는 시드니 대학교를 꿈꾸었다. 그곳에서는 흥미로운 남자들이 책과 음악에 대해서 토론하기를 바라며 초원의 들소처럼 캠퍼스를 배회한다고 상상했다. 그날이 오기 전까지는, 빈스 존스와 그의 밴드의 환상에 빠져 있을 수 있었다.

♬

나는 가장 오랜 친구 대니엘라와 함께 아버지 차에서 내리는 것을 아무도 보지 못했기를 바라며 베이스먼트로 가는 계단을 서둘러 내려갔다. 우리는 열여섯 살이었고 곧 스물세 살이 될 참이었다. 혹은 최소한, 우리에 대해서 그렇게 생각하기를 좋아했다. 이유는 몰라도 나는 스물셋을 마법의 나이로 간주했다. 그 무렵이면 외모가 절정에 달하는 것은 물론, 이른바 어른스럽다는 것을 죄다 이해하고 대단히 성공적인 성인의 삶을 확고하게 추구 중일 것이라고 생각했다.

오늘밤 공연을 위해 우리를 데려다준 것은 나의 아버지였기에, 데리러 오는 것은 대니엘라의 아버지가 될 것이다. 밤 열한 시. 일요일 밤이었다. 휴대전화가 생기기 이전 시대에는 데리러 올 시간을 기껏해야 어림잡아 정할 수밖에 없었다. 재즈 클럽들은 광고한 공연 시간과는 별 관계없는 스케줄에 따라서, 더구나 과잉보호하는 부모의 요구와는 아무 상관 없는 스케줄에 따라 운영된다는 것을 이해하기까지는 몇 번의 연주회가 필요했다.

우리가 베이스먼트로 가야 했던 것은 트럼펫 연주자이자 가수이자 작곡가인 존스를 보기 위해서였다. 10대 시절 우리의 음악적 취향은 다른 애들보다 더 성숙했다. 비록 몸의 다른 부분은 긴 다리를 따라잡으려면 기다려야 하는 아기 기린 같았지만 말이다. 인정하건대 긴 다리를 가진 것은 대니엘라 쪽이었다. 그 무렵 내 몸매는 더블베이스에 더 가까웠다. 어쩌면 첼로일 수도 있고.

너무 초저녁이다보니 입구에서 입장료를 받거나 너무 어린 재즈 팬들을 색출하려고 서 있는 사람이 아무도 없었다. 일단 입장하면 우리를 비웃지 않을 만한 친절한 바텐더들에게 티아 마리아*를 우유와 함께 주문하고는, 무대가 잘 보이는 자리를 찾아 그 아늑한 공간을 샅샅이 뒤졌다. 이런 공연들에 얼마나 일찍 왔는지에 따라 우리는 각각 바의 스툴 하나씩이나, 같이 앉을 바의 스툴 하나를 획득했다. 아니면 화장실 근처 맥주 얼룩이 진 양탄자의 시커먼 한쪽 귀퉁이였는데, 거기서 체중을 한쪽 다리에서 다른쪽 다리로 옮겨가면서 밴드가 무대에 오르기를 두 시간까지도 기다리곤 했다. 티아 마리아에 할당된 예산이 바닥나면 맹물을 홀짝였다. 베이스먼트 안에서 산소는 마치 미래 환경의 전조처럼 보이는 밀봉된 값비싼 플라스틱 병 안에만 존재했다.

존스는 시드니에 석 달 정도마다 왔는데, 20대 후반으로 보이는 음악가 예닐곱 명에 더해 대니엘라와 나보다 별로 나이가 많아 보이지도 않는 바니 맥콜이라는 이름의 걸출한 피아니스트도 데려왔다. **'저런 재능이 있어서 학교를 떠나 이런 음악을 연주하며 두루두루 여행할 수 있다니 환상적이야.'** 나는 이렇게 생각했다.

● 　럼 베이스의 커피 리큐어.

존스의 음악을 어떻게 처음 듣게 되었는지는 기억할 수 없다. 나의 할머니 앨리스처럼 스코틀랜드에서 태어난 그는 열한 살 때인 1960년 대 중반 부모와 함께 뉴사우스웨일스주 해안의 광산 마을 울런공으로 이민 왔다. 아버지가 수집한 재즈 레코드를 흡수하던 존스는 열네 살 때『스페인 스케치Sketches of Spain』를 듣고 재즈에 진정한 흥미를 갖기 시작했다고 한다. 마일스 데이비스의 연주는 노동계급 백인 소년이 트럼펫을 선택하고 직접 곡을 쓰도록 영감을 주었다. D. H. 로런스의 "아름다움에 맹목적으로 손을 뻗는 것"의 완벽한 예인 셈이다.

이 거친 환경으로부터 환경 보호, 여성에 대한 존중, 권력의 천성에 관한 곡들을 쓰는 음악가가 튀어나왔다. 내 귀는 재즈 스탠더드와 탑 40에 흠뻑 젖었다. 전자의 가사들에는 자기 남자를 홀대하는 여자들, 여자를 버리는 남자들, 비참함과 상실이 가득했다. 상업 라디오에서 들리는 것이라고는 진부한 라임이 등장하는 섹스에 대한 노래들이 전부였다. **나를 꼭 안아줘**Hold me tight / **아침의 햇살**morning light / **전부 괜찮아 전부…… 재즈라고 느끼며**feel all right and all that…… jazz. 1986년을 지배한 1위곡들 중에는 바나나라마의 「비너스Venus」, 존 파넘의 「당신이 그 목소리You're the Voice」, 마돈나의 「아빠 설교 마세요Papa Don't Preach」, 클리프 리처드와 「더 영 원스The Young Ones」 출연진의 「살아 있는 인형Living Doll」의 코믹 버전이 포함되어 있었다. 깊은 사회적 정의감에서 비롯한 존스의 노래들은 하나의 계시였다.

나는 언젠가 책과 희곡을 쓸 것이라고 상상하기 시작했다. 새로운 영어 선생님이 내가 쓴 에세이들에 준 성적이 얼마나 좋았는지, 교재에 관해 독창적인 의견을 형성해서 페이지 위에 명쾌하게 표현할 수 있을 것 같은 기분이 난생처음으로 들었다. 나는 연주 과정 수료 전의 마지막 단계인 8등급을 준비 중이었다. 피아노 공부의 강도가 점점 높아지고 있었지만, 불가피한 다음 단계인 시드니 음악원까지 계속 가야 할 뾰족한 이유는 사실 알 수 없었다.

그럴 리 없지만 내가 충분히 뛰어났더라도, 오케스트라에 들어가거나 가르치는 것은 바라지 않는다는 것은 이미 알고 있었다. 내가 피아노를 연주하고 싶은 유일한 장소는 베이스먼트 같은 무대 위였다. 재즈 앙상블의 일원으로서 말이다. 그러나 나는 이런 생각을 터무니없다며 일축했다. 재즈 라이브 밴드에서 여성 피아니스트는 한번도 보지 못했다. 아버지의 레코드 수집품의 밴드들에도 여성 피아니스트는 한 명도 없었다.

♬

어머니는 단 한 번도 내가 결혼 자체를 열망하도록 부추기지 않았다. "요새는 여자애들이 돈을 벌고 좋아하는 곳으로 가는 시절이니까, 네가 그래야 할 이유를 모르겠구나." 그녀는 거듭 말했다. 그러다 덧붙였다. "네가 아이를 원하지 않는다면 말이지, 당연하지만." 내가 어린 시절 인형에 별 흥미를 가지지 않은 것으로부터 크게 모성적이지는 않다는 결론을 내린 모양이었다.

그런 말은 내가 독신으로 남기를 바라는 게 어머니 쪽이라고 들렸다. 어머니가 간간이 그런 소리를 하기 시작한 1980년대 중반, 부모님은 결혼 25년차였다. 어머니의 말에서 나는 그녀가 구성원으로 남아 있는 제도에 대한 양가감정을 들었다. 이는 아버지에게 금전적으로 의존한다는 사실에 대한 양가감정이기도 했다. 그녀의 말은 꼭 자기 이야기는 아니었다. 그렇지만 만약 다른 선택이 가능했다면 그러고도 남았을 것이라고 들렸다.

10대로서 나는 우리 교육의 핵심은 세상에서 남자들과 독립적으로, 혹은 상호의존적으로 나아갈 수 있게 만드는 것이라고 생각했다. 『에마』를 읽으면서 인근 토지의 대부분을 소유했다는 이유로 나이틀리 씨를 존경하도록 강요받는 느낌이었다. 내가 보기에 그가 한 일이라고는 상속을 받은 게 전부였다. 문자 그대로 행운아로 태어난 것이다. 존경할 만한 특성들을 가졌지만 자산은 더 적은 다른 남성 등장인물들은 불모지나 되는 것처럼 무시되었다.

나는 젊은 여성들이 성취적이고 독립적인 삶을 살도록 장려하는 임무를 가진 학교가 우리에게 이런 환상을 떠먹이고 있다는 데 격분했다. 이유는 몰라도 10대 소녀가 독립적으로 되기보다는 부유한 남자를 노리는 것이 용인되었고 심지어 장려되었다. 부모님이 비싼 수업료를 내느라고 고생하는 여학교에서, 근처에 살고 사회적, 경제적 처지가 비슷하다는 이유로 만나는 발랄한 젊은 여성들에게 사회적 잣대를 들이대는 이야기를 읽고 있자니 밀실공포증을 느낄 지경이었다.

나는 오스틴의 세계에서의 성 정치학을 파악하는 데 실패했다. 19세기 초에 결혼은 어떤 여성이든 자신을 위한 안전한 미래를 만드는 유일한 기회였다는 불편한 진실 말이다. 영국 작은 마을의 삶에 대한 오스틴의 초상은, 특별할 게 없는 사람들을 가지고 미묘한 차이를 가진 등장인물들을 만들어내는 것은, 다른 사람의 삶에 끼어들기를 자제하고 자신의 결점들을 이해하려는 에마의 분투에 공감하는 것은, 열여섯 살 먹은 내 머리를 화학 수업의 주기율표 원소들처럼 피해 갔다.

내 본연의 공감은 토머스 하디의 소설 속 웨식스의 곤경에 빠진 여주인공들에 있었다. 이 낭만적인 소설 속 세계에서 노동계급 여자들은 멀찍이서 찬미되고, 그러다 아주 가까이에서 찬미되고, 그러다 사회적 및 금전적으로 사망하도록 내버려진다. 하디의 소설들에서 남자들은 흔히 한 여자의 인생을 망칠 힘을 가졌지만, 등장인물들 사이의 열정은 아름답고 고통스러우며 진실해 보였다. 소설을 읽으면서 나는 애수에 대한 만족할 줄 모르는 취향을 충족할 수 있었고, 소설 속 타인들의 격렬한 투쟁들에 매혹되었다. 나는 그 비슷한 무엇도 경험하지 않았고, 그런 종류의 것을 피할 만큼 충분히 영리하다고 확신했기 때문이다.

♬

에마 웨지우드는 영국에서 19세기 초에 피아노를 공부한 많은 중상류 계급 여성들 중 더 많은 재능을 타고 난 축에 속했다. 에마는 도기 제조로 이룬 가족 재산을 소유했다. 그렇기에 소설 속에 등장하는 너무나 많은 동시대인들과 마찬가지로, 실제 직업을 위한 시장에 한번도 나오지 않았다.

그녀는 그레빌 하우스 학교의 스타 피아노 교습생으로서 영국의 조지 왕세자의 배우자 피츠허버트 부인을 위해 공연했고, 거장 피아니스트인 이그나츠 모셸레스와 공부했으며, 프레데리크 쇼팽에게 몇 번의 교습을 받았고, 열여섯 살에 유럽 대 순회공연을 마쳤다. 서른 살 즈음 에마는 결혼 제안을 몇 번씩 거절할 정도의 유복함을 누리고 있었다. 그녀는 박물학자인 사촌 찰스 다윈의 결혼 신청을 받아들였을 때, 자신의 임무가 '종의 번식'이라는 점을 이해했다.

에마와 결혼하고 30년 이상 지난 후 쓴 1871년작 『인간의 유래와 성선택The Descent of Man, and Selection in Relation to Sex』에서 다윈은 새의 지저귐과 인간의 음악은 성선택이라 불리는 진화 과정의 결과들이라고 주장한다.

열정적인…… 음악가가 다양한 음색과 리듬으로 듣는 이들의 가장 강렬한 감정들을 자극할 때, 그가 극도로 오랜 시절에, 반쯤 인간인 그의 조상들이 서로 구애하고 경쟁하며 상호적으로 열렬한 욕정을 일으키는 데 사용한 것과 동일한 수단을 사용하고 있다는 것을 의심하는 사람은 드물다.[52]

정말이지 열렬한 욕정이었다. 1839년 1월의 결혼식 이후, 에마 다윈은 10년 이상 임신한 상태였고, 열 명의 아이를 낳았으며, 그들 중 일곱 명이 살아남았다. V. 옙스타피에프는 「늦가을」이라는 제목으로

에마가 피아노를 연주하고 찰스는 듣고 있는 그림을 그렸다. 가정 화합을 보여주는 이 그림이 보여주듯이 음악 연주는 그들의 결혼에서 중요한 부분으로 남았다. 다윈은 이렇게 결론짓는다.

인류의 조상들이, 남성이나 여성이나 양성 모두가, 상호적인 사랑을 명료한 언어로 표현할 힘을 얻기 전에는 음정과 리듬으로 서로를 매혹시키려고 노력했으리라는 의혹이 터무니없어 보이지는 않는다.[53]

다윈이 이 글을 출간하고 120년이 흐른 지금, 조상들의 그런 매력이 존스와 그의 밴드를 통해서 나에게 작용하고 있었다. 우리의 사랑이 상호적이 아니라는 것은 개의치 않았다. 나는 그가 쓴 노래들의 가사를 분석했다. 그의 머릿속을 통찰하려고 애썼고, 우리가 만나서 뭔가 될 날을 상상했다. 뭐려나? 친구? 동료? 연인? 정말이지 나와 함께 『에마』를 공부한 소녀들을 즐겁게 한 결혼에 대한 환상 못지않게 터무니없는 환상이었다.

돌이켜보면 내가 가장 강렬하게 반응한 것은 존스의 자작곡들의 독특함과 그의 남다른 목소리가 아니었나 싶다. 아마 내가 독창적이고 창조적인 예술가의 비범한 힘을 규칙적으로, 그리고 가까이서 경험한 것은 그때가 처음이었을 것이다. 나를 다윈적 의미에서 그렇게나 매료시킨 것은 다름 아닌 그의 **목소리**였다. 창법이 독특하다는 의미만이 아니라, 곡을 쓰고 포크 및 솔 가수들에게 친숙한 곡들을 해석하는 접근 역시 독특했다. 내 자신이 가장 되고 싶었던 바로 그것이었다. 나는 어떤 식으로든 독창적이고 독특하고 싶었다. 그러나 다른 모두와 마찬가지로 평범하고 눈에 띄지 않는다고, 더불어 두드러지는 걸 무릅쓰기에는 자의식이 너무 강하다고 느꼈다.

존스의 밴드 멤버들은 늘 정장을 입었다. 어쩌면 그들이 멜버른 출신이라서였을 것이다. 그곳에서는 남자들이 시드니에서보다 더 신경 써서 차려입는다는 것을 어째서인지 나는 이미 알고 있었다. 그러나 솔직히 말하자면 그들이 뭘 입든 개의치 않았다. 다윈이 썼던 바와 같이, 나에게는 그들의 멜로디와 리듬으로 충분했다. 그들의 옷은 나를 위한 게 아니었다. 내가 궁리하기로는, 만일 그들이 기꺼이 정장을 입은 것이었다면 어느 날 내가 그들 중 하나를 집으로 끌고 와서 부모님을 만나게 하는 것이 완전히 불가능해 보이지도 않았다.

## 삶은 사소한 순간들로 펼쳐진다

영국 해군 군복을 입고 서 있는 하사관 존 헨리 에드워즈는 6피트를 살짝 넘는 키였다. 그는 한 손에는 모자를, 다른 손에는 집주인을 위한 위스키 병을 들고 있었다. 앨리스의 남동생 빈센트와 함께 휴가 나온 에드워즈 씨는 두 가지 중요한 점 덕분에 테일러 가족의 애정을 받았다. 첫째, 빈센트와 상륙한 이래 있은 두 번의 일요일에 모두 교회에 출석했다. 둘째, 빈센트가 **맘루크**호의 2급 화부에서 1급 화부로 재배치될 수 있도록 추천했었다. 그 승진으로 배의 보일러에 삽으로 석탄을 쉴 새 없이 넣도록 요구되는 궂은 업무에서 벗어나 일당 5펜스를 더 받을 수 있게 되었다.

앨리스는 지난 2주 동안 에드워즈 씨에 대한 것 말고는 다른 이야기를 거의 듣지 못했던 터라, 가드너 스트리트의 일요 예배에서 돌아왔을 때 그가 저녁 식탁에 앉아 있는 것을 보고 놀라지 않았다. 그러나 그녀는 자신이 실망했다는 것을 깨달았다. 에드워즈 씨는 공손했지만 생각이 다른 곳으로 가 있었다. 빈센트가 윈저홀스 연주회가 끝나고 그를 소개했을 때 그녀를 황홀하게 만든 미소도 보이지 않았다.

남자들이 **맘루크**호의 복잡한 공학 기술에 대해서 토론하는 동안, 앨리스는 이런 사교적인 노력 중 얼마만큼이 그들을 짝지우려는 의도인가 궁금해했다. 처음에는 빈센트와 부모님이 노골적으로 그들을 엮으려고 든다고 상상하며 우쭐했다. 그러나 에드워즈 씨의 행동거지에는 속셈을 갖고 여기 왔다는 암시가 전무했다.

**맘루크**호는 두어 주라는 짧은 기간 동안 수리 중이었고, 그것이 전부였다. 앨리스는 터무니없는 희망을 논리의 구속복 안으로 쑤셔넣은 후 고개를 들어 어머니와 눈을 마주쳤다. 그녀의 왼쪽 눈썹이 살짝 치켜올라갔다. 그들의 식탁에 앉은 낯선 사람에 대한 논평과 의문 둘 다를 뜻하는 몸짓이었다. 앨리스가 보기에 최소한 어머니의 계획은 뻔했다.

"그나저나 댁은 어디신가요, 에드워즈 씨?" 남자들의 대화가 잠시 끊긴 사이 샬럿 테일러가 물었다.

앨리스는 에드워즈 씨가 마치 집주인들과 얼마나 많은 것을 공유해야 할지 판단하기라도 하는 양, 나이프와 포크를 내려놓고 냅킨으로 입가를 닦는 것을 관찰했다. 아버지의 파이프에서 나오는 연기로 이미 무거웠던 방의 공기가 침묵 속에 한층 탁해졌다.

그러다 조용한 목소리로 에드워즈 씨는 아내 앤과 아들 앨리스터에 대해 이야기하기 시작했다. 그녀가 임신하기까지 몇 년 동안 결혼 생활이 어땠는지에 대하여, 아직 출산 전인데 징집을 받아 그녀를 플리머스에 두고 떠나며 얼마나 겁이 났는지에 대해서였다. 테일러 일가는 식탁을 둘러싸고는, 앤이 앨리스터를 낳으면서 심한 출혈을 일으켰고 아들도 어머니보다 오래 살지 못했다는 소식을 전했던 전보 이야기에 귀를 기울였다.

"**맘루크**호가 저의 집입니다, 테일러 씨." 에드워즈 씨는 말했다. "전쟁이 심지어 반가웠다고 말해도 부끄럽지 않습니다. 그렇지 않았다면 뭘 해야 할지 몰랐을 테니까요."

에드워즈 씨는 이야기를 멈추면서 앨리스를 잠시 응시하더니 자신의 빈 접시로 눈길을 떨어뜨렸다.

빈센트가 침묵을 깼다. "짐작도 안 가네요, 존. 너무 끔찍해요."

앨리스의 아버지가 냅킨에 손을 뻗더니 하릴없이 기침을 했다. 어머니는 앨리스의 예상으로는 에드워즈 씨가 수천 번은 들었을 종류의 경구들로 공허함을 채웠다.

"너무 안됐어요." 자신이 정말로 하고 싶은 말은 할 수 없다는 것을 깨달았기에 앨리스는 이렇게 덧붙였다. 그녀로서는 가늠조차 불가능한 상실감을 아는 이 남자에게 대양처럼 무한히 공감한다고, 자신이 키웠던 작은 짜증들이 하찮게 느껴진다고는 말할 수 없었다. 그녀는 일어나서 접시를 치웠다. 움직이고 있는 쪽이 더 안심할 수 있기 때문만은 아니었다.

그녀의 행동이 에드워즈 씨에게 자신은 삶이 이처럼 사소한 순간들로 펼쳐지며, 다른 사람을 위한 감정은 새로운 음악 작품의 발견과 마찬가지로 점진적 이해와 자제의 문제라고 믿는다는 것을 알리기 때문이기도 했다. 지휘자로 일하고 정기적으로 공연하는 것, 돌아갈 집과 사랑할 사람들을 가진 것. 이런 것들이 갑자기 귀중하면서 부서지기 쉬운 것으로 느껴졌다.

에드워즈 씨가 의자를 뒤로 밀더니 일어서며 말했다. "테일러 양, 도와드려도 될까요."

# 피아노 밖에서의
# 존재 가치

내가 영문학 교실의 갑갑한 습기 속에 플라스틱 의자에 곰팡이처럼 달라붙어 있는 사이, 다른 대학교 1학년생들은 토머스 와이엇의 르네상스시대 연애시에 관해 열정적으로 이야기했다. 푸들 같은 머리를 한 우리 지도 강사는 가장 빈번한 토론자인 제러미에게 격려의 미소를 지어 보였는데, 그에게는 이야기를 시작하라고, 혹은 이미 진행 중이라면 계속하라고 격려할 필요가 없었다.

"와이엇이 이 시들을 헨리 8세의 대사로 여행 중 썼다고 상상해보면 매혹적이죠." 제러미가 말했다. 그는 음울한 존슨 교수의 끝없이 계속되는 강좌에서 주의를 기울였음이 틀림없다. 교수의 유령 같은 억양은 최악의 불면증 환자도 달래서 편안한 낮잠으로 이끌 수 있을 정도였는데 말이다.

제러미는 내가 시드니대학교 캠퍼스에서 만나게 될 남자들을 그려보았을 때 염두에 두었던 남자는 아니었다. 아직 10대임에도 그는 가디건과 얼룩 하나 없는 크림빛 로퍼로 중년의 교수처럼 차려입고 다녔다. 토론 수업의 과제로 정해진 모든 작품을 읽고 이해했을 뿐 아니라, 그에 대해 다른 사람들 앞에서 주저 없이 발표할 수 있는 의견도 갖고 있었다. 제러미는 완전한 문장들을 명상 유도문 같은 나지막한 크기와 일정한 음색으로 말했다. 오롯이 약강 5보격°으로 구성된 제러미의 셰익스피어 에세이는 그를 즉시 영문학부의 스타로 만들었다.

"비범합니다, 와이엇이 프란체스코 페트라르카를 번역하고 영어로 된 최초의 소나타를 썼다고 생각하면 말이죠." 제러미가 말했다.

**비범하다**고 나는 생각했다. **무엇이 되었건 대화에 기여할 수 있는 것을 생각해낼 수 있다니.**

강사는 매주 망연자실해서 침묵 속에 앉아 있는 우리 서넛에게로 몸을 돌렸다. "다른 학생들은 와이엇에 대해서 할 말 있는 사람이 아무도 없습니까?" 학생들은 그의 질문이 수사적이라는 사실을 이해하고 있었다. 내가 이 방에서 함께 나눌 것이라고는 이산화탄소 말고는 아무것도 없었다.

개인 지도 시간에, 혹은 윌리스 극장과 메러웨더 빌딩의 휑뎅그렁한 강당들에서 수백 명의 낯선 사람들 사이에 앉아 있을 때면 인문

---

°  약한 음절 하나에 강한 음절 하나가 따라 나오는 시의 운율 형태로, 이를 다섯 번 반복되도록 단어를 배치한 것을 말한다.

학부 1학년으로서 쓸모없고 존재감도 없다는 기분이 들었다. 나는 스스로를 고등학교로부터 탈출한 난민으로 간주하면서, 최소한 언어는 통하는 나라로 이민 갔다고 생각했다. 내가 끊임없이 바보 같고, 할 말도 없고, 그것을 표현할 언어가 없는 환경은 예상하지 못했다. 나에게는 드높은 직업적 목표가 없었고, 나의 중산층 가슴속에 타오르는 특정한 사회적 정의의 대의명분도 없었다. 내가 수업 시간에 가져가는 것이라고는 책과 희곡 쓰기에 대한 포괄적이고 열정적인 맹렬함과 환상이 전부였다.

나는 여전히 피아노를 배웠고, 시드니 음악원에서 시험 본 그 모든 세월의 정점인 수료증을 얻기 위해 노력하고 있었다. 나는 오랜 세월 손에 열쇠를 쥔 채 스스로를 피아노 의자에 잠가두었다. 이제 하릴없이 캠퍼스를 떠돌며 더이상 이 악기에 매여 있지 않았지만, 여전히 거기서 멀리 벗어나지는 않았다.

안톤 체호프의 1898년 단편소설 『이오니치Ionitch』에서, 피아니스트 예카테리나 이바노브나는 모스크바 음악원에서 몇 년간 집중적으로 수련 후 고향 마을로 돌아왔다가 우연히 이전의 구혼자를 만난다. 키튼이라는 별명을 가진 예카테리나는 이오니치의 구혼을 자신은 음악을 '광적으로' 사랑하고 예술가가 되기를 원한다는 이유로 거절했었다. 고향으로 다시 돌아온 그녀는 더 신중해진다. "그때 나는 너무 괴상한 여자였어." 그녀는 이오니치에게 고백하는데, 그는 오래전 그녀에 대한 마음을 접은 상태였다. "스스로를 너무나 위대한 피아니스트로 상상했거든. 요즘은 젊은 숙녀들이 모두 피아노를 연주해. 나도 다른 모두와 마찬가지로 연주하고. 나에게 특별한 점이라고는 아무것도 없어."

내가 12년동안 진지하게 피아노 교습을 받으며 얻은 전문 지식은 대학교 캠퍼스에서 무용했다. 나는 마을로 돌아온 예카테리나와 비슷했다. 다만 내 경우에는 그 마을이 친숙한 환경이 아니었고, 고등학교 내내 안달하며 갈망하던 유토피아도 아니었다. 예카테리나는 마을에 돌아왔을 때 열정적인 여행자들이 흔히 그렇듯, 자신은 달라진 반면 다른 모든 것은 그렇지 않다는 사실을 발견한다. 나의 경험은 키튼과 반대였다. 나는 전혀 달라지지 않았고, 사실은 아무 곳에도 가지 않았다. 그렇지만 주위의 모든 것이 달랐고, 이질적이었고, 무서웠다. 피아노에서 떨어져 있는 나는 쓸모없고 하찮은 존재였으며, 길을 잃은 키튼처럼 목적이 없었다.

♬

헌터스힐에 있는 돌턴 부인의 발레 학원에서 일자리가 나왔을 때 나는 재빨리 잡았다. 비록 다른 교회의 예배당에서 배우긴 했어도, 몸을 제대로 못 놀리는 여섯 살의 내가 더듬더듬 재즈 발레 스텝을 족히 1년은 밟은 게 바로 이 학원에서였다. 12년 후, 러시아의 마을로 돌아온 키튼처럼 나는 다시금 무용 수업으로 돌아오려 하고 있었다. 다만 레오타드는 빼고 말이다. 다른 모든 것은 변하지 않은 채 남아 있었다. 오동통한 나의 몸통에 공포심을 심어주었던 우아하고 갈대처럼 날씬한 돌턴 부인은 여전히 가르치는 일을 하고 있었고, 여전히 우아했으며, 아주 조금 살이 올랐을 뿐이었다.

나는 일주일에 두 번, 세 시간씩 소녀들이 플리에와 피루엣을 배우는 수업에서 반주했다. 준비가 필요 없는 꿈의 아르바이트였다. 캠퍼스에서는 르네상스시대 시에 대해서 아는 게 없었을지 몰라도, 나는 여전히 새로운 작품을 초견으로 연주할 수 있었다. 해야 하는 것은 반듯하게 쌓여 있는 낡은 악보집 무더기로부터 돌턴 부인의 지시에 따라 재빨리 적절한 음악을 찾아내는 것이 전부였다.

예를 들어 '깡충거리는 음악'의 요청에는 리드미컬한 패턴을 가진 작품으로, 혹은 '달리는 음악'이라는 지침에는 이에 맞는 16분음표 악구들을 가진 작품으로, 혹은 '점프하는 음악'에는 스타카토가 너무나 많아서 내 손가락들이 건반 위에서 무용화를 신은 무용수들의 발처럼 도약하는 작품으로 답했다. 매 수업이 끝날 때면 제일 어린 소녀들이 분홍빛 튀튀와 하얀 타이즈 차림의 특대 포장의 마시멜로 같은 모습으로 줄줄이 서서는, '버지니아 선생님'에게 입을 모아 감사의 말을 했다. 발레 학원에서 나는 쓸모 있다는 느낌이기에 행복했다.

근무 시간이 경과함에 따라 초저녁이 되어 더 크고 나이든 소녀들이 오면, 발레 수업을 듣고 집에서도 연습을 하며 보낸 세월이 그들의 사춘기 몸에 미친 육체적 혜택을 부정할 수 없었다. 열네다섯 살의 백조들을 바라보니, 훈련이 문자 그대로 그들이 앞으로 될 젊은 여성들을 형성했다는 것을 알 수 있었다. 테크닉을 머리와 근육으로 주입하기 위한 이 모든 무수한 연습들과 반복은 그들의 허벅지의 모양에,

그리고 뭐든 스스로 설정한 목표에 도달하기 위해 필요한 작업을 할 능력에 영향을 끼칠 것이다.

나는 피아노를 진지하게 배웠음에도 불구하고, 어린 시절의 판에 박힌 일상을 거부하다보니 반복을 강렬하게 혐오하게 되었다. 이제는 반복이, 며칠, 몇 주, 몇 달, 몇 년의 움직임과 연습으로 축적된 자기수양과 만족이 그 자체로 영광스러울 수 있다는 게 보였다. 나는 돌턴 부인의 자기표현을 변화에 대한 수동적 저항으로 해석했었다.

그녀는 여전히 회색 머리카락을 이전처럼 엄격한 스타일로 쇄골에서 일자로 잘랐고, 여전히 학생들 앞에서 3번 포지션으로 서 있었다. 그렇지만 갑자기 지식의 연속체의 일부로서 건실하고 확고하게 보였다. 그녀의 인생은 발레에 의해 형성되었고, 그녀는 자신의 전문적 지식을 미래 무용수들의 세대로 전하기로 선택했다. 가르친다는 것은 개인적 가치의 표명이었고, 반복은 그것의 필연적이고 적극적인 표현이었다. 이것은 발레 바 옆에서 사실인 것만큼이나 피아노 앞에서도, 아버지가 모금을 위해 노력하는 테니스 코트에서도, 심지어 어머니의 일상적인 가사노동에서도 사실이었다.

나는 피아니스트로서 흔치 않은 숙련 단계에 도달했지만, 스스로의 성취를 무가치한 것으로 여겨서 묵살했었다. 무용수들에게 반주를 제공하는 것에는 가치가 **분명히** 존재했다. 그리고 그 증거로 돌턴 부인은 내가 일하는 데 비용을 지불했다. 다른 사람들과 함께하는 연주에도 가치가 존재했다. 그러나 나는 음악적 재주를 발레 학원의 이 일자리 말고는 최종 시험을 위한 철저한 개인 연습과 공부에 한정시

컸다. 오스트레일리아 음악협회라고 불리는 대단히 힘든 연주 수료증이었다.

맥팔레인 씨와의 교습 시간 중 그의 스타 학생인 조너선 홈스의 대가적 솜씨에 대해 듣는 일이 더 잦아지기 시작했다. 나보다 한 살 위인 열아홉 살의 조너선은 지금 지역 아마추어 오케스트라와 콘체르토 데뷔를 준비하고 있었다. "어쩌면 내년에는 네가 준비하게 될지도 모르지." 어느 오후 쇼팽의 「혁명 에튀드Revolutionary Etude」를 치느라 웅크리고 있는데 선생님이 넌지시 말했다. 악보의 오선에 갑자기 초점이 맞춰지더니 새장의 창살처럼 보였다. 나는 백일몽을 꾸는 중이었지만, 오케스트라와 함께 연주하는 내용은 아니었다.

내가 그 꿈에 관하여 진지하게 생각했다면, 클래식 음악 세계의 극단적인 요구들로부터 벗어난 곳에서 수천 명의 음악가들이 내가 가진 재주 정도 수준에 도달하지 못하고도 만족스러운 경력을 만들어가고 있다는 것을 알아차렸을 것이다. 음악가에게 가장 중요한 것은 자기 자신의 목소리를, 자기 자신의 접근을, 그리고 다른 누구와도 다른 소리를 갖는 것이다. 가혹한 자문자답에, 창조적 연주보다 급료를 강조했던 가정교육에, 스스로의 몹시 제한적인 이해에 좌우되었던 나에게 음악적인 삶은 절대 가능한 행동 경로로 보이지 않았다.

# 결혼은 과연
# 인생을 꽃피게 할까?

1917년 9월 5일, 앨리스는 거의 몇 주 전 윈저홀스에서 노래할 때 입었던 바로 그 연회색 드레스 차림으로 다우언힐 연합 자유 교회의 제단을 향해 걸어나갔다. 그녀는 절대 기대하지 않았던 결혼식이 이토록 서둘러 추진된 것에 언짢아하지 않았다. 가장 오래 알고 지낸 사람들 중 일부는 진심어린 축복을 보내지 않는다는 사실도 괴롭지 않았다. 할머니의 진주 귀고리와 그에 어울리는 목걸이를 착용하고는 아버지의 팔에 기대 통로를 걸어가면서 그녀가 볼 수 있었던 것은 존 헨리 에드워즈가 전부였다. 거기서 그는 기다렸다. 반짝이는 단추의 군복 차림으로, 자부심과 기대로 활짝 웃고 있었다.

곧 남편이 될 남자 옆에 선 앨리스는 자신의 인생이 마침내 꽃피기 시작했다고 느꼈다. 그녀는 존이 다음 주에 **맘루크**호로 복귀하기 전

그와 오롯이 시간을 보내며 신혼여행의 모든 비밀을 발견할 것이었다. 앨리스의 피가 혈관 속에서 소용돌이쳤다. 이런 조바심을 전에는 전혀 알지 못했다. 아직 이해하지 못하는 것들에 대한 갈망도 마찬가지였다. 그녀는 존이 무사히 자신에게 돌아오리라고 확신하지는 못했다. 그러나 현재로서, 앨리스의 기다림은 끝났다.

존이 북해로 다시 간 후 첫 일요일 에드워즈 부인이 독창을 했을 때, 그녀의 노래를 들은 신도들 중 그 목소리의 힘과 경건함에 감동받지 않은 교구민은 한 명도 없었다. 앨리스 본인도 자신이 만들어낸 소리에 충격을 받았다. 마치 감정의 비밀스러운 방이 갑자기 열려서 아무도, 심지어 독창자조차 그 수수하고 꼿꼿한 몸 안에 잠든 채 누워 있으리라고는 상상 못한 깊은 감정이 해방되기라도 한 것 같았다.

## 여성 가정교사, 연줄 없고,
## 가난하고, 평범한

1822년 4월, 루이지 케루비니가 당시 세계에서 가장 존경받는 음악 기관인 파리 음악원의 새 감독으로 일하기 시작했을 때, 그는 피아노 반에 여성 41명과 남성 32명이 있다는 사실을 발견하고 충격을 받았다. 다 합치면 다른 어떤 악기의 학생보다도 훨씬 많은 수였다. 케루비니는 장차 거장이 되려는 학생들이 넘쳐나서 "도를 넘고 해롭다"고 선언했고, 남성 15명과 여성 15명의 균형을 강제했다.[54] 그의 갖은 노력에도 불구하고 여성들은 19세기 동안 여러 음악원들에서 계속 피아노 교습을 주도했다. 그러나 많은 여성들에게 이것은 직업인으로서 막다른 길이었다.

여성들은 직업 오케스트라에 합류하도록 허락받지 못했다. 클라라 슈만의 공연들은 여성 콘서트 피아니스트들에게는 거의 어떤 직업적 전망도 없다는 규칙을 증명하는 예외였다. 전문적 훈련이 여성 피아니스트에게 좋은 피아노 교사가 되거나 본인을 부양하기 충분할 정도의 수입을 올릴 것을 보장하지도 않았다.[55] 19세기의 여성 피아노 거장은 프랑켄슈타인 박사의 괴물이 낳은 끔찍한 후손이었다. 기이한 힘을 가진, 전에는 상상할 수 없었던 생물이었고 그것에 해당되는 사회적 기능은 존재하지 않았다.

『젊은 숙녀에게 보내는 서신』에서, 체르니는 그의 이상적인 피아노 교습생이 교사가 된다는 발상은 언급하지 않는다. 독주 공연이나 반주나 아니면 기타 세실리아가 수입을 올릴 수 있는 어떤 방법도 언급하지 않는다. 체르니는 세실리아에게 재정적 미래를 보장하는 안정적인 집이 있다고 가정한다. 피아노포르테 연주라는 예술은 가정에서 가꾸고 즐기기 위한 것일 따름이었다. 체르니는 작곡하고 가르치고 공연하는 것이 가능했지만 세실리아는 아니었다. 수입을 확보하는 데서 그녀의 기술은 간접적으로만 이용되었다. 이것은 주 요리의 전채로서 차려지게 될 것이었다. 결혼하기 적절한 남자를 찾는 데 말이다.

음악적 재능을 가졌지만 가족이나 남편의 재정적 안정은 없는 여성들은 훨씬 위태로운 사회적, 경제적 위치에 있었다. 미혼 여성에게 가능한 유일하게 존경받는 직업은 가정교사가 되는 것이었다. 고아인 제인 페어팩스와 제인 에어 등 다른 19세기 소설 속 여성들의 이야기와 20세기 마일스 프랭클린의 시빌라 멜빈의 이야기는, 피아노 연주 기술이 어떻게 젊은 여성의 가정교사로서의 경제적 가치를 결정짓게 되었는지를 보여준다.

『에마』에서 페어팩스는 프랭크 처칠의 비밀 약혼이 드러나기 전 가정교사가 될 운명이었다. 페어팩스와 엘튼 부인이 적절한 직업을 찾는 데 관해 대화하는 장면에서, 제인 오스틴은 이 주제에 대한 자신의 생각을 분명히 한다. "'그런 뜻은 아니었어요.' 페어팩스가 대답했다. '노예 거래 생각을 하는 건 아니었어요. 분명히 말씀드리지만 제가 염두에 둔 건 가정교사 거래가 전부예요. 거래를 하는 사람들이 가진 죄책감이라는 면에서 분명히 전혀 다르죠. 그렇지만 어느 쪽 희생자들이 더 비참한지에 대해서는 잘 모르겠어요.'"

샬럿 브론테의 『제인 에어』(배경은 19세기 초이지만 출간된 것은 1847년이다)의 여주인공은 건반악기를 다루는 데는 기본 실력밖에 없지만 이것이 프랑스어 실력, 자수, 캔버스에 그린 소품들과 합쳐지면서 그 재주들은 그녀를 전 유모 베시의 말따나 '제법 숙녀'처럼 묘사한다. 만일 제인이 자기 시대의 진짜 숙녀였다면 머리 위에 지붕을 가지는 대가로 로체스터 씨의 피후견인 아델을 가르치러 홀로 손필드홀까지 갈 필요는 없었을 것이다. 제인은 자신이 로체스터 씨의 애정의 대상일지 모른다는 희망을 갖게 되는데, 가정부 페어팩스 부인을 통해서 고용주가 리스 장원을 방문해서는 아름다운 상속녀 블랑쉬 잉그램과 함께 이중창을 불렀다는 고통스러운 소식을 듣는다.

제인은 정신을 차리기 위해, 거울에 비치는 모습을 분필로 그리는 것을 억지로 상상한다. '내가 더 환상적인 멍청이였다면 달콤한 거짓말들에 절대 물리지 않았을 거야.' 그녀는 혼자 결론을 내린 후, 초상화 두 장을 작업하기 시작한다. 하나는 전해 들은 잉그램의 사랑스러움에 기초한 것이고, 다른 하나는 크레용으로 그린 있는 그대로의 자화상이다. 그녀는 후자의 제목을 이렇게 짓는다. **'여성 가정교사, 연줄 없고, 가난하고, 평범한.'**

브론테는 『제인 에어』를 윌리엄 새커리에게 헌정했다. 역시 고아인 그의 여주인공 베키 샤프는 상냥한 겉모습을 벗어던짐으로써 피아노 앞의 여성들을 위한 거대한 도약을 이룬 바 있다. "저한테 돈을 내세요. 그럼 걔네들을 가르칠게요." 베키는 1848년에 발표한 『허영의 시장 Vanity Fair』에서 핀커튼 부인에게 딱 잘라 말한다. 단 한 문장으로 이 진취적인 베키는 자신이 높은 야망과 낮은 사회적 지위의 여성이라고 선포한다. 여교장은 그녀가 핀커튼 부인의 학교에서 같이 지내는 귀족적인 젊은 숙녀들을 가르치게 함으로써 돈을 절약하기를 희망한다. 베키의 동급생들과 교사들은 그녀가 돈 받기를 고집하는 것을 민망하게 여긴다.

그러나 그녀는 자신의 피아노 연주 기술을 돈을 버는 데 사용하기를 주저하지 않으며, 그렇게 함으로써 재정적 독립성을 확고히 한다. 이 점에서 베키는 문학 속에서 피아노를 연주하는 여주인공들 계보에서 중요한 인물이다. 그녀는 가정교사가 되는 고역을 거부하고, 자신의 능력을 경제적 가치를 가진 용역을 제공하는 것으로서 받아들인 최초의 여주인공이다.

10대에는 여성 가정교사가 되는 것이 왜 그렇게나 끔찍한 불운인지 절대 이해하지 못했다. 읽고, 쓰고, 피아노를 연주할 수 있으며, 머리 위에 확실한 지붕이 있는데 말이다. 제인은 고용주와 사랑에 빠지기 전까지는 꽤 편안하게 자리잡고 있었다. 그러나 선택의 여지가 없는 여성 가정교사의 삶은 가장 취약하고 수치스러운 삶 중 하나였다. 이를 가장 생생하게 보여주는 것이 『나의 눈부신 경력』이다. 이 소설에서 시빌라 멜빈은 아버지가 진 빚을 갚기 위해, 억지로 피터 맥스워트의 여덟 아이들의 여성 가정교사가 된다.

유럽 전역에 실존했던 많은 음악적인 여성들이 안톤 체호프의 소설 속 예카테리아 이바노브나가 겪은 것처럼 소규모 시장에서의 힘의 비극을 경험했다. 공급과 수요의 법칙은 비엔나와 파리의 공연장이건 러시아의 작은 마을에서건 똑같이 적용된다. 1881년의 영국 인구조사에서는 2만 6000명이 스스로를 '음악가이자 음악 교사'라고 칭한다. 1911년 인구조사에서는 동일한 범주에 4만 7000명 이상이 기록되어 있다.[56] 프리랜서라면 누구나 이것이 암시하는 바를 이해할 수 있을 것이다.

19세기가 시작될 즈음 오스틴의 여주인공들은 결혼 신청을 기다리는 동안 피아노를 연주했다. 예카테리나가 체념하고 여성 가정교사가 되는 것을 받아들이는 19세기 말 즈음에는 피아노 교습이 비혼 여성을 위한 존경할 만한 직업이 되었다. 사실 교습은 음악적 재능을 가진 많은 여성들이 유럽 대륙에서 몇 년간 공부에 전념한 후 고국으로 돌아왔을 때 얻을 수 있는 유일한 기회였다. 노처녀 피아노 교사 혹은 여성 가정교사의 존재는 절대 드물지 않았지만 그럼에도 조금은 측은하게 여겨졌을 것이다.

피아노의 발명 및 대량생산은 다른 모든 테크놀로지들이 그렇듯 의도치 않은 결과들로 이어졌다. 결혼 상대가 없는 사람들은 존경받는 상황은 유지하면서 교습으로 수입을 올리기를 기대했다. 키튼과 그녀의 동료들은 자신들과 비슷한 이들이 많음을 깨달았다. 재능 있는 여성들의 과잉 공급은 음악계의 새로운 최하층 계급을 창출했다. 과도하게 교육받은 개인 피아노 교사였다.

## 마지막이 된 첫 수업

"안녕, 리처드, 들어와." 나는 우리 집 대문 앞에서 책가방 위로 수그리고 있는 옅은 금발 머리를 향해 말했다. 그는 가죽 가방을 마치 호메로스의 시에 나오는 방패라도 되는 양 움켜쥐고 있었다. 그 안에 무엇을 넣어왔을지 상상이 가지 않았다. 그의 집은 조용한 조지 스트리트의 북쪽, 가파른 언덕 꼭대기에 자리잡고 있었다. 우리 집에 오려면 자기 집에서 진입로를 내려오기만 하면 됐다. 1분도 안 걸리는 오디세이였다.

"안녕." 리처드가 내 얼굴만 빼고 모든 방향으로 시선을 던지며 웅얼거렸다. 그는 자기 뒤에서 누군가 더 중요한 사람이 당장이라도 다가오리라 예상하기라도 하는 것처럼 어깨를 구부정하게 하고 서 있었다. 나의 첫번째 과제는 그를 진정시키도록 노력하는 게 될 것이었다. 그의 뒤로 문을 닫고 피아노 방으로 가는 계단을 오르기 시작했다. 그 모든 세월이 흘렀음에도 그 방은 여전히 조용히 앉아 있는 방이었다.

리처드는 제법 자라 있었다. 이렇게 가까이에서 직접 본 것은 2~3년 전이지만 우리는 평생 이웃으로 지냈다. 당시 최근까지 우리의 의사소통은 대부분 차량 수기신호로, 즉 차들이 지나칠 때 차창 안에서 손을 흔드는 정도였다. 그는 내가 예상했던 것보다 키가 컸다. 서 있는 것보다는 차 안에 앉아 있는 모습이 익숙했으며, 겨우 열세 살이었는데 말이다.  그런데도 이미 신도시 학부형 같은 옷을 입고 있다. 그의 스포츠 재킷은 육체 활동과는 멀찌감치 떨어진 사이드라인에서 관전하는 것이 고작인 남자들 사이에서 흔해 빠진 것이었다. 시드니에서 가장 부유한 부동산 개발업자들 중 하나인 그의 아버지 같은 사람들 말이다. 우리의 어머니들이 내가 리처드를 일주일에 30분씩 가르치도록 합의한 것이 내 어머니의 영향과 나의 검증되지 않은 교습 능력에 대한 그의 어머니의 믿음 때문인지, 아니면 경제적 절약과 지리적 편리함이 유리하게 교차한 덕인지는 확신할 수 없었다.

편안한 내 집에서 초보자들을 가르치는 것이 내가 구할 수 있는 어떤 아르바이트 자리보다 낫다는 명백한 결론을 진작 내렸지만, 리처드는 나의 첫 학생이었다. 아버지와 마찬가지로, 나에게는 자원봉사의 끝없는 광맥을 발굴하는 재주가 있었다. 고등학교 때 나의 현장 실습은 다른 라디오 방송국 두 곳과 지역 신문사 한 곳에서의 근무였다. 이 세상에 쓸모 있고 싶다는 갈망이 최고조에 오른 1학년 때, 나는 기꺼이 새벽 네 시에 일어나서 지역 라디오 방송국 본부까지 차를 몰았다.

거기서 나는 지역 신문의 기사들을 풀어 쓰고는 아침 다섯 시에서 아홉 시 방송 사이에 반 시간마다 읽었다. 나는 이 미심쩍은 현장 실습을 직접 구했다. 나는 가끔 스스로를 햇병아리 로이스 레인*으로 상상하곤 했지만 아버지의 로터리 클럽 무리 중에 잡지나 신문 업계의 연줄은 없었다.

달빛이 비치는 시간에 기동성을 가졌던 것은 부모님이 선물해준 중고 닛산 펄사 해치백 덕분이었다. 스스로 연료, 보험, 등록비를 내야 했기에 초보자들을 가르친다는 생각에 굴복할 수밖에 없었다. 학교를 졸업했으니 매주 **하숙비**를 내야 한다는 어머니의 주장도 한몫했다. 그녀는 내가 자라난 집을 **자신의 지붕**이라고 말하기 시작했고, 내가 그곳에서 사는 것을 경제적 거래로 보는 데 미안해하지 않았다.

내가 읽고 있던 소설 속 여자들과 마찬가지로 어머니는 돈을 벌지 않았다. 그녀는 나의 재정적 독립을 주장하면서도, 자신은 결혼한 남자에게, 지구가 태양에 그러하듯 전적으로 의지한다는 점에 개의치 않는 것 같았다. 결혼으로 시작된 경제적 거래는 그들의 생태계에서, 산소가 종의 생존에 그러하듯 결정적이지만 보이지 않는 요소였다. 내가 가계에 재정적으로 기여해야 한다는 어머니의 고집은 내가 생각하기에는 꽤 타당했고, 이는 급히 피아노 교습생을 몇 명 찾아야

---

* 슈퍼맨 시리즈의 클라크 켄트의 애인이자 수상 경력을 가진 기자. 최근에는 독자적인 주인공으로 활약하는 시리즈도 등장했다.

함을 의미했다. 그런다고 내가, 알겠지만 피아노 선생이 된다는 의미
는 아니었다.

리처드는 피아노 의자에 털썩 앉더니 마치 이륙이라도 기다리는
것처럼 곧장 앞을 응시했다. 나는 부조종사처럼 그의 오른쪽 뒤에 앉
았다. 그러자 내 의자와 피아노와의 위치 관계가 정확히 맥팔레인 씨
가 내 옆에 앉던 그대로라는 생각이 떠올랐다. 선생의 자리에 앉아
서 다른 사람이, 자그마치 나의 학생이 내 소유의 피아노를 연주하는
모습을 지켜보는 것은 묘했다. 거울 대신, 마치 이전의 자아가 보이는
창 같았다.

맥팔레인 씨가 청소년들의 등을 응시하는 것에서 만족스러운 필생
의 업적을 이루었다고 믿기는 힘들었다. 나의 선생 노릇이 일시적이지
않을 것이라고 상상하기도 힘들었다. 내가 결국 생계를 위해 무슨 일
을 해야 할지에 대한 실마리는 없었지만, 나 자신을 되풀이한다는 생
각은 참기 힘들었다. 돌턴 부인의 고학년 발레 학생들에 대한 관찰에
도 불구하고 일년 내내 똑같은 일을 한다는 생각은 여전히 마비를 일
으켰다. 법학 학위를 따는 것부터 아이들을 기르는 것까지 모든 것을
나는 그런 식으로 생각했다. 만약 미래에 대해서 생각하지 않는 편을
선택한다면, 미래가 그냥 나타나지 않을지도 몰랐다.

"똑바로 앉으면 좀더 연주하기 쉬울지 몰라, 리처드."

그는 몸을 곧추세웠지만 양손은 마치 당기기를 기다리는 손잡이
들처럼 계속 양 옆구리께에 걸려 있었다.

"이제, 오른손을 가져가서 엄지손가락으로 여기 이 음을 눌러."

리처드는 흰 건반을 조심조심 건드렸다. 마치 경보라도 울릴 수 있는 것 같았다.

"그 음이 건반 한가운데 있다는 게 보이지? 그 음을 가온다라고 불러."

그는 침묵을 유지했다.

"검지를 가온다 오른쪽에 놓아 봐. 그래, 좋아. 그리고 중지를 그 오른쪽 음에. 훌륭해!"

리처드가 손가락들을 건반 위로 너무 긴장되게 뻗은 나머지 손가락 끝들이 거의 활주로에서 이륙한 것처럼 보였다. 하지만 문제될 건 없었다. 첫 접촉이 이루어졌으니 올바른 자세를 곧 찾아가게 될 것이다. 손과 건반을 이런 식으로 소개시키다니 피아노 경찰이 있다면 나를 꾸짖을 것이다. 하지만 리처드는 이 악기를 견뎌내며 그 어떤 열정적 헌신을 바치기에는 최소한 5년은 늦었다.

나는 학생에게 미치는 놀라운 지배감을 경험했다. 피아노 선생으로서 나는 전에는 얻은 적 없지만 어찌어찌 음미하게 될 권위적 위치를 차지했다. 최소한 나는 돈을 벌고 있었다. 불법 약물이나 하다못해 담배도 안 샀지만, 열여덟 살 치고 나의 취미에는 돈이 많이 들었다. 자동차 관련 지출 후 남는 돈은 빈스 존스의 라이브 공연들, 특별 수입된 재즈 CD들, 그리고 『뉴요커The New Yorker』의 구독으로 나갔다.

매 호가 발간 몇 주 후면 배편으로 도착해서 삶은 여기가 아닌 다른 곳에서, 초대받지 못한 것은 물론 들어보기도 전에 끝난 파티에서 벌어진다는 나의 확신을 강화했다. 침대 옆 양탄자 위에 쌓여 있는 잡지들은 내가 꿈꾸던 진짜 마천루의 분재였다. 바로 크라이슬러 빌딩과 엠파이어 스테이트 빌딩이었다.

리처드는 가온다를 다시 눌렀고 소리가 사그라드는 동안 손은 계속 그 위에서 서성였다.

"알파벳에 글자들이 있듯 피아노에는 음들이 있어." 나는 말했다. "건반을 오르내리며 높이를 달리해서 반복되는 일곱 음들이 있는 거야."

리처드는 아무 말도 안 했지만 손 위로 몸을 수그렸다. 그가 내가 하는 모든 말에 귀 기울이며 그냥 앉아 있는 게 가능하다니 놀라웠다. 권위라는 것은 도취적이었다.

"내 생각엔 네가 피아노에 좀 붙어 있는 것 같아, 리처드. 의자를 뒤로 약간 옮겨봐. 그리고 똑바로 앉는 걸 까먹지 말……"

그는 양손을 마치 피아노 의자 가장자리를 움켜쥐기라도 할 것처럼 들더니, 공중에 멈춰서 부르르 떨었다. 처음에는 반항의 표현으로 받아들였다. 내 지시의 형식이나 내용을 받아들이기를 거부하는 것으로 알았다. 그러나 불안 때문이라는 결론을 내렸다. 그가 그렇게까지 신경이 곤두서리라고는 절대 생각하지 못했다.

"리처드, 너 괜찮니?"

그는 대답 대신 머리를 스프링클러가 만들어낼 법한 정확한 동작으로 획획 움직였다. 나는 몸을 앞으로 기울여 시선을 마주쳤지만 그는 어딘가 다른 곳에 있었다. 어디로 갔건 간에, 거기에 음악은 없었다.

교습에 앞서 리처드의 어머니는 새로운 간질약을 시험 중인데 발작 빈도가 증가하는 부작용이 생길 수 있다고 설명했었다. 경련 중인 그의 머리 뒤로 힐끔 시계를 보았다. 교습 시간은 빠르게 지나가고 있었다. 나는 아무것도 가르치지 못했다.

리처드는 손으로 머리를 받쳤다. "죄송해요." 그가 웅얼거렸다.

나는 그의 간질 발작이 지속되는 동안 참고 있던 숨을 내쉬었다. 20초에서 2분 사이의 어딘가였다. "너 괜찮니?" 나는 뭔가 할 말을 찾다가 다시 물었다. 고맙게도 그는 끄덕였다. 마치 양탄자 속으로 코를 파묻으며 거꾸러지기라도 하고 싶은 양 고개를 숙인 채였다.

리처드가 물 한 잔 갖다주겠다는 제안을 예의바르게 거절하자, 나는 마치 나와 수업한 모든 학생이 발작을 일으키기라도 했던 양 짐짓 아무렇지도 않은 척 하며 수업을 계속하기로 결정했다. 나는 의자에서 일어나 피아노의 보면대에 초보자용 악보집을 펼쳐놓았다. 리처드의 뇌에게 새로운 정보를 처리하라고 요구하는 것은 지나쳐 보였지만 달리 뭘 해야 할지 알 수 없었다. 그는 고개를 들었다.

"전에 악보를 봐본 적 있니?" 나는 물었다.

그는 고개를 흔들었다. 그 행동이 또 한번의 발작을 촉발할까봐 걱정되었지만, 그의 머릿속의 전기 폭풍은 지나간 것처럼 보였다. 그의 육체의 나머지 부분은 무서울 정도로 잠잠했다.

"자, 악보라는 건 이렇게 생겼어." 나는 계속했다. "이 검은 줄 다섯 개를 오선이라고 불러."

"왜요?" 그는 단 하나의 근육도 움직이지 않으며 물었다. 그가 경직된 게 또다른 발작이 촉발될지 겁나서인지 아니면 순수하게 불안 때문인지 나로서는 알 수 없었다.

"확실히는 몰라." 나는 인정했다. "그냥 그렇게 부르는 거야. 네가 연주한 음들은 줄 위나 사이의 검은 동그라미들에 해당돼. 예를 들어 여기, 이 오선의 제일 밑줄은 E야." 나는 가온다 위쪽의 음을 누르면서 말했다. 나는 내 자신을 앞서가고 있었다. 그리고 방금 발작을 경험한 사람이라는 것은 젖혀놓더라도, 그 어떤 초보자의 첫 교습보다도 훨씬 앞서가고 있었다. 그러나 나는 리처드가 피아노에 대한 최소한의 노출로 최대한을 얻어야 한다고 믿었다. 일종의 악기 교습 면역론이었다.

리처드는 자리에 앉은 채 자세를 바꾸더니 얼굴을 찌푸렸다. "하지만 왜요?" 그가 말했다.

"무슨 뜻이니?"

"저 선이 E를 의미한다고 누가 그래요?"

나는 당황했다. 나는 서양 음악 기보법의 기초에 대해 의문을 가진 적이 단 한 번도 없었다.

"글쎄, 이 체계를 사용하게 된 것은 수백 년 전 일이야." 나는 답을 내려고 버둥거리며 말하기 시작했다. 그것을 한번도 궁금해한 적 없다니, 이제 내가 멍청이처럼 느껴졌다.

"하지만 왜 그래야 하는데요?"

만일 내가 더 좋은 선생이었다면, 혹은 진짜 선생다웠다면 학생의 저항을 예측하고 그에 대한 답을 준비했을 것이다. 한편 그 누구라도 스스로의 뇌로부터 공격받는 동안 뭐든 배우는 것이 가능한지 나로서는 모르겠다. 그러나 리처드는 나를 짜증나게 하기 시작했다.

우리가 알파벳을 어떻게 할 수 없는 것처럼 오선을 어떻게 할 수 없다는 것을 내가 어떻게 설명할 수 있었을까? '죽은 거장들의 음악 표기'에서 바꿀 수 있는 것은 아무것도 없었다. 엘프리데 옐리네크는 1983년에 출간한 소설 『피아노 치는 여자Die Klavierspielerin』에서 이렇게 썼다. 이 소설은 5년 후 『피아노 교사The Piano Teacher』라는 제목의 영문판으로 나왔다. 소설 속 주인공 에리카 코후트는 콘서트 연주자가 되려다 실패했다. 번역된 제목처럼 연주자에서 교사로 옮겨갔는데, 대부분의 학생들은 그녀를 악마처럼 무서워했다.

나의 일부는 대안적 표기 체계가 가능할 수 있다는 리처드의 추론을 믿고 싶었다. 내가 뭐라고 그런 발상을 묵살한단 말인가? 나는 이 체계를 전통적 방식으로 배웠고 그 규정을 약처럼 꿀꺽 삼켰다. 검은 오선 위의 검고 흰 표시들을 읽고, 그것들을 건반 위의 검고 흰 음들과 연결 지었다. 이제 나는 그것을 아무 의문 없이 내 자신의 학생에게 가르침으로써 지식의 전송을 영구화하고 있었다. 그러나 어머니와 함께 살면서 가학피학증과 스스로의 예술적 실패로 고통받던 에리카는 단순한 음들 이상의 덫에 갇혀 있었다.

에리카는 아주 어릴 때부터 이 기보 체계에 구속되어왔다. 이 오선들은 그녀가 처음 생각이라는 것을 하기 시작한 이래로 그녀를 쭉 통제하고 있었다. 그녀는 그 검은 선들 말고는 아무것도 생각해서는 안 됐다. 이 창살 같은 체계는 어머니와 더불어 목표, 명령, 정확한 계율의

찢을 수 없는 그물 속에서 그녀를 마치 푸주한의 갈고리에 걸려 있는 분홍빛 햄처럼 무력화시켰다. 이는 안도감을 제공하고, 안도감은 불확실성에 대한 공포를 자아낸다. 에리카는 모든 것이 지금 그대로 유지될 것을 겁내고, 언젠가는 뭔가 변할 수 있을 것을 겁낸다.

변화를 두려워하는 동시에 주변이 그대로 머무는 것을 겁내기. 속속들이 내 이야기였다.

나는 리처드를 응시했다. "음악을 달리 어떻게 표기할 수 있을지 혹시 아이디어라도 있니?" 나는 말했다. 장난치는 게 아니었다. 나의 일부는 그가 혹시 **이디오 사방**idiot savant*이란 것과 관련된 무언가를 가진 걸까 궁금했다. 어쩌면 그의 뇌의 독특한 배선이 더 관행적인 신경 연결 통로에 의해서 제약되는 우리에게는 불가능한 음악적 통찰을 가능하게 했을지 몰랐다. 만약 누군가 대안적 체계를 고안할 수 있다면 그가 그 사람일 수도 있었다.

"아직은 없어요." 그의 말에 빈정대는 기색은 전무했다.

내가 난처해하기도 전 리처드에게 두 번의 짧은 발작이 연이어 일어났다. "오늘은 여기까지 하자." 그가 정신이 들자 나는 교습을 마무리할 핑계가 생긴 것에 안도하며 말했다.

나는 그를 두 가지 숙제와 함께 길 건너로 돌려보냈다. 첫째, C, D, E, F, G와 친해지기 위해 매일 5분씩 오른손 엄지손가락을 가온다에

---

* 정신발육지체아가 드물게 가지는 암기력, 리듬감 등의 뛰어난 재능.

두고 오른손의 각 손가락들을 사용해서 한 음씩 점점 높이 짚어가기. 둘째, 새로운 기보 체계를 고안하기. 나는 대문의 유리창 뒤에 서 그가 도로로 이어지는 우리 집의 짧은 진입로를 터덜터덜 걸어 올라가, 길을 건너 우리 집 위에 솟아 있는 그의 집으로 향하는 훨씬 가파른 진입로로 들어서는 것을 지켜보았다. 그의 머리가 어떤 느낌인지는 확신할 수 없었지만, 내 머리는 빙빙 돌고 있었다.

머칠 후 부엌 창밖을 흘낏 보았다가 리처드네 거실의 바닥부터 천장까지 닿는 유리창을 통해서 모비 딕이 보이는 것에 기겁했다. 거대한 하얀 그랜드피아노가 대양 같은 두툼한 연두색 양탄자 위에 얌전히 놓여서, 반짝거리는 뚜껑이 활짝 열린 채 항해하고 있었다. 나는 리처드와의 첫 교습이 마지막 교습으로 밝혀지는 게 아닐까 하는 걱정을 했었다. 이제 그의 부모의 사치스러움을 목격하니, 나의 두려움은 사실무근이었다는 것을 알았다.

나는 절대 피아노 선생은 되지 않을 것이다.

# 기혼도 미혼도 아닌 여성

해군성이 앨리스에게 보낸 편지는 그녀의 결혼식으로부터 정확히 6개월 후인 1918년 3월 5일 날짜였다. 이 편지는 앨리스에게 그녀의 해군 가족 별거 수당 신청이 거절되었다고 통지했다. 병사의 봉급 일부에 정부가 더한 것으로 구성된 이 수당은 복무 중인 군인의 부양가족에게 제공되었다.

앨리스가 언제 지원서를 제출했는지는 명확하지 않다. 성가대 지휘자에게 크리스마스 시기는 어느 해건 정신없이 바쁘다. 그렇지만 1917년 말 앨리스는 자신이 맡은 두 성가대에서 합창 부문의 불균형을 상쇄하기 위해 직접 수정한 두 번의 콘서트 프로그램을 예행연습해야 했을 것이다. 전쟁이 여전히 맹위를 떨치는 가운데 테너들의 대부분을 두 해째 잃었을 테고, 아마 베이스 파트는 군 복무로 멀리 간

젊은 남자들의 공백을 나이든 남자들이 채우다보니 더 무거워졌을 것이다. 어쩌면 앨리스는 새해가 될 때까지 지원을 기다렸을지 모른다. 그리고 어쩌면 그때까지는 그것이 필요 없기를 바랐을지 모른다.

그녀의 신청을 거절한 편지는 샬럿 고모가 수십 년 동안 간직한 편지 무더기 중에 있었다. 설명이 포함되어 있었지만 말이 안 되었다.

부인,

존 헨리 에드워즈, 화부 하사관 305849의 해군 가족 별거 수당에 대한 귀하의 지원과 관련해서, 지난 9월 그 남성과 귀하의 결혼식이 성사되었을 때 그가 이미 기혼이며 생존한 아내를 갖고 있었기에, 유감스럽지만 귀하는 수당을 받을 자격이 없다고 통지해야 할 것 같습니다.

귀하의 결혼 허가서를 함께 반송합니다.

앨리스는 그가 결혼했었다는 것을 알고 있었다. 존 헨리 에드워즈는 저녁식사 자리에서 그녀의 맞은편에 앉아서 온 가족에게 그 이야기를 했다. 앤은 아이를 낳다가 죽었다. 그 편지의 표현은 불쾌했지만 행정적 오류가 있는 게 분명했다.

제임스 테일러는 딸을 위해서 이 관료주의적 수수께끼를 규명하기로 결심했다. 제임스는 앨리스가 조만간 자신에게 경제적 부담이 되지 않을 것이라고 예상했던 차였다. 그는 도덕적, 금전적 이유 둘 다로 분노했을 테고, 틀림없이 답을 찾으려고 안달했을 것이다. 그는 그 지역의 사무 변호사인 조지 브래들리에게 조언을 구했다.

이후 브래들리 씨와 해군성이 편지를 주고받으며 6개월이 흘러갔다. 처음에는 해군성이 앨리스의 지원 요청을 거절한 결정에 관하여 새로운 정보를 제공하지 않으려고 들었다. 그들은 추가적 세부 사항들은 알려주지 않겠다는 자신들의 정책을 되풀이했다.

해군성,
1918년 7월 10일

선생님

지난달 15일 존 헨리 에드워즈, 화부 하사관 305849의 아내에 관한 귀하의 편지에 대한 답으로써, 유감스럽지만 요청된 정보는 드릴 수 없다고 통지해야 할 것 같습니다.

이 하사관의 현행 할당인이 받는 해군 가족 별거 수당 청구와 관련된 모든 정황이 완전히 조사되었으며, 해군성은 지난 3월 5일 그 숙녀분께 드린 편지에서 전한 사실들로 충분히 설명했다고 덧붙여야 할 것 같습니다.

근배,
(서명) 프랭크 포터,
해군 급여 회계 과장

그러나 브래들리 씨는 안 된다는 대답을 들으려 하지 않았고 해군성에 재차 편지를 썼다. 이번에는 1918년 여름 앨리스 메이 모리슨 에드워즈(결혼 전 테일러)를 둘러싼 정황을 더 자세히 설명했다.

앨리스가 존을 맞으며 어떤 심경이었을지 상상해보자. 지난 9월 자신이 성장하며 다닌 교회에서 결혼한 남자가 부부 방문을 위해 글래스고로 돌아왔을 때를 말이다. 그가 정확히 언제 도착했는지는 확실히 알 수 없지만, 나는 편지들로부터 초여름일 수밖에 없다는 결론을 내렸다. 그녀가 그를 부두에서 맞았을까, 아니면 집에서 초조하게 기다렸을까? 그녀는 다시 남편과 둘이서만 있기를 꿈꾸었을까? 지금껏 고작 며칠만 함께 보낸 신혼부부가 끌어모을 수 있는 어떤 형태의 사생활이라도 말이다.

아마 흥분과 기대 사이에서 혼란스러운 가운데 불안으로 뱃속이 죄어들었을 것이다. 새 아내를 다시 본 존은 앨리스를 안아 올렸을까? 온몸으로 그녀를 끌어안았을까? 아니면 그녀가 잘 모르는 사람이기라도 한 것처럼 어색하게 인사했을까? 비록 앨리스가 그를 만나고 너무 급하게 결혼한 것을 잠시나마 후회했더라도, 재회하면서 그의 존재에 안도감을 느꼈으리라고 추정된다.

존이 상륙하기 전 해군성의 결정에 관하여 뭐라도 알고 있었을지 여부는 알 수 없다. 앨리스의 어머니가 그 편지를 어떻게 생각했는지도 알 수 없다. 비록 단순히 사무적 오류로 밝혀질 일이라도, 자신의 딸이 부도덕하다는 암시만으로도 공포에 질렸으리라고 쉽게 상상할 수 있지만 말이다. 재결합이 정확히 얼마나 어색했을지 우리는 절대 알지 못할 것이다.

예상했던 바와 같이, 존은 아내와 처가 식구들에게 그 뒤죽박죽된 사연에 대해서 완벽하게 사리에 맞는 설명을 내놓았다. 그의 해군 별거 수당의 '현행 할당인'은 그의 어머니였다. 이 실수는 해군성에 배우자 관계의 변화를 통지하지 않은 그의 잘못이었다. 그는 앨리스, 제임스, 샬럿에게 사과했고, 자신이 모든 것을 정리할 것이라고 재차 확인했다.

그들은 그를 믿었을까?

당신이었다면?

상륙 기간은 잠시였기에 존은 필사적으로 새 아내와 함께 있으려고 했다. 그리고 예의 관료적 실책에도 불구하고, 그녀는 그와 함께했으리라는 게 나의 생각이다. 그러나 앨리스가 부모가 집에 있는 동안 남편을 위층의 자기 침대로 데려갔으리라 보기는 어렵다. 아마 샬럿과 제임스는 마지못해 신혼부부에게 어느 정도 둘만 있을 시간을 주었을 것이다. 그들은 어느 오후를 술잔을 응시한 채 감히 큰소리로는 말하지 못하는 것을 연신 생각하며 보냈을 것이다. 어쩌면 그들은 존의 개인사를 알기에 아내를 잃은 후 어머니에게 돈을 보내고 있었다는 사실을 납득하고 그의 말을 믿어주었을 것이다. 어쩌면 의심이 가득하면서도 브래들리 씨가 해군성을 압박해서 답을 얻을 때까지는 법적, 도덕적 견지에서 할 수 있는 일이 아무것도 없었을 것이다.

7월 초, 존은 **맘루크**호에 승선해서 바다로 돌아갔다. 7월 10일, 해군성으로부터 편지가 도착했다. 그들은 더이상의 정보를 제공하기를 재차 거절했다. 일주일 후, 브래들리 씨는 이하의 편지를 답장으로 작성했다. 이는 이제 덤버턴 로드 370번지의 가정을 사로잡은 근심과 절망을 생생하게 그려 보인다.

102 바스 스트리트,
글래스고, 1918년 7월 18일
해군성, 해군 회계 과장,
뉴게이트 스트리트 4a
런던, E. C. 1

선생님,

지난달 15일 보낸 화부 하사관 305849 존 헨리 에드워즈의 아내에 대한 편지에 대한 귀하의 이달 10일자 답장을 수령했습니다. 더불어 요청된 정보의 제공에 대한 거절도요.

저희는 보류 중인 정보의 인가를 요청하지 않을 수 없습니다. 자신을 이 남성의 아내로 생각했던 저의 고객은 현재 끔찍한 처지에 있습니다. 제가 일전에 썼던 이후, 존 헨리 에드워즈가 짧은 휴가 동안에 수당을 받고 있는 것은 자신의 어머니라고 저희 의뢰인분과 따님을 설득하고 숙녀분과 함께 지냈기 때문입니다. 저희 의뢰인분과 따님은 이 나라의 존경받는 시민입니다. 귀하가 지난 3월 5일 이 숙녀분께 보낸 편지에서 제시한 바와 같이 해군성이 이 사건의 사실들에 만족한다면, 그녀는 자신이 처한 참을 수 없는 처지로부터 벗어나는 데 필요한 세부 사항들을 당장 얻어야 할 것입니다.

저희가 귀하에게 요구하는 것은 현행 할당인의 이름과 주소가 전부입니다. 다른 필요한 조사들은 직접 할 것입니다. 만일 귀하가 말씀하신 내력의 근거가 충분하다면 비열한 악한의 희생자인 여성에게 왜 현행 할당인의 이름을 감춰야 하는지 이해할 수 없습니다.

근배,

(서명) 조지 브래들리

그러나 이후 두 달 반 동안 단 한마디도, 어떤 새로운 정보도 도착하지 않았다. 그런 상태는 앨리스에게 고문과 같았겠지만 이를 해결하기 위해서 한 발짝도 더 나아가지 못했다. 브래들리 씨는 그녀의 "참을 수 없는 처지"와 헨리가 "비열한 악한"일 가능성을 언급하지만, 이런 묘사가 앨리스의 것인지 우리가 알 길은 없다. 나는 아니라고 생각한다. 이런 표현은 그녀의 아버지나 사무 변호사, 혹은 진실이 무엇인지 냉소적으로 의심하는 더 나이든 남자들의 말과 더 비슷하다.

브래들리 씨는 앨리스의 첫번째 결혼기념일 하루 전인 9월 4일, 답변 없이 너무 많은 시간이 흘렀다고 재차 문의함으로써 해군성에 추가 조치를 취했다.

마침내, 10월 첫 주, 앨리스는 답을 받았다.

해군성,
1918년 10월 5일

선생님,

화부 하사관 305849 존 헨리 에드워즈의 아내에 대한 귀하의 지난달 4일 편지와 이전의 서신들에 관하여, 귀하가 요청한 보류 중인 정보에 대한 질문이 재고되었으며, 이번 경우는 통칙에서 예외를 만들기로 결정했다는 것을 통지해야 할 것 같습니다.

따라서 이 하사관은 팰머스 교구 교회에서 1906년 9월 13일 앤 배럿과 결혼했고, 작년 2월 데번포트의 펨브로크 레인 2번지에 살고 있었다는 것을 귀하에게 통지합니다.

근배,
(서명) C. M. 뮤어,
해군 회계 과장 대리

그녀의 남편은 여전히 앤과 결혼 상태였다. 그녀는 그들의 아이를 낳다가 죽은 게 아니었다. 존이 글래스고에서의 외박 조건을 충족시키기 위해 결혼식을 서두른 후 상륙 휴가와 함선 동료의 누나로부터 애정을 누리는 동안, 앤은 잉글랜드 남쪽 해군 기지에 있는 그들의 집에서 살고 있었다.

앨리스는 결혼 전 이름으로 돌아갔다. 그렇지만 이제 기혼도 미혼도 아니라는 굴욕이 다름 아닌 자신의 머릿속에서 끊임없이 울려 퍼졌다. 앨리스 메이 모리슨 테일러는 노처녀의 모든 비기술적 요건을 충족시켰다. 곧 패트릭 사람들은 그녀를 언제나 그랬듯이 존중과 측은함을 섞어서 바라보게 되었다. 중혼자와 결혼했다는 진기함은 카펫 위의 얼룩처럼 마을의 삶 속에 스며들어 희미해졌다.

그렇지만 앨리스는 스스로를 어떻게 여겼을까? 무엇이건 간에 이 중잣대들이 존재했을 것이다. 아마 그녀의 부모는 그 일에 대해 이야기를 꺼내지 않았음에도 불구하고 은연중에 딸이 더럽혀진 상품이라도 되는 양, 마치 이제 더이상 처녀가 아니기에 어떤 남자의 관심도 끌지 못할 것처럼 느끼게 만들었을 것이라는 게 나의 추측이다. 교구민들은 그녀에 대해서 무슨 소리들을 했을까? 성가대원들은? 이웃들은? 어쩌면 아무 말도 안 했을 테지만 그들의 침묵이 그녀의 귓속에서 자아비판처럼 울렸을 것이다.

아니면 앨리스가 그들의 말없는 비판을 거부했을 수도 있다. 존은 무사히 배를 타고 사라진 반면 그의 거짓말들이, 너무나 많은 거짓말들이 그녀의 평판에는 손상을 입혔다는 것에 분노를 느꼈을 수 있다.

무대 위의 남자,
무대 아래의 여자

캠퍼스에서 컨템퍼러리 재즈에 대한 나의 사랑은 사교적 측면에서 입가의 발진 비슷한 효과를 보였다. 내가 재즈를 입에 올리면 대부분의 사람들은 나를 뚫어져라 보고는 농담하는 것으로 여기며 주제를 바꾸었다. "곡이 다 그게 그거지 않아?" 헤비메탈에 사로잡혀 있던 남자애 하나가 비꼬는 기색 없이 물었다.

시드니에서 **재즈**라는 단어는 밴조와 클라리넷, 흰 양복을 입은 호른 연주자들이 빅밴드 앞좌석에서 동시에 악기를 들어올리는 이미지를 떠올리게 했다. 어째서인지 오스트레일리아 대중의 상상 속에서 재즈는 아프리카계 미국인이라는 근본에서 풀려나, 억압으로부터의 해방에 대한 갈망을 표현해온 역사에서 벗어나 표류하고 있었다.

내가 들은 존 콜트레인, 디지 길레스피, 로이 헤인즈, 베티 카터의 음반들은 매주 라이브로 들은 음악과 비슷한 데가 없었지만 그럴 것을 기대하지도 않았다. 내가 들은 공연들은 대개 중산층 남자들에 의해 연주되었다. 록과 팝의 엄격한 경계 밖에서 스스로를 표현하기를 열망하는, 그리고 건강보험을 제공하는 나라에서 성장한 백인 남자들이었다. 그들은 여자친구를 얻고 집세를 내기 위해 투쟁했을지는 몰라도 언제나 자유의 몸이었다.

캠퍼스에서 탁월하기를 필사적으로 바랐건만, 나의 영문학 에세이의 결과물들은 나와 마찬가지로 두드러지지 않았다. 책을 읽고 피아노를 학습하며 보낸 청소년기는 현실세계에 적응하는 데 있어서 내가 읽은 소설들 속 피아니스트들의 경우 정도의 도움밖에 되지 않았다.

나의 얄팍함과 평범한 결과물들에서 느껴지는 불안은 허둥지둥 몸을 사리도록 만들었다. 나는 도움을 청하기에는 너무 수줍었고, 연극부 오디션에 나타나거나 예술학부 풍자극에 자원하기에는 너무 겁이 많았으며, 테니스부원이 되기에는 자의식이 너무 강했다. 어쩌면 잘못된 과목들을 골랐거나 대학교에 다닐 준비가 되지 않았을 가능성에 대해서는 생각하지 않았다. 다른 누군가가 내가 그랬듯이 바보 같고, 수줍고, 어색한 기분일 수 있다고 상상하지도 못했다. 새로운 사람들을 만나는 환상을 오랫동안 품었지만 가까이 가자니 그들이 겁났다. 나의 매끄러운 표면 아래에서 아무 일도 벌어지지 않는다는 것을 그들이 발견할지 몰랐다. 내가 보여주는 잔잔한 물은 사실 꽤나 얕다는 것을 말이다.

대신 나는 피셔 도서관의 음울한 서가에 출몰했다. 회색 금속 선반들이 평화롭게 잠든 문학계 유령들의 작품들을 짐처럼 지고 있었다. 저자의 성들과 듀이 십진분류 숫자들을 상형문자처럼 휘갈긴 종이를 움켜쥐고 있었지만 내가 무엇을 찾고 있는 것인지 알 수 없었다. 나는 나의 미래가 새 지도처럼 늘 읽기 쉽고 적절하게 펼쳐지리라고 상상했었다. 하지만 내가 틀렸다.

나는 대학교의 첫해에 캠퍼스에 있기보다는 벗어나서 책을 읽고, 피아노 연주 수료증을 위해 공부하고, 자원봉사와 세 군데에서 아르바이트를 하면서 훨씬 좋은 시간을 가졌다. 여가 시간은 재즈 음악가들이 대중 앞에서 자의식을 초월해 자신들을 표현하는 것을 지켜보며 보냈다.

1980년대 후반과 1990년대 초반, 시드니의 컨템퍼러리 재즈 현장은 몇 십 개의 밴드와 스물다섯 명 언저리의 음악가들로 구성되어 있었다. 베이스먼트에 더해, 나의 라이브 음악 궤도는 하버 브리지 서쪽 편의 하버사이드 브래서리, 조명을 환하게 밝힌 킹 스트리트의 리얼 에일 카페, 조지의 수프 플러스 카페의 지하 벙커, 벨벳처럼 어두운 킹스 크로스의 라운드 미드나이트로 넓어졌다. 이런 라이브 재즈의 지하세계를 발견하는 것은 C. S. 루이스의 『나니아 연대기Chronicles of Narnia』에서 옷장 뒤쪽을 통과해 발을 내딛는 것과 비슷했다.

대니엘라와 나는 이제 진토닉을 홀짝였다. 노래와 무대 들 사이에서 우리는 다른 사람들의 대화에 귀를 기울이기를 즐겼다. 어떤 여자가 자기 친구에게 불평을 할지 모른다. "음반에서 들은 거랑 똑같지 않잖아." 그러면 대니엘라와 나는 서로를 쳐다보며 미소를 머금은 채

술을 마실 것이다. 그것이 핵심이었다. **즉흥연주**라고 불리는 것. 우리를 쳐다본다는 사실을 알아차린 남자들의 수줍은 관심 역시 우리를 웃게 만들었다. 사실 우리는 가능한 많은 것에 웃었다. 그러면 근심이 덜어졌다.

여성 재즈 음악가는 거의 한 명도 없었다. 왜 그랬을까? 여성들은 다른 스타일의 음악에는 어디든 존재해서 록 밴드의 앞에 서고, 기타를 치고, 백보컬을 했다. 내가 10대 후반에서 20대 초반 사이에 본 재즈 밴드들 중 어디에라도 여자가 한 명만 있었다면, 무대들 사이의 휴식시간에 그녀에게 올라가서 어떻게 했냐고 물었을 것이다.

어떻게 자의식의 배설물과 싸워 대중 앞에서 자신의 연주 실력을 최고로 발휘할 수 있었을까? 자기회의를 느끼면서도 어떻게든 앞으로 나아갔을까? 연주할 때 머릿속에서 자기비판을 몰아내는 비결이 있었을까? 다른 사람들이 그녀에게 소리가 근사하다고 말하면 믿었을까? 왜 나는 믿지 않았을까?

여섯 살의 나이로 첫 재즈 콘서트를 봤을 때와 다름없이, 라이브 음악 공연은 여전히 내 시간을 쓰는 가장 좋은 방법처럼 보였다. 그러나 나는 완벽주의의 딜레마 때문에 전전긍긍했다.

직업 연주가가 되려면 정신분열증 환자가 되어야 한다. 머릿속이 갈라져서 반은 완벽한 연주는 불가능하다는 것을 아는 한편, 나머지 반은 완벽한 연주는 오직 시간과 헌신의 문제라고 믿어야 한다.[57]

레베카 웨스트는 사후 출간된 1984년 소설 『이 진정한 밤This Real Night』에서 풋내기 콘서트 피아니스트 로즈 오브리에 대하여 이렇게 썼다. 웨스트는 자기 여주인공이 클래식 레퍼토리를 연주하도록 썼지만 이 원리는 재즈 무대에서도 동일했다. 불행히도 나의 마음은 완벽의 가능성에 구속되어 있었다. 제아무리 많은 시간이나 헌신도 내가 거기에 도달하는 것을 도울 수 없다고 확신했고, 바로 그 생각이 음악을 혐오하게 만들었다.

내가 그 주제를 남성 음악가들에게 꺼낼 방법은 없어 보였다. 무대들 사이에 그 남자들 중 하나에게로 올라가서 그들의 작품에 대해서 나 혹은 어떻게 해야 더 나은 즉흥연주를 할지 물을 마음의 준비를 하려고 했지만, 절대 그럴 수 없었다. 나는 그들의 비결을 알아내려고 필사적이었고, 집에서 해설지를 성서처럼 탐독하면서 그들의 음반에 몇 시간씩 귀를 기울였다. 그러나 라이브 공연에서는 내 자의식이 너무 강했다. 자주 공연을 보러 갔기 때문에 그 음악가들이 혹시 나를 알아볼까 강박감을 가졌고, 만약 알아본다면 나를 데이트 상대를 찾는 그루피•로 생각할까 걱정했다. 데이트 기회가 있다면야 덥석 붙잡을 것이면서도, 그루피로 생각되는 것은 참을 수 없었다. 의사소통에서 섹스는 보이지도 않으면서 어디에나 존재하는 장애물이었다.

나는 학생 신문인 『오니 수와Honi Soit』에 재즈 공연 리뷰들을 제출했고, 내 이름이 인쇄된 것을 보면서 약간 들떴다. 혹시 무대 위에 설

---

• 가수를 열성적으로 추종하는 여성 팬에 대한 비하적 표현이다.

수 없다면 최소한 내가 들은 것에 대해서 쓸 수는 있다고 생각했다. 캠퍼스 라디오에서 새 친구 데이비드와 함께 잠시 재즈 프로그램을 공동 진행했다. 그는 법대생으로, 자신의 나머지 부분만큼이나 보수적인 재즈 취향은 「해리가 샐리를 만났을 때When Harry Met Sally」의 사운드트랙에 그쳤다.

라비니아 그린로는 2007년 자신의 회고록『소녀들에게 있어서 음악의 중요성The Importance of Music to Girls』에서 이렇게 썼다.

나는 음악이란 곧 사운드트랙인 사람들이 있는가 하면, 우리처럼 음악, 그러니까 음악 자체인 사람들이 있다는 것을 알고 있었다. 그러나 음악을 진지하게 받아들이는 사람들은 대부분 남자라는 것은 알아차리지 못했다.

라이브 재즈에 대한 나의 매혹은 연애 못지않게 온 마음을 다한 것이었다. 승화는 아첨의 가장 진정한 형식이었다. 내 나이의 다른 소녀들에게 섹스가 필요했던 것 못지않게, 나에게는 정기적인 라이브 공연들이 필요했다.

♬

나는 데이비드와 섹스하고 있지 않았다. 데이비드와의 섹스에는 흥미가 없었다. 우리는 젊은 사람들이 너무나 쉽게 친밀함으로 착각하는 일종의 속사포 농담을 즐겼다. 나에게 진정 흥미로운 남자들은 무대 위에만 존재했다. 그들은 그곳에 안전하게 머물렀고, 그곳으로부터 나는 우리가 함께하는 미래에 대해 자유롭게 공상할 수 있었다.

열아홉 살의 나이로 이미 데이비드는 여자라면 자기 마차에 본인과 같은 품종의 말을 매고 싶을 수밖에 없다고 자부할 정도의 경제적 특권과 테스토스테론을 갖췄다. 사립학교 교육, 신예 법률가, 백인 말이다. 데이비드와 그의 급우들은 상류층이 다니는 시드니 그래머스쿨에서부터 세인트 폴 칼리지의 기숙사 방들까지, 마치 물고기 무리처럼 단체로 이동했다. 아버지들처럼 법률가와 회계사가 되기로 결정한 그들은 관광 코스처럼 이정표가 잘 갖춰진 진로를 따라갔다.

밴조 패터슨이 법률을 공부하기 위해서 시드니 그래머스쿨을 떠나고 100년 후, 그의 동료 졸업생들은 비록 더이상 시는 안 쓸지언정 여전히 법률가는 지향했다. 어쩌면 시가 사라진 것은 성 선택 과정이 반영된 것이었을지 모른다. 일찍부터 자격을 얻는 수순을 밟아온 데이비드의 직업적 미래는 그에게는 틀림없이 선형으로 보였겠지만 뒤에 가서 보니 완벽한 원형으로 형성되어 있었다.

"경력! 지금 여자애들이 죄다 생각하는 건 그게 전부라니까. 좋은 아내와 어머니가 되고 가정을 돌보며 하느님이 뜻하신 바를 행하는 대신 말이지."『나의 눈부신 경력』에서 시빌라 멜빈의 할머니는 상소리를 써가며 격분한다. "걔들이 생각하는 거라고는 싸돌아다니면서 방탕하게 굴고 스스로의 육신과 영혼을 망치는 게 전부라니까."

내 자신의 육신과 영혼을 망쳤다면 좋았겠지만, 캠퍼스에서의 첫

두 해 동안은 선뜻 응해주는 사람이 없었다. 최소한 내가 관심을 둘 사람은 전무했다. 팔을 뻗으면 닿는 거리에 사람들을 두어야겠다는 생각은 오랫동안 떠오르지 않았다. 바로 피아니스트와 악기 사이 정도의 거리에 말이다.

결혼하거나 아이를 가지는 것은 상상조차 못하겠다고 설명하자 데이비드는 웃음을 터뜨렸다. "하지만 넌 결혼용 학위를 위해 공부하고 있잖아." 그는 가난뱅이 사촌 같은 나의 문학사 학위를 놀렸다. 데이비드는 법학 학위가 자신에게 직업적 감각은 아니라도 직업적 자격은 준다는 점을 알았기에 뭐랄까, 근본적인 수준에서 안도하고 있었다. 어쩌면 내가 정말 말하고 싶었던 것은 그와는 절대 결혼하지 않는다는 점이었을 것이다.

"어쨌거나 넌 끔찍한 어머니가 될 테니까." 데이비드는 말했다. 이 무심한 대사는 표면상의 의미보다 더 아프게 느껴졌다. 그래도 그가 착각하게 만들지 않은 것에는 자부심을 느꼈다.

독신으로 지낸다는 것은 나의 인생으로 무엇을 할지 보여줄 지도만 찾을 수 있다면 꽤 괜찮게 들렸다. 그러나 그 지도를 찾는 데 더 가까워졌다는 느낌은 전혀 없었다. 젊은 여성이 결혼을 염두에 두고 있건 말건, 20세기가 끝날 즈음 문학사라는 것은 피아노 교습의 현대적 등가물이 되었다.

# 부유하는 인생의
# 뱃머리를 돌리다

1921년 8월 25일에 **SS 베리마**호에 승선하기 위해 제출된 앨리스 메이 모리슨 테일러의 여권에서는 스물여섯 얼굴의 이목구비가 딱히 호의적이지는 않은 태도로 열거된다. **이마: 사각. 눈: 녹색이 섞인 갈색. 코: 작음. 입: 중간. 턱: 작음. 머리색: 검정. 얼굴빛: 미색. 얼굴형: 원형.** 마지막 항목 옆의 **특기 사항**에 그어진 짧은 선은 덧붙일 게 아무것도 없음을 의미한다. 내 할머니는 그 선을 어떻게 해석했을까? 자신에게는 특별한 점이 아무것도 없다고, 동그란 미색 얼굴은 세상 반대편으로 가는 배에 탄 다른 여자들과 구별되지 않는다고?

세월은 학생 시절 사진의 얼굴빛에서 뽀얀 느낌을 걷어냈다. 그녀는 어쩌면 그 선이 적절하다고 느꼈을 것이다. 그녀는 특기 사항을 혼자 간직하는 쪽을 선호했을 공산이 크다. 그 선은 악보 위에 표시된

쉼표만큼이나 도드라진 침묵이었다.

앨리스와 마찬가지로 여객선 **베리마**호는 글래스고 노동계급의 산물이었다. 해군이 덜 한가한 목적으로 징발하기 전인 1913년, 클라이드 남쪽 강변의 그리녹에 있는 케어드 & Co.의 노동자들이 이 여객선을 건조했다.[58] 이런 사정 탓에 배는 시드니까지 항해한 후 수리되고 무장되었다. 더 얄궂은 것은 **베리마**호가 코카투섬 조선소에서 개조되었다는 사실이다. 60년 후 내가 성장하게 될 헌터스힐 반도에서 500미터도 못 미치는 곳이다. 이제는 보조 순양함인 오스트레일리아 군함 **베리마**호는 1914년 8월 19일 시드니를 떠나 뉴기니아로 향해서 9월에 병력을 상륙시켰다. 시드니로 돌아온 **베리마**호의 역할은 다시 바뀌었다. 배는 병력 수송선이 되어 1914년 12월 중동으로 항해했다. 1920년 3월 24일, **베리마**호는 상업 운행을 재개했다.

앨리스는 런던에 도착했다. 도심에서 동쪽으로 템스강을 따라 몇 번 굽이굽이 가면 나오는 런던항의 로열 부두는 어쨌거나 런던이었다. 글래스고 출신의 소녀가 자기 세계의 음악적 수도에 도착한 것이다. 그리고 그곳에 발을 들이기가 무섭게 1만 3000마일 이상의 항해를 위해 **베리마**호의 트랩으로 승선하고 있었다.

그녀의 인생을 물리적으로 정리해서 싸는 데 시간이 많이 걸리지는 않았을 것이다. 집에는 다른 여자들이 자석의 쇳가루처럼 이끌리는 종류의 물건들을 쌓아둘 공간이 많지 않았다. 앨리스는 평상복과 외출복 들을 가졌고, 갖지 못한 옷은 만드는 법을 알았다. 아무튼 **베리마**호에는 승객당 엄격한 수하물 제한이 있었다. 앨리스의 허용 중

량의 대부분은 교회 음악 레퍼토리 악보집들로 채워졌을 가능성이 큰데, 그중 일부는 덤버턴 로드 370번가 응접실의 연기에 그을린 벽만큼이나 변색되었을 것이다.

어쩌면 부두에 앨리스의 여정의 시작을 축하하는 음악이 있었을 것이다. 대중 여행에 뒤따르는 타악기 소리가 들렸을 가능성은 더 높다. 아이들의 울부짖음, 여자들의 훌쩍거림, 장화들이 쿵쿵거리고 짐이 끌리는 소리 말이다. 출발이 가까워짐에 따라 그 웅장한 배의 노호도 간간이 끼어들었다. 그녀가 코번트가든에 발을 들이거나 왕립 음악원에서 연주회를 듣는 일은 절대 없을 것이다. 길드홀 학교나 왕립 음악원의 장학금도 없을 것이다. 젊은 귀족 숙녀의 호화판 해외여행을 수행하는 음악 개인 교사 자리 같은 것도 없을 것이다. 앨리스는 런던의 중상류층 가정이나 그들의 따분해하는 딸들이 제인 오스틴을 읽고 남편감을 기다리면서 젊은 날을 빈둥빈둥 보내는 시골 영지에서 가정교사가 되지 않았을 것이다. 만약 앨리스가 런던에서 공부하고 일할 기회를 가졌다면 만났을지 모르는 그 모든 음악적 영혼의 동류들에 대하여 생각해보았을지, 그리고 그 사실이 남동생들을 다시는 보지 못하리라는 생각보다 더 참기 힘들었을지 모르겠다.

부두에서 그녀를 배웅하는 사람은 아무도 없었다. 그런 사치스러운 행위를 위한 시간과 여행을 누가 감당할 수 있었겠는가? 그래도 아마 누군가 자신을 그리워할 사람이 배웅해주기를 바랐을 것이다. 지금껏 살아오며 알고 지내온 사람들에 대해 생각해보고, 왜 다른 여자들은 남편을 찾았는데 자신은 아직도 혼자인가 의아했을지도 모른다.

존 헨리 에드워즈라는 나쁜 선택 탓일 리만은 없었다. 앨리스는 지난 3년 동안 비슷한 이야기들을 충분히 들었고, 중혼은 불운한 일이지만 드물지는 않다는 것을 알게 되었다. 그녀는 자기에게 뭔가 문제가 있나 의심했을까? 음악에 대한 몰입이 남편에 대한 적절한 사랑이 있어야 할 공간을 모두 차지했던 것일까? 너무나 충격과 굴욕을 받은 탓에 어떤 남자의 말도 믿을 수 없게 된 것일까?

앨리스의 이민 결정에 대해 생각하면서 그녀가 왜 가드너 스트리트에서의 일자리를 포기했는지 이해하려고 애썼다. 그런 탐나는 자리를 그만둔 것은 앨리스의 인생에서 완전한 정보를 갖고 내린 것 중 가장 큰 결정이었을 것이다. 그녀가 느낀 것은 상실감이었을까 아니면 해방감이었을까?

그녀는 목적지에서 자신에게 제일 잘 어울릴 일을 찾도록 도울 연줄을 가진 사람을 아무도 몰랐다. 추천서를 몇 통 가져가긴 했지만, 그녀가 공부하고 일한 기관들을 모르는 사람들에게 무슨 의미가 있겠는가? **베리마호**가 7주의 항해에 올랐을 때, 앨리스가 자신이 음악적 네트워크를 구축하는 데 몇 년씩 걸릴 것이며, 자신을 돕고 추천하고 옳은 방향을 가리켜줄 수 있는 사람들로부터 멀리 떠나고 있다고 생각했을지 모르겠다. 선원과 결혼했지만 결국 바다에서 부유하며 남반구로 가게 된 것은 자신이라는 생각을 했을지도 모른다.

할머니가 음악가로서 자신의 실력을 제대로 평가하지 않았을 것이라는 의구심이 든다. 그녀는 고향 마을의 음악생활에서 자신이 기여한 바의 가치를 과소평가했을 공산이 크다. 보수를 받는 전문가였고,

잘 자리잡은 교회 두 곳의 성가대 지휘자였으며, 독창자로서 정기적으로 공연했음에도 불구하고 말이다. 그녀는 사기 결혼의 굴욕으로 고통받았지만 추문이 한창인 때와 그 이후에도 일을 계속했다.

그녀에게는 자신의 능력으로 성가대 지휘자로서 계속 생계를 꾸릴 수 있다는 믿음이 부족했다. 이 점이 결혼해서 재정적 미래를 확보하기를 바라는 가족의 말없는 기대와 합쳐져, 그녀를 글래스고에서 오스트레일리아로 몰아간 것이라고 믿는다.

♫

앨리스의 부모가 그녀를 저버린 것은 아니었다. 샬럿과 제임스 테일러는 딸이 신세계로 출발하는 중대한 기회에 참여했다. 하지만 배웅을 한 것은 아니었다. **베리마**호의 여행자 기록은 샬럿과 제임스가 딸과 마찬가지로 3등 객실에 승선했다는 것을 보여준다. 앨리스와 달리 그들은 왕복표를 가졌다. 승객 명단에서 제임스의 직업은 **보일러공**으로 기술된다. 이런 호칭은 일종의 승진으로 보이지만, 보일러공은 여전히 등골 빠지는 육체노동이었다. 이제 50대인 그는 고향을 떠나 몇 달을 보내기 위해 데니스 십야드를 무급으로 떠나 있었을 게 틀림없다.

제임스와 샬럿에게는 뉴캐슬에 있는 낸스와 그 가족을 방문한다는 핑계가 있었다. 하지만 그들이 앨리스와 동행하기로 결정한 것은 뒤늦게라도 그녀를 보호 및 감독하기 위해 노력하려 했던 것이라는 생각이 든다. 그들이 앨리스가 사라질 수 있다고 의심했는지는 확신할 수 없다. 시드니항에 도착해 인파 속으로 녹아들거나, 아니면 대서양의 냉혹한 깊은 물속으로 몸을 던져서 말이다.

## 13년 후,
## 피아노를 그만두다

    열아홉 살이 되니 피아노 연주 부문 음악사 시험이 나의 처녀성 못지않은 현안으로 대두되었다. 잘생긴 스물넷의 테니스 코치가 당시 나를 유혹했다. 그의 어조는 대단한 호의라도 베푸는 사람 같았다. 마치 나의 순결에 크리스 에버트 목제 라켓 커버처럼 지퍼라도 달려서 쉽게 열릴 것 같았다. 내가 그로 하여금 그렇게 하도록 했다고 말할 수 있으면 얼마나 좋겠는가. 하지만 나는 그의 발리를 받아넘기기에는 너무 긴장했다. 보바리 부인은 자신의 피아노 수업을 애인을 만날 수단으로 이용했지만, 나는 내 수업을 완전히 다른 종류의 것으로 승화했다.

    나는 성적 호기심을 피아노 교습으로 돌려서, 이름 모를 관료들이 학위증을 얻기에 적당하다고 여긴 작품들 중 선생님이 선정한 곡들에 대해 캐물었다. 맥팔레인 씨는 나의 기질과 테크닉에 적합한 것들을 알아보는 데 최고의 적임자였다. 음악사, 약어로 A-Mus는 연례 등급 시험과는 차원이 달랐다. 수료증을 받으려면 후보자는 인증된 수준의 음악 이론에 더해, 연주에서 모든 등급 시험을 만족스럽게 완료해야 했다. 내가 아마추어 음악의 최고 단계로 접근할수록 테크닉에 대한 기대 수준이 갑자기 올라가서 일종의 음악적 현기증을 일으켰다. 조각 같은 턱이나 잘 발달된 어깨는 나의 집중을 흐리게 할 뿐이었다.

쇼팽의 에튀드 12번, 일명 「혁명」은 오른손의 웅변적인 5화음과 왼손의 급속히 하강하는 16분음표들의 질주로 시작된다. 에튀드들이 다 그렇듯 이 곡은 특별히 피아니스트의 테크닉을 강화하도록 설계되었다. 이 부담스러운 작품이 「혁명」으로 알려진 데는 이유가 있다. 이 폴란드 작곡가는 젊은 장교들이 주도해 러시아 점령군에 맞선 1830년 11월 바르샤바 봉기의 실패를 알고 절망 속에 이 곡을 썼다. 쇼팽은 피아니스트에게 **알레그로 콘 푸오코**allegro con fuoco, 혹은 불꽃처럼 활기차게 연주하도록 지시하는데, 나는 이를 **웃으며 감내한다**는 고도의 양가적 지시로 이해했다.

「혁명」을 시작하는 것은 정신이 번쩍 드는 진실과 맞닥뜨리는 것이었다. 비록 음악이라는 언어를 배우며 10년 이상을 보냈어도, 어떤 작품들은 모국어 사용자의 유창함을 요구하기에 여전히 내 손이 닿지 않았다. 내 손가락들 아래에 있는 음들이 너무 많아서, 이 작품을 감정과 음악성을 가지고 연주하는 것이 과연 가능한지 상상하기 어려웠다. 활기차게나 불꽃처럼은 젖혀놓고라도 말이다. 이 점은 내가 그 곡을 6개월 후 시드니 오페라 하우스에서 열리는 대회에서 연주할 예정이라는 것을 고려하면 좀 문제였다.

나와 이 작품의 감정적 연결은 또하나의 도전이었다. 나는 세부 사항 주목, 테크닉 향상에 대한 집착, 자기 훈련이 결합된 먼 길을 걸어왔다. 내가 가진 능력에도 불구하고 기술과 감정 사이의 격차는 더 커졌다. 나는 집중학습하는 작품들에 열정적인 애착을 가진 척하려고 분투했다. 연례 등급 시험에서 브람스, 버르토크, 모차르트를 연주하는 것은 제3자가 기능적, 전문적 수준을 판단하는 자리에서 내 자신을 전시하는 행위였다. 매년 채점관들은 긴 작품들을 암기하는 나의 능력을 칭찬했고 '표현력' 점수를 포함시켰다.

그러나 내 귀에는 구슬프건 열정적이건 군국주의적이건, 감정의 생산에서 언제나 책략과 수련의 낌새가 들렸다. 나는 그런 감정의 소리를 생산하는 방법을 내가 그것을 느끼는지와는 별개로 알고 있었다. 이것은 음악에 대한 무심하고 냉소적인 접근으로 보였다. 나는 치열하게 사랑했어야 마땅하다고 느꼈다. 내가 스스로를 피아노 앞에서 사기꾼으로 간주한 것은 별로 놀랄 일이 아니었다. 반대로 가장 큰 친화성을 가진 작곡가인 바흐와 베토벤의 작품들을 연주할 때는 그 작품들의 구조와 화성에 대한 타고난 애정이 스스로를 너무 많이 표현하도록 이끌었기에 늘 스스로를 억제해야 했다.

「혁명」을 해석할 때 대부분의 사람들은 연주자의 왼손에 부여되는 기술적 요구들에 초점을 맞춘다. 이들은 16분음표 악구를 매끄러운 레가토로 연주하도록 요구함으로써 진정한 피아니스트와 그냥 난도질을 구별하도록 한다. 지나치게 많은 음표들과 충분하지 않은 시간이라는 도전 앞에서 나는 여전히 본능적으로 서둘렀다. 작품을 익히는 내내 마치 크리스마스 직전에 마지막 쇼핑을 미친 듯이 완수하기라도 하는 것처럼 말이다. 먹고 있건, 소설을 읽고 있건, 산책을 하고 있건 중요하지 않았다. 나는 늘 서두르고 있었다.

피아노 앞에서 먼저 서툴게나마 전체를 받아들이지 않으면 어떤 부분도 이해할 수 없었다. 피아노 의자 너머의 현실세계에서는 먼저 한 음절의 함의를 주의 깊게 숙고하지 않고는 우우 소리조차 내지 않았다. 그러나 피아노 앞에서 나는 무신경하고 부주의했다. 단지 작품 전체를 양손으로 형편없이 완주하기 위해 섬세하고 복잡한 선율, 화음, 리듬을 함부로 다뤘다. 연습 동안 나의 게으른 약지와 새끼손가락은 더 강력한 자매들에게 업혀 가는 일이 너무나도 빈번하게 일어났다. 놓친 음들과 틀린 음들은 필연적 결과였다.

"이건 너무 어려워요." 나는 결국 맥팔레인 씨에게 불평했다. 함께 한 7년의 세월 중 그와 같이 공부하는 작품에 대한 느낌을 고백한 드문 경우들 중 하나였다. 친밀함이란 사람들이 있는 데서 선보이려면 아직 연습이 필요한 종류의 음악이었다. 아니, 사실은 어디서든 그랬다.

"아니, 그렇지 않아." 그가 말했다.

모든 교사가 자신이 「혁명」을 처음 접한 때를 기억하는 것은 아닌 게 분명했다. 그는 내 뒤쪽에 힘든 처지에 빠진 자애로운 독재자 같은 모양새로 앉아 있었다. 그는 보풀로 덮인 회색 양탄자 위에 놓인 크롬

도금 의자에 앉아 있었다. 맥팔레인 씨 본인과 마찬가지로, 교체된 이 새 의자는 부서지기 직전의 나무 의자보다 더 넉넉했다. 몇 달 전 그는 하얀 반소매 폴리에스테르 셔츠를 넣어 입는 것을 그만둔 바 있었다.

"하게 될 거야." 그는 말하곤 했다. "그저 하루에 한 가지씩만 하도록 해." 그러나 그의 상투적인 격려는 지긋지긋했다. 부모님께 불평하는 편이 나았을 지도 모른다. 어떤 좌절이나 곤경을 표현해도 그들의 한결같은 반응은 정말 짜증나게도 "해결될 거야"였다. 대개는 그들이 옳았음에도 불구하고, 나는 누구에게라도 도움을 청하는 것은 헛수고라는 결론을 오래전에 내렸다.

나는 「혁명」의 긴 16분음표 악구들의 연주에서 유동성과 균등성을 얻기 위해, 반항하는 왼손 손가락들을 달래서 날마다 연습을 계속했다. 오스카 와일드는 이런 경구를 남겼다.

감정을 담아 연주하는 타이프라이터는 자매나 가까운 친척이 연주하는 피아노보다 딱히 더 짜증나지 않는다.

돌이켜보면 나의 반복적인 건반 연습은 남동생이 청소년 시절에 겪은 골칫거리들 중 하나였을 게 틀림없다. 하지만 왼손 부분의 어려움을 극복하자마자, 16분음표들의 밀집한 나무들이 그보다도 더 큰 도전의 숲을 희미하게 하고 있음을 깨달았다. 바로 감동적인 주선율을 선포하는 오른손의 화음군들이었다.

특유의 극적인 솜씨로, 쇼팽은 오른손을 가지고 한 옥타브 이상 펼쳐지는 세 음에서 다섯 음까지의 화음을 한꺼번에 연주함으로써 선율을 또렷이 드러냈다. 이것이 의미하는 바는 나의 오른손 엄지와 새끼손가락이 두 음, 사실은 여덟 음 떨어진 같은 음을 사용해서 선율을 연주하는 사이, 검지, 중지, 약지가 복잡한 화음이든 뭐가 됐든 나머지 음들을 연주한다는 것이다. 이 작품이 제대로 연주되면 피아니스트의 오른손이 순조롭게 들려주는 다성 합창으로부터 종소리처럼 명료한 효과가 발생한다.

그러나 이런 효과를 달성하는 것은 말처럼 쉽지 않다. 이 선율적인 화음 악절은 하나의 손이 이중적으로 기능하도록 요구한다. 나의 '바깥쪽' 손가락들이 선율을 구성하는 음들을 정확하게 때리는 데 사용되는 사이, 나의 검지, 중지, 약지는 마치 여자가 진창 위에서 드레스 단을 들어올린 것처럼 건반 위에서 들고 있거나, 아니면 그 드레스를 이번에는 캉캉 무용수가 입은 것처럼 위아래로 뻗으며 표기된 음들을 누벼야 했다. 이 모든 것이 제일 여린 피아노부터 제일 강한 포르테까지 정확한 속도와 강도로, 혹은 이 작품의 경우에는 **스포르찬도** sforzando●로 연주된다.

가장 큰 문제에는 해결책이 없었다. 내 오른손은 그 임무를 수행하기에는 너무 작았다. 내 낡은 바흐의 「2성 인벤션」 악보집에는 첫번째 선생님이 아직 한 옥타브까지 뻗을 수 없는 일곱 살짜리의 손을 위해 수정한 표기가 군데군데 있다. 표지에서 바흐는 우스꽝스러운 가발

● 악보에서, 특히 그 음을 세게 연주하라는 말.

밑의 우둥퉁한 얼굴로 나를 노려보고 있었다. 나는 바흐가 자신의 연습곡들을 훈련되지 않은 내 손가락들에 맞춰 현대의 건반에서 벌릴수 있도록 고쳐 쓰는 것을 못마땅하게 여기는 게 아닐까 가끔 의심했다. 이제는 내 손가락들이 극도로 훈련되긴 했지만, 「혁명」은 내 오른손이 한 옥타브 전체에 걸친 네다섯 음들을 동시에 연주하도록 요구했다. 이것은 마치 게의 집게발 같은 기민함과 한 뼘이 열 음에 닿을것을 요구했다. 어떤 의미로 보나, 그것은 확장이었다.

♫

대회 약 석 달 전, 일일 연습 시간 중 내 오른쪽 팔뚝에 순간적 긴장이 오가기 시작했다. 보통은 빠른 음들을 많이 연주할 때 나타났고, 가끔은 「혁명」에서 옥타브들을 질주하는 동안 그랬다. 그 느낌은 근육통에 제일 가까웠는데, 마치 테니스장에서 연습 서브를 너무 많이 날리기라도 한 것 같았다. 그러나 이 일을 대단하게 생각하지는 않았다. 왜냐하면 긴장은 언제나 필요하기 때문이었다. 쇼팽을 권위를 갖고 해석한다는 것이나 내 책상 위에 음악사 수료증을 걸어둔다는 것은 매주 여러 시간 훈련해야 함을 의미했다. 진지한 피아노 교습생이 된다는 것은 손 근육들의 무수한 반복 동작, 다시 말해 그것들로 가장 부자연스러운 움직임들을 수행하는 것이 전부였다.

어느 정도의 육체적 불편은 집중 연습의 불가피한 부산물이라는 생각으로 자연스럽게 흘러갔다. 만약 이 긴장이 연주를 멈추자마자 사라진다면 내가 열심히 하고 있다는 의미였다. 이것은 확실히 좋은 일이었다. 내가 성장한 집에서 근면은 청결과 맞먹을 정도로 중시되었다. 그 많은 세월 수련을 해온 후라, 내 테크닉에 결함이 있을 수 있다는 생각은 절대 떠오르지 않았다. 그런 잘못은 알아차릴 수 있다고 여겼고, 맥팔레인 씨가 보면 고쳐줄 거라고 믿었다. 오른 팔뚝이 연이은 옥타브 연습으로 피곤해진 것이며, 그것을 받아들이고 참아야 한다고 생각했다. 그것을 언급할 필요는 없었다. 말한 들 선생님이 동정을 표하는 것 말고 뭘 할 수 있겠는가?

내가 느끼기 시작한 고통을 과장하는 게 아닌가 하는 의심도 들었다. 당시 아이스테드바드까지 한 달을 앞두고 이 작품을 공개재판에 부친다는 의미로, 아버지의 로터리 클럽에서 「혁명」을 연주했다. 예술적으로 볼 때 내 연주에 혁명적 영혼은 코카콜라 한 캔 정도였지만 기술적 문제는 없이 진행되었다. 어쩌면 내 팔의 뻣뻣함은 전부 머릿속에 있는 것일지도 몰랐다.

♬

쇼팽 대회가 30분 정도 후에 시작될 예정이었다. 나는 마치 매일 그곳으로 여행이라도 가듯 서큘러 키로 가는 506번 버스에 뛰어올랐다. 도착하니 스스로를 신경이 곤두선 난파선으로 만들기에 충분한 시간이 남아 있었다. 오페라 하우스 쪽으로 느릿느릿 걸음을 옮기고 있자니 텅 빈 방광이 가득찼다고 아우성쳤다. 어쩌면 대회 등록 후

공연 시간이 될 때까지 화장실에 숨어 있으면 될지 몰랐다. 내 왼쪽에서는 초록빛과 황금빛 연락선들이 수상 정박지에서 끄덕거리며 용기를 북돋워주었다. 검은 바지는 꽉 끼는 느낌이었고 무대 조명 아래에서 팬티 자국이 보일까 조마조마했다.

대회를 앞두고 며칠 사이 팔뚝의 긴장이 점점 더 심각해졌다. 그런 감각이 저절로 사라지기를 바랐지만 쇼팽 연습만 하면 몇 분 안에 긴장이 오른 팔뚝을 사로잡기 시작했다. 매일 아침 이를 닦으며 가끔씩 칫솔 손잡이를 잡은 오른손이 똑같은 동작을 하는 것을 지켜보곤 했다. 어째서 이런 반복적 행동을 하면서도 근육에 불이익이 초래되지 않을 수 있는 걸까? 피아노 앞에서 오른 손목이 따갑고 뻣뻣하게 느껴지기 시작했다. 팔꿈치부터 손목까지 팔이 마치 피아노라는 영구동토층에서 얼어붙기라도 하는 느낌이었다. 내 팔은 번개같이 움직이는 손가락들이라는 표면의 이면에서 서서히 움직이는 위협적인 힘의 일각 같았다.

나는 이 문제를 아무에게도 언급하지 않았다. 피아니스트로서의 육체적 한계에 대한 수치심은 침묵을 유지하기로 한 결정의 큰 부분이었지만, 나의 모호하고 일시적인 증상들을 묘사할 단어가 없기 때문이기도 했다. 내가 아는 한 이런 증상들에는 이름이 없었고, 맥팔레인 씨는 내 연주에서 어떤 변화도 감지하지 못했다. 대회에서 기권해야겠다는 생각도 떠오르지 않았다. 일단 시작한 것은 소설이건 저녁식사 접시 위 음식이건 끝내는 것이 오랫동안 몸에 밴 습관이었다. 나는 동년배들 중 최고와 경쟁하는 데 동의했고, 계획된 대로 등장할 것이었다.

"소근육들의 운동선수." 미국 피아니스트 레온 플라이셔는 손가락과 손에 비범한 곡예를 요구하는 직업 음악가들을 이렇게 부른다. 플라이셔는 여덟 살의 나이로 처음 콘서트 무대에서 공연한 영재 아동이었다. 거의 20년 동안 공연한 후, 다가오는 순회공연을 위해 차이코프스키 콘체르토 1번의 옥타브 악구들을 연습하고 있는데 플레이셔의 오른손 약지와 새끼손가락이 구부러지기 시작했다.

손이 감당할 만한 잔인한 대우에는 한계가 있어서 어느 정도 이상이 되면 맞서 싸우기 시작한다.

그는 2010년 자신의 자서전 『나의 아홉 목숨My Nine Lives』에서 이렇게 썼다. 1963년, 조언해줄 사람이 아무도 없었던 플라이셔는 더 열심히 연습함으로써 문제를 해결하기로 결심했다. 그러나 그의 오른손은 감각이 없는 것처럼 느껴졌고 손가락들은 경련하기 시작했다. 1년이 지나지 않아 콘서트 피아니스트로서 그의 경력은 끝났다.

♫

1500석 규모의 오페라 극장 안에 아마도 경쟁자들의 친구들과 가족들 40명가량이 첫 줄이나 오케스트라 박스 뒤 계단석에 띄엄띄엄 앉아 있었을 것이다. 우리 중 열두 명만이 대회에서 「혁명」을 연주했는데, 그중 열한 명이 무표정한 얼굴로 시드니 음악원 부설 고등학교 교복을 입고 있었다. 나의 고독은 우연이 아니었다. 내가 재능 있다고 생각하던 사람들의 눈에서 실망감을 엿보는 것을 방지하기 위한 전략이었음을 깨달았다. 자주 반주를 했음에도 불구하고, 나는 고등학교 시절을 보내며 부지불식중에 피아노 연주를 혼자 있는 것과 연관 짓게 되었다. 그것은 안전하고, 통제되고, 고립된 환경이었다. 마치 유리 덮개처럼 말이다.

첫번째 경쟁자가 무대 위로 걸어나갔다. 그는 너무 작아서 강풍이라도 몰아치면 옆으로 나가떨어질 것 같았지만 자신감 있게 성큼성큼 피아노로 다가갔다. 저렇게 하는 것을 음악원 부설 고등학교가 가르쳤는지 아니면 타고난 것인지 궁금했다. 그는 자리에 앉더니 의자 높이를 조정하는 데 꽤 길게 느껴지는 시간을 소모했는데, 내가 본 모든 콘서트 피아니스트들이 하던 꼭 그대로였다. 그가 단 한 음을 치기 전부터 나는 완전히 겁을 먹었다.

그는 「혁명」을 불꽃은 물론, 기관총 같은 정확함을 갖고 실행했다. 나는 아직 연주조차 못했는데 모든 것이 끝난 듯했다. 그의 흠 없는 해석에 귀를 기울이면서 스스로가 사기꾼처럼 느껴졌다. 내 경쟁자들은 클래식 음악을 이토록 헌신적으로 공부하기로 선택했기에, 음악원의 주요 인재 보급 경로인 음악원 부설 고등학교의 자리를 두고 경쟁해서 승리했다. 이 10대들은 각각 어떤 결정적인 순간에 클래식 피아노 연주만을 추구하기로 결심했고, 음악원 교단에 입교함으로써 나에게는 거의 종교적 서약으로 느껴지는 것을 받아들였다. 클래식 레퍼토리에 대한 그들의 헌신을 나는 다른 모든 창조적 가능성들을 버린다는 발상으로 간주했다. 그런 생각은 죽음처럼 느껴졌다. 내가 상급 아마추어들의 단계로 나아가려면 경쟁자들과 동일하게 높은 수준의 테크닉을 가져야 했다.

그러나 훌륭한 연주자부터 탁월한 연주자까지 일련의 쇼팽 해석자들의 연주를 듣고 있자니, 그들의 우월한 재능은 단순히 나보다 더 뛰어난 재주, 혹은 연습에 바쳐진 더 많은 시간의 문제가 아니라는 것을 깨달았다. 그들은 자신의 레퍼토리를 열정적으로 사랑했다. 반면 나에게 쇼팽은 조지 거슈윈과 듀크 엘링턴처럼 더 즐겨 듣는 작곡가들의 음악을 독학하는 막간에 연습하는 것이었다. 나에게는 대중 앞에서 「혁명」을 연주하는 것이 독점적인 사랑의 표현이라기보다는 지적 도전이었다. 그냥 노력한다고 선을 넘게 되지는 않을 것이었다.

마침내 내 차례가 왔다. 나는 오페라 극장의 무대 위로 걸어가서 빛나는 스타인웨이 피아노 앞에 앉았다. 목덜미에는 무대 조명의 예리한 열기가, 배에는 차갑고 묵직한 느낌이 전해져왔다. 피아노의 매끄러운 검은 표면에 내 모습이 비치는 게 보였다. 익숙하면서도 새로운 묘한 감각에 눈이 부셨다. 연주를 시작하기 전의 그 긴 순간은 나를 여기까지 데려온 몇 시간, 몇 달, 몇 년간의 연습의 정점이었다. 가끔은 즐겁게, 때로는 괴롭게 한 이 일이 나로 하여금 오늘 여기서 경쟁할 수 있게 만들었다. 어쩌면 경쟁자들과는 수준이 다를지 모르지만, 나는 「혁명」을 안팎으로, 그리고 충분할 만큼 이해하고 있었다. 내 목표는 이 곡을 내내 실수 없이, 마치 내가 이 작품과 결부시키게 된 고통이 환각이기라도 했던 것처럼 연주하는 것이었다.

『피아노 교사』에서 에리카 코후트는 학생들에게 "해석에 관하여 끊임없이 이야기하려고" 시도하지만, "학생들이 유일하게 바라는 것은 작품을 끝까지 정확하게 연주하는 것이었다." 나와 마찬가지로 그들은 "시험에서 연주할 때 땀에 젖은, 공포로 가득한 손가락들이……잘못된 건반들로 미끄러질까 두려워한다." 나는 감정 표현보다는 테크닉에 초점을 맞추면서 가장 나쁜 종류의 피아노 교습생이 되었다.

주름 잡힌 가죽 의자를 편안한 높이로 조정한 후, 나는 시작했다. 그 강렬한 선율의 선언적인 옥타브들을 치기가 무섭게 친숙하고 고통스러운 경직이 찾아왔다. 개인 연습 중 경험한 그 어느 때보다 일렀다. 팔뚝은 무거운 짐을 들어올리려고 애쓰는 것 같은 느낌인 한편, 손가락들은 자신들을 저지하는 것을 무시하려고 애썼다. 나는 연주를 이어갔다. 팔에 서서히 얼음이 덮여 처음으로 오른손 약지와 새끼손가락이 얼어붙기 시작했음에도 불구하고 계속하도록 했다.

분별 있는 피아니스트라면 이처럼 서서히 진행되는 경직을 참사가 임박했다는 신호로 받아들였을 것이다. 머릿속의 악보에서 나는 7페이지 중 겨우 3페이지에 있었지만, 뭔가 끔찍하게 잘못되고 있다는 사실을 그 자리에 있는 모든 사람들이 명백히 느꼈다. 이 심각한 경직은 전에는 한번도 놓친 적 없는 음들을 망치게 했고, 피아니스트의 테크닉 향상을 돕기 위한 쇼팽 에튀드는 오히려 내 테크닉의 퇴보를 앞당겼다.

그 선율이 두번째로 이어지는 단락에서 양손이 나란한 움직임으로 건반을 달려 내려오다가 오른손이 기능을 멈췄다. 이제는 경직된 손목으로부터 마구 뒤엉킨 손가락들은 더이상 서로 독립적으로 움직이는 것이 불가능했다. 팔뚝 역시 마비됐다. 그러나 나의 쓸모없는 갈고리는 움직임을 멈추지 않았다. 이내 미끄러지면서 팔뚝도 딸려가더니, 불협화음들을 쏟아내며 고음부 건반을 요란하게 누볐다.

절뚝거리면서도 나는 어떻게든 마지막 마디들까지 갔다. 어떤 의미로는 이미 끝장난 것이라도, 여전히 끝내야 했다.

오페라 극장의 침묵은 차갑고 완벽했다. 이 낯선 사람들로부터 위로를 기대하지는 않았지만 스포트라이트는 꺼지기를 바랐다. 내가 뿜어내는 굴욕감이 너무 강렬해서 주근깨들이 불타고 있는 것처럼 느껴졌다. 무대 조명의 부연 연무 너머를 흘낏 보니, 음악원 학생들의 어두운 윤곽들이 같이 웅크리고는 팔꿈치를 아코디언이라도 켜듯 움직이며 서로를 쿡쿡 찌르는 것이 보였다. 그들에게는 최소한 크게 웃음을 터트리지 않을 정도의 예절은 있었다. 그들의 침묵이 폭발하기 전에 거기서 나가야 했다.

굴욕의 작별 인사로 고개를 숙이며 눈을 감았다. 관객 중 동정적인 몇 명이 내가 끝낸 것을 축하하며 박수를 쳤다. 나머지는 반응을 보이기에는 너무 충격을 받은 듯했다.

20년 후 플라이셔의 이야기를 신경학자 올리버 색스의 『뮤지코필리아Musicophilia』에서 처음으로 읽고 나서야 내 경험을 제대로 인지하고 이름을 배웠다. 흔히 음악가의 경련 혹은 작가의 경련이라고 부르는 국소성 이긴장증이었다. 어떤 신경학자들은 이 부분적 마비가 과도한 연습의 결과라고 믿는다. 그런 연습 동안 뇌가 손가락들의 심적 표상을 왜곡하여 서로 겹치게 만들어서 독립적으로 통제할 수 없게 되는 것이다. 국소성 이긴장증이 음악가들에게 미치는 영향은 대중없다. 호른 연주자의 입술을 강타하기도 하지만 가장 흔한 것은 피아니스트, 바이올리니스트, 기타리스트다.

주동근과 대항근 사이의 상호 균형, 이완과 수축의 협력이 유지되는 대신 근육들이 다 함께 수축된다. 손가락들이 동일한 동작을 하는 것이 무수히 반복된 후, 뇌가 한 손가락의 작동을 같은 손의 다른 손가락의 작동과 더이상 구별할 수 없는 지점에 도달하는 것이다. 손가락 두 개로 이웃한 두 건반을 빠른 속도로 조작하는 꾸밈음 혹은 연이은 옥타브들을 연주하는 데 요구되는 오른손의 지레질 같은 정확한 움직임을 생각해보자. 이런 기민한 재주들을 처리하는 뇌의 능력에 감탄하게 되고 연주 중인 손가락 하나를 다른 손가락과 구별하는 데 가끔 실패하는 것도 공감할 수 있다.

연구에 의하면 뇌에서 촉각을 책임지는 영역인 체감각피질의 일부가 극도로 인접한 신호들을 반복적으로 인지하다보면, 그 신호들을 동시적인 것으로 인지해서 흐릿하게 만들 수 있다.[59] 플라이셔는 특정한 과업을 수행하며 생긴 마비가 과도한 연습보다는 부적절한 연습 테크닉 탓이라고 믿는다. 어쨌든 간에, 이 심신을 악화시키는 경련은 근육적 원인보다는 신경적 원인 탓이 크다. 진짜 문제는 내 오른 팔뚝의 근육에 있지 않았다. 뇌에 있었다.

쇼팽이 「혁명」을 작곡한 해인 1831년, 슈만은 오른손 중지의 경련을 겪기 시작했다. 스물한 살에 그는 유럽에서 가장 전도유망한 기교파 피아니스트로 여겨졌다. 슈만은 이 불가해한 국면이 자신의 연주 경력에 미칠 의미에 겁을 먹었고, 자포자기해서는 손가락을 늘리는 도구에 의지했다. 불행히도 '새bird' 발톱 손가락의 운동 제어 상실은 더 심해졌고, 2년이 되지 않아 그는 연주를 저버렸다. 오늘날 슈만은 낭만주의 시대의 가장 뛰어난 작곡가들 중 하나로 가장 잘 알려져 있다. 그의 「토카타Toccata」는 기교파 피아노 레퍼토리 중 오른손 중지를 사용하지 않는 유일한 작품이다. 클라라 슈만은 남편의 피아노 작품들의 최초이자 가장 중요한 해석자가 되었다.

슈만은 국소성 이긴장증의 널리 알려진 최초의 사례다. 그의 경우 이것은 연주 중 오른손 중지가 특정 과업 시 운동 제어를 상실하는 것으로 나타났다. 현대 신경학자들에 의하면, 이긴장증은 직업 음악 가들의 약 1퍼센트에게 영향을 미친다. 슈만은 이 장애의 주요 위험 요인 몇 가지를 보여주고 있었다. 즉 그는 완벽주의자였고, 남성이었으며, 쉽게 불안에 빠지는 사람이자 뇌의 운동 기능에 극도의 부담을 주는 음악을 장시간 연주하던 사람이었다.[60] 여기서 나에게 해당되지 않는 유일한 위험 요소는 남성이라는 점이었다.

플라이서는 말을 안 듣는 오른손을 고치기 위해 동종요법에서 최면까지 모든 것을 시도했다. 어떤 의사들은 그가 신경근병증을 가졌다며 척수 수술을 권하기도 했지만, 많은 사람들이 문제를 심리적인 것으로 의심했다. 이긴장증에도 불구하고, 피아노에 대한 플라이서의 헌신은 그를 왼손만으로 연주하는 레퍼토리의 세계에서 으뜸가는 연주자가 되도록 이끌었다.

철학자 루트비히 비트겐슈타인의 형인 파울은 부유한 집안 출신의 전도유망한 피아니스트였는데 제1차세계대전 중 오른팔을 잃었다. 전쟁 후 그는 모리스 라벨, 파울 힌데미트, 세르게이 프로코피예프 등의 작곡가들에게 왼손을 위한 협주곡을 의뢰했다. 라벨의 이 작품은 플라이셔의 한 손 연주회의 간판 독주곡이 되었다. 그러나 플라이셔는 다시 양손으로 연주할 희망을 절대 잃지 않았다.

1980년대 후반에 연구자들은 소량의 보톡스 주사가 근육 수축을 일으키는 신경 신호들을 차단할 수 있다는 사실을 발견했고, 몇몇 음악가들의 경우에는 그들의 근육이 연주를 재개하도록 허용하는 수준까지 이완되도록 도울 수 있었다. 이 효과는 일시적인데, 눈가의 잔주름을 일으키는 안면 근육들을 이완시키기 위해 보톡스 주사를 맞는 사람들과 마찬가지다. 플라이셔는 운이 좋은 사람들 중 하나였다. 그는 오른 팔뚝에 주사를 맞은 후 1996년 클리블랜드 오케스트라와 함께한 콘서트에서 양손으로 연주했다. 그의 마지막 양손 공연으로부터 30년이 지난 시점이었다. 보톡스는 플라이셔가 나이 드는 것을 막지는 못했지만 그의 시계를 되돌리는 데는 도움이 되었다.

♪

쇼팽 대회 후 시드니 오페라하우스를 떠나는데 부인할 수 없는 안도감이 굴욕을 사라지게 만들었다. 이 경험은 내가 오스트레일리아 음악사 수료증을 위해서 그렇게나 열심히 공부한 작품들을 좋아하지 않는다는 사실을 자인할 수밖에 없게 만들었다. 내가 재즈 스탠더드들을 연주하고 아무리 형편없더라도 즉흥연주를 시도하는 쪽을 훨씬 좋아한다는 사실을 말이다. 그러니 내가 달성할 수 없으며, 더 중요하게는 원하지 않는다고 깨달은 수준의 기술적 완벽성을 계속 추구할 필요가 없었다.

나는 자라서 클래식 피아니스트가 되지 않을 것이었다. 그런 삶에 대한 열정적 헌신이 부족한 것은 물론, 그것을 달성하기 위한 능력에서도 육체적 한계가 존재했다. 또한 클래식 피아노 영재라는 관점에서 본다면 나는 이미 퇴물이었다.

나의 오른손은 내가 한 과도한 요구들에 맞서 반란을 일으켰다. 플라이셔와 달리 나는 이것과 싸울 준비가 되어 있지 않았다. 국소성 이긴장증이 일종의 육체적 반란이라는 것을 배우기까지 20년이 걸렸지만, 그 발견은 완벽하게 사리에 맞았다. 10대 때는 몸이 나에게 이야기하는 것을 마음 깊은 곳에서는 공감하면서도 무시하려고 대단히 열심히 노력했었다. 내 인생에서 따르기를 즉시 거부한 강력한 힘은 그것이 유일했다.

아마 다른 학생들이라면 이 시점에서 피아노를 완전히 단념했을 것이다. 그러나 연주 수료증을 획득한다는 목표는 남아 있었다. 남은 시간은 한 달에서 석 달 정도에 불과했고, 나는 일단 정한 목표를 버릴 수 없는 천성이라고 스스로를 설득했다. 그래서 맥팔레인 씨와 매주 하는 수업으로 돌아갔고, 집에서 연습을 계속했다. 이제 쇼팽을 브람스 프렐류드로 바꾸자 이긴장증은 사라졌다. 나는 의무적으로

1989년 11월 25일 오스트레일리아 음악사 학위 시험을 통과했다.

"작품의 암기는 칭찬받을 만하다. 연주 감각은 있지만 '찌푸림'으로 연주에 만족하지 못하고 있다는 것을 관객이 알지 못하도록 주의할 것." 심사위원 둘 중 하나가 손으로 쓴 심사평이었다.

♫

최근 친구 켈시와 고등학교 시절 우리의 음악적 모험에 대한 대화를 나누었다. 그녀는 내가 연락을 계속하는 유일한 학교 친구인데, 우리가 미국에 거주하는 오스트레일리아인들이기 때문만은 아니다. 우리는 10대 때 그녀가 학교 콘서트에서 내 반주에 맞춰 노래할 작품들을, 슈베르트 아리아부터 존 레넌과 폴 매카트니까지 연습하며 많은 시간을 함께 보냈다.

"네가 위노나에 처음 와서 연주하던 걸 들은 기억이 나." 그녀는 회고했다. "교장이 너 보고 학교를 위해 연주하라고 부탁했잖아. 그런데 놀라운 소리가 났다고, 난 생각했어. **얜 도대체 누구야?**"

기억이 선택적이라는 사실은 재미있다. 나는 그 연주에 대한 기억이 없었다.

"하지만 말해줘야겠는데. 넌 연주할 때 절대 행복해 보이지 않았어." 켈시가 말했다.

『이 진정한 밤』에서, 로즈 오브리는 새로운 피아노 교사가 기초 학습으로 돌아가기를 고집하자 절망한다. 절망 속에서, 로즈는 이 악기를 완전히 저버린다는 유혹적인 가능성을 고려한다.

왜냐하면 내가 흐느낀 게 부분적으로만 비통한 탓이기 때문이었다. 내가 개와 오리를 데리고는 축복받은 망자만큼이나 행복하게 강가를 산책하는 환상이 보였다. 내 마음은 내가 지켜보는 템스강만큼이나 밝고, 얽매임 없고, 여유롭게 흘러갔다. 천직에 대한 감당할 수 있는 것보다 무한히 큰 부담을 던져버렸기 때문이었다. 어떻게든 입에 풀칠은 할 수 있을 것이다.

나는 콘서트 피아니스트가 될 계획이 절대 없었고 피아노가 내 천직이라는 것에 의심할 수 없는 확신을 느낀 적도 절대 없었다. 그럼에도 불구하고 레베카 웨스트가 묘사한 부담을 던져버리니 해방감이 느껴졌다. 그러나 맥팔레인 씨와의 교습을 중단하고 스케일과 아르페지오, 모차르트 「K280」, 바흐 「프렐류드와 푸가 F단조」, 브람스 「랩소디」, 프로코피예프 「가보트」의 연습을 그만두기 전까지는, 내가 스스로에게 지운 피아노 독주라는 짐이 얼마나 무겁고 부당한지 느끼지 못했다.

거의 13년이 지나서야 나의 외바퀴 자전거 줄타기가 끝났다. 이제 오브리와 마찬가지로 나는 입에 풀칠할 방법을 생각해야 했다. 나는 인문학 학위를 목표로 공부하고 있었다. 여전히 부모님 집에서 살고 있었다. 그리고 20대의 문턱에 들어섰음에도 여전히 처녀였다.

# 긴 항해 끝에
# 발을 땅에 딛다

**베리마**호가 남대서양을 헤쳐나가는 동안, 앨리스는 저녁식사 후 아래로는 헤아릴 수 없는 물, 위로는 별 말고는 아무것도 없는 갑판을 혼자 거닐기를 즐기게 되었다. 그녀는 갑판에서 팔짱을 끼고 나란히 서서 뱃머리 쪽을 점령한 커플들을 피하는 한편 바람이 어느 쪽으로 불건 매연이 가장 덜한 배의 중간쯤을 선호했다. 그녀는 숨을 깊이 들이마시면서 바람이 파도를 채찍질해 빳빳한 물마루가 만들어지는 것을 지켜보기를 즐겼다. 밝게 빛나는 공허를 응시하는 것이 뜻밖에 위로가 된다는 것을 발견했다. 물이 배에 부딪혀 획하고 철썩대는 것은 문자 그대로 나아감이기에, 비록 개인적으로는 거의 나아가지 못하고 있다는 느낌에도 불구하고 안심시켜주는 소리였다.

그날 아침식사 중 발표된 바에 의하면 케이프타운항까지 며칠밖에 남지 않았다. 이 사실을 승무원들이 어떻게 아는지 그녀로서는 알 길이 없었다. 어쨌거나, 모든 승객이 희망봉을 도는 게 항해의 반환점을 뜻한다는 것을 강렬하게 의식하고 있었다.

오랜 세월 앨리스는 자신이 늘 관찰되고 판단된다고 느꼈다. 가족들이나, 음악 교사들이나, 이웃들이나, 성가대에 의해서 말이다. 여기에서조차 그랬다. 이 외딴곳으로부터 바라보고 있을 때도 둘러싸인 느낌이 드는 것에 앨리스는 놀랐다. 비록 둘러싸고 있는 것은 바다이지만 말이다. 결정적 차이는 혼자 서서 밖을 응시할 때의 관찰은 일방적으로 흘러간다는 데 있다는 것을 앨리스는 깨달았다. 별들은 그녀를 지켜보지 않았다. 그녀가 빠지기를 기다리고 있는 바다도 마찬가지였다. 바다와 하늘의 어마어마한 침묵 앞에서 완전히 익명이라는 느낌은 도취적이었다.

그 키 큰 남자가 그녀가 알아차리기 전까지 얼마나 오랫동안 보고 있었는지 앨리스는 알 도리가 없었다. 그는 매우 말랐고, 좁으면서 아마도 약간 구부정한 어깨를 가졌는데, 갑판을 따라 몰아친 강한 바람에 웅크리느라 생긴 착각일 공산도 컸다. 그는 마치 급하게 조립된 기계라도 되는 것처럼 얼굴에서 뼈가 붉어져 있었다. 그는 헤링본 무늬의 트위드 소재 플랫캡을 썼고 금속 테의 안경 너머로 끈기 있게 그녀를 주목했다. 비록 만난 적이 없음에도 불구하고, 마치 앨리스가 정확히 어떤 사람인지 아는 사람이 볼 법한 방식이었다.

그는 그녀가 몇 년 동안 보지 못했음에도 꿈에 출몰하는 남자를 즉시 떠올리게 만들었다. 아무리 노력해도 스스로를 닦달해 그만 생각하게 만들 수 없었다.

앨리스는 다시 바다 쪽으로 돌아서기 전 마른 남자에게 고개를 끄덕여 보이면서, 완전히 낯선 사람에게 관심을 갖는 것은 무의미하고 비현실적이라는 사실을 스스로에게 상기시켰다. 지난번에 그녀에게 무슨 일까지 있었는지 보란 말이다. 파도가 일렁일 때마다 배가 올라갔다가 내려왔다. 실연에서뿐 아니라 음악에서도 흔한 패턴이었다. 앨리스가 돌아보았을 때 남자는 더이상 거기 없었다.

♬

갑판에서 만난 이후 앨리스는 볼이 푹 꺼지고 안경을 쓴 남자에게 한두 번 고개를 끄덕여 아는 척을 했다. 그녀는 저녁식사 시간에 그가 짝이 없어 보이는 다른 남자 몇 명과 함께 자신의 식사가 줄어드는 만큼 할 말도 줄어드는 동료 여행자들과의 대화를 감내하는 식탁과 멀지 않은 곳에 앉아 있는 것을 알아차렸다. 그리고 예배 후 밖으로 나오다가 예배당 뒤쪽에 있는 그를 보았다. 그의 수줍음이 그녀를 향해 뿜어져 나왔다. 앨리스는 아주 작은 격려로도 팔다리와 앙상한 어깨뿐인 그가 자신이 있는 쪽으로 어설프게 걸어와서 스스로를 소개하는 모습을 볼 수 있으리라고 느꼈다.

불과 몇 분 전 투명한 소프라노 음성으로 노래하고 있었는데 지금은 침묵을 유지하기로 결정했다고 생각하니 재미있었다. 말을 하지 않기로 선택한 것은 일종의 권력이라고 그녀는 생각했다. 그녀는 희망이 담긴 눈의 남자에게 즉각 질릴 것이 두려웠다. 그러나 어쩌면 더 깊은 두려움은 자신도 희망이 담긴 눈으로 화답하는 것이었다.

며칠 밤 후 저녁식사에 도착한 앨리스는 그가 아버지 옆에 앉아서 서로의 접시에 담긴 음식을 견줘보고 있는 것을 발견했다. 그녀는 감명을 받았다. 아버지의 관찰력은 그녀가 믿은 것보다 뛰어났던 것이다. 그는 신경이 곤두선 나머지 너무 빨리 일어섰고, 테이블에 부딪혀서 제일 가까이 놓인 음료들이 흔들렸다.

제임스 테일러는 딸을 조지 로이드 씨에게 소개했다. "여기 로이드 씨는 카디프로부터 귀국 중이시란다. 거기서 어머님을 방문했었거든."

앨리스는 그가 농업 노동자라는 것을 알고 놀랐다. 그는 실내를 선호하는 타입처럼 보였다.

"저는 요벌 지구 서쪽의 선탑 농장에서 일하면서 제 농장을 만들기 위해 저축 중입니다." 그는 말했다. "하지만 고향만 한 곳은 없죠, 그렇지 않나요?"

앨리스에게 그런 확신은 없었다. 그녀는 고향을 그리워할 기회를 학수고대하고 있었다.

그녀는 이 조심조심 말하는 남자가 안쓰럽게 느껴졌고 그를 편안하게 해주고 싶었다. 그는 이야기할 때 몸을 약간 웅크렸는데, 그녀는 그가 자신의 키를 의식해서가 아닐까 생각했다. 그의 가냘픈 손과 가늘고 긴 손가락들은 사서나 피아니스트에 더 어울려 보였다. 비록 손의 위쪽은 나이에 비해 주름살이 훨씬 많았지만 말이다. 그건 그렇고, 도대체 몇 살일까? 아마 마흔 정도겠지만, 낸스는 편지에서 오스트레일리아 태양의 강렬함 탓에 많은 지역 주민들이 실제보다 늙어 보인다고 했다. 어쩌면 서른여섯일 수도 있었다. 내가 뭔데 까다롭게 굴겠는가?

조지는 자신이 선택한 직업에 만족하고 있을까? 앨리스는 아버지와 남동생들이 선박 회사 노동자로 인생을 보내는 것을 보아온 터라, 자기 일을 하려는 남자를 존경하지 않을 수 없었다. 그리고 어머니가 해준 밥을 6개월이나 먹은 후에도 여전히 저렇게나 말랐다니, 조지는 절대 아버지처럼 배가 나와서 바지 위로 초과 수화물처럼 늘어지지 않을 것이었다. 양복 저고리는 마치 빨랫줄에 널리기라도 한 것처럼 그의 몸에 걸쳐져 있었다.

앨리스는 시드니에 도착한 후 그녀의 계획이 무엇인지 조지가 묻고 싶어서 죽을 지경임을 알 수 있었다. 냉담하고 신비롭게 머문다는 상상 따위는, 이어진 대화에서 어머니가 사위가 시드니로 그들을 마중 나와서는 뉴캐슬행 열차까지 데려다줄 것이라고 말하며 사라졌다.

"저런, 요벌에서 겨우 세 시간 거리잖아요!" 조지가 흥분을 다스리지 못하고 외쳤다.

자신도 모르게, 앨리스는 그의 서투름이 매력적이라고 생각했다. 그녀는 그가 미소 지을 때 눈가에 주름이 잔뜩 잡히는 게 마음에 들었다. 그것은 그가 많이 웃는다는 느낌을 주었다. 그는 피상적인 유사함 말고는 사실 존 헨리 에드워즈와 닮은 데가 전혀 없었다. 조지가 거짓말을 하거나 진정한 의도를 속이는 것은 그가 파도를 저지할 수 없는 것만큼이나 불가능했다. 일반적인 것에서 벗어난 것은 전무했고, 숨겨진 뉘앙스나 비밀스러운 협의 사항도 없었다. 조지는 크리켓 방망이만큼이나 올곧았다.

♫

앨리스는 1만 마일의 머나먼 여정을 여행 가방, 수줍은 구혼자, 희미한 희망을 가지고 벗어났다. 비록 조지보다 10살 연하였음에도 그녀가 남자들과 사랑에 대해서 배운 바가 미래의 남편에 대한 우위를 주었을 것이라고 추정된다. 자라면서 크리스마스의 가족 만찬 식탁에 둘러앉았을 때, 그들의 선상 만남에 대한 장밋빛 이야기나 출처 불분명의 연애 이야기를 단 한 번도 듣지 못했다. 그런 추억은 당연히 로맨스를 제공했겠지만, 어느 쪽이건 그것이 주된 동기요인은 아니었으리라는 게 내 느낌이다.

아내를 찾을 전망은 거의 없이 평생 독신이던 조지에게, 이 배는 젊은 여자들을 만날 기회를 몇 번 제공했을 게 틀림없다. 그러나 그들은 대부분 이미 같이 있거나 시드니에서 기다리고 있는 남편에게 매여 있었다. 그렇기에 미혼이고 상대적으로 나이가 있는 앨리스를 만난 것은 조지에게 틀림없이 예상 못한 행운으로 여겨졌을 것이다. 형편없는 시력과 빈약한 재산을 가진 그는 젊은 여성의 애정에 대단히 걸맞는 후보자는 아니었다. 누가 뭐라든, 대부분의 여자들에게 결혼은 일생일대의 재정적 결정이었다.

그러나 앨리스는 달랐다. 그녀는 부의 과시나 매력의 전시에 감명

받지 않았다. 그녀는 그런 것들을 진정한 애정과 혼동하는 실수를 이미 한 번 저질렀다. 그녀가 찾는 것은 신실함, 믿음직함, 변함없음, 정직함이었다. 낭만에 들뜬 경험 없는 소녀에게는 따분해 보이겠지만, 이런 것들의 부재로 인생이 영원히 바뀐 여성에게는 달빛처럼 꾸준히 빛을 발하는 자질이었다. 깊이를 헤아릴 수 없는 대양을 오랜 시간 여행한 후, 앨리스의 발은 다시 단단한 땅에 닿았다.

조지는 그의 농장으로 돌아갔고, 앨리스는 미어웨더 교외에 있는 낸스의 집에서 멀지 않은 게스트하우스에서 청소 일을 확보했다. 두 사람이 8개월간 편지를 주고받은 후, 조지는 뉴캐슬을 두번째로 방문했을 때 정식으로 결혼을 신청했다. 1922년 앨리스 메이 모리슨 테일러는 두번째로 사라졌다. 그녀는 뉴사우스웨일스주 요벌의 앨리스 로이드 부인이 되었다.

# 현실도피를 위한 여행

2년의 플라토닉한 우정 후, 데이비드의 꾸준한 매력과 유머 감각이 나를 비유적인 의미에서의 피아노 의자로부터 꾀어냈다. 이제 나는 그를 남자친구로 부르며, 연말에 학위를 마친 후 같이 여행을 가기 위해 세 군데에서 아르바이트를 하고 있었다. 그럼에도 우리의 육체적 관계는 너무나 실망스러워서 나는 종종 피아노에서 벗어난 것을 후회했다.

출발은 불안했지만 졸업 연구 즈음이 되자 교수들에게 낼 글을 어떻게 써야 할지 알 것 같았다. 나는 랭스턴 휴스, 미나 로이, 필립 라킨의 재즈 시에 대한 긴 에세이로 4년간의 영문학 과정을 우등으로 마쳤다. 다른 누구와도 다른 소리를 내는 음악가들에게 영감을 받은 작가들로부터, 이번에는 내가 영감을 받은 것이다. 진지하게 임하던 피아노 공부를 저버리고 난 후 한층 심화되고 과열된 재즈 열정이 이런 연구로 나를 이끌었다. 이론적으로 볼 때 이 에세이는 정교하지 않았다. 그러나 승화 행위라는 면에서는 완전했다.

졸업이 우연히도 당시 오스트레일리아 수상이 "우리는 그랬어야 했다"고 말했던 불황과 시기적으로 맞물린 탓에, 나는 높은 성적으로 전망이 밝지 않은 세상으로 나왔다. 내 최우등 문학사 학위에는 콘플레이크 포장 쿠폰 정도의 직업적 가치가 담겨 있었다. 그러나 현실 도피일지 몰라도 새해에 여행에서 돌아오기 전까지는 일자리 걱정을 하지 않기로 결정했다. 그런 결정이 가능했다니 정말 큰 사치였다고 지금은 생각한다.

해외에 있는 사이 데이비드와 나는 재즈를 많이 들었다. 우리의 첫 기착지였던 샌프란시스코에서는 칙 코리아 일렉트릭 밴드, 뉴욕에서는 과거에 주류 밀매점이었던 펍 첨리의 무명 음악가들의 연주를 들었다. 몇 년간 꿈꾸던 맨해튼을 처음 보고는 입이 떡 벌어졌는데, 우리가 거기 있는 동안 계속 벌어져 있었다. 파리에서는 르 카보의 트래드 재즈 밴드의 연주를 들었다.

데이비드의 대가족의 환대는 고마웠다. 우리는 물가가 높은 도시들에서 머물 곳이 있었고, 돈을 낼 필요가 없는 식사들이 있었다. 그러나 그와 내가 잘 어울리는 짝이 아니라는 깨달음이 점점 커지는 것을 부인할 수 없었다. 나의 저축은 빠르게 줄었고 부모님께 귀국할 돈을 잠시 빌려달라고 해야 할 것 같아서 두려웠다. 데이비드는 내 걱정을 이해하지 못했다. 그는 여행 경비에 주의하지 않았고, 어떻게 더 손에 넣을까 걱정하지도 않았다. 나와 달리, 그와 주변 계층은 돈을 모으려고 미친 듯이 일하지 않았다. 여전히 법을 공부하고 세인트 폴 칼리지에 기거하는 그에게는 직업이 없었다. 그냥 자기 할머니에게 돈을 요구하면 그녀가 주었다.

집에 갈 준비가 되었을 무렵 나는 우리 관계에 종지부를 찍을 결심을 했다. 내 비행기표에 찍힌 날짜까지 아직 길고 돈이 많이 들 열흘이라는 시간이 남은 시점이었다. 그러나 우리의 마지막 기착지인 로마에서, 데이비드는 좋은 생각이 있다더니 같이 살자고 선언해서 나를 충격에 빠뜨렸다. 그날 밤, 의심쩍은 저녁식사 때문인지 그의 선언 때문인지 나는 화장실로 갔고 지독하게 아팠다. 다시 한번 나는 스스로에게, 나아가 데이비드에게 거짓말을 하고 있었다. 그러나 나에게는 비행기표 변경을 감당할 돈이 없었다. 우리가 집에 도착하면 관계를 끝낼 것이었다.

여행 중 가끔 내가 아직 살아 있다고 확인시키기 위해 부모님께 전화를 했다. 이런 짧은 대화들 중 하나에서, 어머니는 내가 시드니 대학교에서 대학원 연구 장학금 제안을 받았다고 알려주었다. 내가 영문학 석사나, 아니면 상상할 수 없지만 박사를 마칠 학비조의 빈약한 장학금이었다. 그러나 그 제안에 대한 대답에는 마감이 있었는데, 내가 시드니로 돌아가기 전에 끝날 예정이었다. 진짜 직업을 얻으려고 애쓰는 동안 비장의 수단으로 쓸 수 있다니 얼마나 편리한가. 나는 별로 생각해보지도 않고 어머니에게 대신 제안을 받아들여달라고 부탁했다.

돌아가서는 다른 사람에게 가장 유익하리라는 잘못된 믿음 때문에 핵심 정보를 빼먹은 사람이 나 하나만은 아니었다는 사실을 발견했다. 부모님은 내가 유럽 방방곡곡을 어슬렁거리는 사이 이제 열여덟 살인 남동생이 열흘간 예상 못한 병원 신세를 졌다는 사실을 나에게 알리지 않기로 결정했었다. "네 여행을 망치고 싶지 않았단다." 그들은 설명했다. 남동생에 대한 나의 사랑은 접어두고라도, 그것을 여행을 단축할 핑계로 써먹을 수 있었는데 말이다.

## 다카포, 아무리 도망쳐도
## 인생은 반복된다

앨리스 로이드는 그 불쌍한 피아노가 마차 꼭대기에 죄수처럼 꽁꽁 묶여서 데번 농장에 도착하던 장면을 절대 잊지 않을 것이다. 그 검은 업라이트피아노는 홈집이 나지 않도록 담요로 싸서 질긴 끈과 밧줄로 꽁꽁 묶인 채 고정되어 있었다. 끌고 오는 말들이 가까워지면서 부엌 창문으로부터 악기가 위아래로 흔들거리는 것이 보였다. 과연 여기 이 외딴곳에서 결국 어떤 처지에 놓일 것인가, 그것이 요동치며 자기 쪽으로 오는 사이 그녀는 생각했다. 이 못 믿을 먼지구덩이에서 그들에게 필요한 오만가지 것들 중에서 조지 로이드는 그녀가 피아노를 갖도록 안배했다.

들썩거리던 마차가 뒷문에서 멀지 않은 곳에 멈춰섰다. 피아노는 마치 족쇄에서 풀려나려고 안간힘이라도 쓰는 양 앞으로 살짝 기울어 있었다. 그녀는 음이 얼마나 엇나갔을까 생각하며 움츠러들었다. 한편 조지는 서둘러 마부에게 가다가 모기장에 부딪혔다. "미안!" 그는 어깨 너머로 아내에게 외쳤다. 그녀는 눈을 꼭 감고 그 소리가 누그러지기를 기다렸다. 조지의 버릇을 고쳐보려고 특히 샬럿이 태어난 이래 6개월 동안 노력했지만 헛수고였다.

때맞춰 아기가 아기 침대에서 울부짖기 시작했다. 그 울음이 크레센도에 도달하기까지는 1~2분밖에 안 걸렸고, 그때는 샬럿을 안아 올려서 달래려고 노력하는 것 말고는 선택의 여지가 없음을 앨리스는 알고 있었다. 하지만 2분은 스콘 한 판을 시작하기에 충분한 시간이라고 앨리스는 생각했다. 남자들은 피아노를 옮기고 나면 차를 기대할 것이다.

앨리스가 창을 통해 남편을 관찰하며 그가 낯선 사람을 어떤 식으로 편안하게 대하는지 판독하려고 애쓰는 사이, 체로 친 밀가루는 반죽 그릇 안에서 모래 언덕을 이루었다. 굳은 악수, 즉각적인 미소, 끄덕임, 그러고는 하늘을 힐끗 보더니 경험상 그날의 날씨에 대한 평범한 논평으로 추정되는 것이 뒤따랐다. 조지의 행동들은 일련의 댄스 스텝들처럼 합쳐져서 그녀라면 구하지도 내놓지도 않을 종류의 편안함을 제공했다. 샬럿의 울부짖음은 끈질겼다. 앨리스는 앞치마에 손을 닦았다. 남자들은 기다려야 할 것이다.

그녀가 아기를 골반께에 안고 돌아왔을 때, 조지와 마부는 피아노를 묶은 끈을 풀고 낡은 깔개를 덮은 경사로에 살살 내린 참이었다. 그것을 그들이 어찌어찌 집 안으로 들이려면 아직 30분은 더 걸릴 것이었다. 그녀는 스콘 반죽을 끝내고 오븐에서 부풀리는 사이 샬럿을 부엌 바닥에 놓인 아기 침대에 두었다. 오줌을 쌌거나 배가 고픈 게 아니라면 아기는 거의 안 울었고 혼자 있는 것에 만족하는 것 같았다. 앨리스는 후자의 사실로부터 명백한 자부심과 어마어마한 안심 둘 다를 발견했다.

샬럿이 자신의 새로운 삶의 모든 세부 사항에 매혹되는 것은 앨리스를 어리둥절하게 만들었다. 아기는 천장 돌림띠를, 창턱을, 부엌 싱크대의 수도꼭지를, 그리고 앨리스의 침실 옷장에 드리운 오후의 그림자를 만족스럽게 응시했다. 앨리스가 주위를 둘러볼 때 보이는 것이라고는 먼지가 전부였다. 먼지는 모든 곳에 있었다. 시트에, 날붙이 서랍에, 그녀의 눈 속에, 심지어 그녀의 혀 위와 콧속에 있었다. 춤추는 티끌들이 자신의 노력을 조롱하는 것 같은 기분이었지만 그래도 그녀는 먼지와 싸웠다.

조지와 마부는 깔개와 담요를 조합해서 피아노를 들어 미끄러뜨리려고 애쓰며 신음소리를 냈다. 앨리스의 시선이 부엌 문간에서 쪼그리고 숨을 가다듬는 조지에게 닿았다. 그는 미소를 지으며 그녀를, 다시 아기를 보았다. "내 생각엔 거실에……?" 그가 말했다. 그녀는 그가 감사나 기쁨의 몸짓을 찾고 있다고 생각했다. 그녀는 고개를 끄덕였다. 무슨 말을 할 수 있겠는가? 그녀는 평생 자기만의 피아노를 갖는 것을 꿈꾸었다. 이제 여기 그것이, 두 조련사에게 구속된 칠흑빛 망아지가 서 있었다. 그리고 그것은 그녀가 그렇듯 어울리지 않는 자리에서 덫에 걸려 있었다.

남자들이 악기를 거실의 제일 어두운 구석에 놓는 사이 앨리스는 차와 스콘을 차렸다. 분별 있게도 마부는 다정한 농부와 근엄한 얼굴의 아내를 떠나기 전 스콘 두 개와 펄펄 끓는 홍차 한 잔을 해치웠다.

"자기가 기뻐할 줄 알았어요." 마차가 떠나며 덜그럭거리는 소리가 잦아들자 조지가 찻잔을 들여다보며 말했다.

"기뻐요." 말이 어떻게 사물의 진실을, 유칼립투스 나무의 종잇장 같은 껍질이 서늘한 줄기를 가리듯 덮는지 생각하며 그녀가 말했다. "그냥…… 놀란 거예요. 그게 전부야." 그녀는 조지의 어깨에 손을 얹고 표정을 누그러뜨렸다.

그는 재빨리 그녀를 쳐다보면서 그녀가 예상했던 대로 다음 단계에 대한 허락을 구했다. 바로 손을 뻗어 그녀의 손을 꼭 잡는 것이었다. 자기 아내를 두려워하는 남편. 그녀는 울어야 할지 아니면 그의 면전에서 비웃어야 할지 몰랐다.

앨리스는 그들 사이에서 자신이 건너온 대양만큼이나 방대한 심연을 느꼈다. 그렇지만 혹시 원한다 해도 어떻게 다리를 놓을 수 있을지 실마리를 찾을 수 없었다. 조지는 그녀가 오늘밤 침대에서 그를 환영하기를 기대할 것이었다. 아기가 태어난 이래로는 감히 다가오지 못했지만, 그녀는 피아노 때문에 싫다고 말하지 못할 기분이었다. 육체적 행위 자체는 지저분하긴 해도 특별할 게 없다는 사실을 그녀는 깨달았다. 그녀가 두려워하는 것은 너무나도 쉽사리 기만되는 감각의 영역 너머, 보이지 않은 친밀함의 나라에 있었다. 그곳은 그녀의 입국이 거부된 나라였다. 그녀는 이번에는 아들을 갖기를 희망했다.

앨리스가 피아노와 익숙해지려고 그 앞에 앉자 조지의 시선이 그녀의 목덜미에 뜨겁게 꽂혔다. 마침내 자기만의 피아노를 가지는 것은 앨리스가 상상했던 대로의 느낌이 아니었다. 그녀의 꿈의 피아노 방은 음악에 바쳐진 곳이었다. 그곳에는 악기의 맞은편 구석에는 축음기가 있고, 한쪽 벽에는 위대한 작곡가들의 동판화가 걸려 있으며, 선반에는 합창 편곡집들이 깔끔하게 쌓여 있었다.

데번 농장에서 피아노는 큼직한 구식 라디오, 안락의자, 코바늘과 대바늘을 찔러둔 큼직한 털실 바구니와 공간을 다퉜다. 그녀는 피아노 앞에서 사라지기를 바랐다. 소녀 시절 남동생들과 미친 듯 뛰어다닐 때 그랬던 것처럼, 손가락 끝으로 디뎌 토끼굴로 미끄러져 내려가서 자기 자신이 만드는 음악의 세계로 사라지고 싶었다. 그러기는커녕 그녀에게는 남편의 관심이 집중되었다.

앨리스는 악기에 비치는 스스로의 모습을 개의치 않았다. 집에서 만든 앞치마를 두르고 늘 담배를 물고 있는 그녀는 다름 아닌 자신의 어머니를 연상시켰다. 오후의 열기에도 불구하고 손가락 끝에 닿는 상아색 건반은 서늘했다. 음들이 얼마나 안 맞는지 그녀는 움찔하지 않으려고 안간힘을 썼다. 처음에는 손가락들이 안무를 기억하지 못하는 무용수들 같은 느낌이었다. 그러나 서서히 갈 길을 찾아 스코틀랜드 옛 노래들에 이르렀고, 그 악보는 앨리스의 머릿속에 존 헨리 에드워즈의 얼굴만큼이나 또렷한 그림으로 떠올랐다. 각 작품의 마지막마다 똑같은 지시가 있었던 것을 앨리스는 기억해냈다. **다카포**da capo였다. 처음으로 돌아가시오.

"어쩌면 자기가 샬럿에게 연주를 가르칠 수 있을 거예요. 나이가 충분히 들면 말이지." 그녀의 등 뒤에서 조지의 목소리가 들렸다. 이 순간까지 앨리스는 딸이 이 악기를 배우는 것에 관해 생각해보지 못했는데, 그 생각에 뱃속이 요동치는 게 느껴져서 깜짝 놀랐다.

조지에게 아기를 가졌다고 말했을 때 그는 목이 메었고 딸의 이름을 앨리스의 어머니를 따라서 짓자고 제안했다. 그녀는 미소를 지으며 고개를 끄덕여 동의하면서, 인생에서 뭐가 되었건 새로운 출발을 한다는 게 얼마나 불가능한가 생각했다. 모든 것의 끝은 **다카포**였다.

# 기쁨은 연주에 있다

"극복하세요, 물지 않을 겁니다." 팔을 휘저어서 정원의 뒤쪽 개조된 차고의 왼쪽 먼 구석으로 나를 몰며 프레디 윌슨이 말했다. 그곳은 내가 성장한 곳으로부터 몇 분 거리인 나무가 우거진 교외 지역인 보로니아 파크에 있었다.

나는 기우뚱한 보면대와 싸구려 커피잔들 사이의 길을 택해 전자 키보드로 갔고, 오랜 세월 수많은 엉덩이들 탓에 찢어진 비닐 커버를 덧댄 검은 의자에 앉았다. 내 왼쪽 바로 옆에는 더블베이스 연주자와 그의 악기가 문자 그대로 스윙•만 안 한다면 간신히 서 있을 정도의 공간이 있었다. 한편 그의 왼쪽이자 차고의 제일 오른쪽 구석에는 드

---

• 특정한 스타일의 재즈 연주 스타일을 말하지만 단어 자체에는 휘두른다는 뜻이 있다.

러머가 자기 드럼 세트 앞에 앉아 있었다. 나는 마침내 재즈 밴드의 피아노 연주자가 되었다. 인공 보철물만큼이나 유행의 첨단을 걷는 느낌이었다.

일주일에 한 번 열리는 프레디의 아마추어 재즈 워크숍들 중 하나에 자리가 나기까지 나는 몇 달을 기다려야 했다. 여기서는 가수들과 독주 악기 연주자들이 리듬 섹션과 함께 라이브 연주를 할 드문 기회를 제공했다. 이 아주 작은 드러머는 1950년대와 1960년대 빅밴드의 전성기에 밴드 리더 겸 편곡자였다. 이후 프레디와 아내 베브는 자기 집에서 가수들과 악기 연주자들을 위한 워크숍을 운영해왔다. 호리호리하고 산전수전 다 겪은 베브는 남편 위에 우뚝 솟아 있었다. 10주 동안인 학기의 첫날 밤 내가 일찌감치 등장하자, 그녀는 오랫동안 연락이 끊겼던 친구처럼 환영하면서 나를 안으로 안내했다. 그곳에서는 몇 안 되는 다른 신입생들이 임시변통으로 배열된 의자에 쪼그리고 앉아서 인스턴트커피를 홀짝이고 있었다.

10분쯤 지나서 뒤쪽 포치로 이어지는 방충망 문이 슬며시 열리고 프레디 본인이 들어왔다. 프레디는 인간이라면 보여주기 마련인 관행적인 표정의 레퍼토리에 영향받지 않았다. 그는 신참들에게 그저 끙 소리를 내며 턱을 올리고 눈썹을 치켜올릴 따름이었다. 우리는 그의 뒤를 개미떼처럼 줄줄이 따라 조명이 밝혀진 잔디밭을 터덜터덜 가로질러서 연습 공간으로 거듭난 자동차 한 대가 들어갈 만한 차고로 향했다.

방음을 위한 노력으로 벽에 회색 양탄자가 대어져 있었다. 키보드,

어쿠스틱 베이스, 드럼의 리듬 섹션 이외에도 색소폰 연주자, 트럼펫 연주자, 어쿠스틱 기타리스트, 가수 셋이 있었다. 신선한 공기가 차고로 흘러들어오는 것은 문이 열려서 늦게 오는 사람이 들어올 때뿐이었다. 가수들은 문간의 의자들에 줄줄이 앉아서 자기 순서를 기다렸는데, 그 위의 조명은 지나치게 밝아서 작은 항공기에 동력을 공급하기에도 충분할 것 같았다.

각 참가자들의 이름을 빠르게 호명한 후 프레디는 본론으로 들어갔다. "아, 여러분. 잘 들으세요. 이런 식으로 돌아갑니다." 그는 담배를 톡톡 치며 말하기 시작했다. "가수들은 각각 한 번에 한 곡씩, 두 곡을 합니다. 밴드 멤버들, 여러분은 각 곡마다 한 번씩, 코러스• 둘씩을 솔로로 합니다. 누가 먼저 할지는 여러분 스스로 결정하세요." 재떨이 하나가 책꽂이 모서리의 손을 뻗으면 쉽게 털 수 있는 위치에 방치되어 있었다. 하지만 프레디는 담뱃재가 콘크리트 바닥으로 떨어져서 발치의 갖은 얼룩에 합류하도록 내버려뒀다. 두 시간짜리 워크숍 내내 담배 연기와 커피가 계속되었고 차고 문은 닫혀 있었다. "좋습니다. 가수들, 누가 먼저죠? 학생은 어때요, 리사? 오늘밤 뭘 할 거죠?"

"「크라이 미 어 리버Cry Me a River」요." 일어나면서 물 빠진 청바지 속에 손을 넣어 팬티를 당기며 리사가 말했다.

"좋아요." 프레디는 처진 입가에서 담배를 달랑거리며 모두에게 나

---

•  악곡의 구성에서 주제를 제시하는 부분. 반복구, 후렴이라고도 한다. 재즈에서 코러스를 취한다는 것은 주어진 주제에 기초한 변주를 즉흥적으로 독주하는 것을 가리킨다.

뉘줄 음악 차트를 찾기 위해 강력 접착테이프로 모서리를 보강한 깊은 골판지 상자를 뒤졌다. 가수들은 대부분 여성이었지만 밴드에서는 내가 유일한 여성 멤버였다.

「크라이 미 어 리버」의 한 페이지짜리 차트에 보이는 것은 높은음자리표가 그려진 오선에서 이어지는 멜로디와 그것을 뒷받침하는 코드들뿐이었다. 코드는 반주와 즉흥연주를 위한 일종의 에스페란토어로, 각각 특성에 따라 이를테면 C-6 혹은 E♭maj7 등의 표시가 되어 있었다. 악보를 키보드의 보면대에 받쳐놓으며, 집에서 혼자 『페이크 북』으로 노닥거리던 세월이 헛되지 않았다는 생각에 짜릿해졌다.

「크라이 미 어 리버」는 재즈 스탠더드치고는 비교적 높은 첫 음인 으뜸음으로부터 여섯번째 음으로부터 시작해서, 가수가 네 마디짜리 소절의 첫 단어인 '나우Now'를 노래하는 동안 두 마디간 유지된다. 이중모음 '아우'가 오스트레일리아식 억양에 없더라도 노래하기 어렵다는 사실이나, 이 노래가 발라드이고 느린 곡들은 빠른 곡들보다 정확히 부르기가 더 어렵다는 악명 높은 사실이 아니었다면, 뛰어넘기에 너무 높은 장애물은 아니었을 것이다.

「크라이 미 어 리버」는 버림받은 연인의 비가들 중 가장 많이 녹음되는 곡들 중 하나다. 그리고 보기보다 더 노래하기 어려운 곡인 동시에 역설적이게도, 초보 재즈 가수들이 즐겨 선택하는 스탠더드이기도 하다. 공연 예술의 다른 영역에서라면 테크닉적 복잡성은 초보자들의 의욕을 꺾기에 충분하다. 발끝으로 서서 피루엣을 시도하는 발레 무용수의 경우처럼 육체적 고통의 위험 때문이다. 그러나 당연히도, 목소리만 가졌다면 누구나 어떤 곡이든 부르려고 시도해볼 수 있다.

"가사는 이미 아나요?" 프레디가 리사에게 물었다.

그녀는 눈을 굴렸다. "프레디!"

"세상에나, 리사. 가사라는 건 알아야 한다고요. 핑계는 없습니다."

프레디는 숫자를 세서 우리에게 시작하라고 알렸다. "아-원, 아-투, 아-원-투-쓰리-어!" 우리는 리사가 발을 헛딛으려는 줄타기 곡예사처럼 떨리는 목소리로 첫 단어를 막 노래하기 전까지 전주 네 마디를 연주했다.

리사가 코러스 하나를, 즉 그 곡의 32마디 전체를 위태롭게 질주하고 난 후, 재즈 앙상블의 전통적 방식대로 악기 연주자들이 즉흥연주로 솔로늘을 맡았다. 솔로를 맡는다는 것은 음악적 아이디어를 즉흥적으로 창작해서 한두 코러스 동안 연주한다는 뜻이다. 즉 그 곡의 화성 구조, 멜로디, 리듬의 조합에 기초해 즉흥으로 연주하는 것을 말한다. 다른 음악가들과 이것을 해본 적이 한번도 없었지만, 바로 이 점이 내가 이 워크숍에 끌린 이유였다. 비록 목에 심장이 걸린 느낌이긴 했지만, 솔로까지 기다리기 힘들 지경이었다. 운 좋게도 첫번째 코러스는 색소폰 주자가 솔로를 맡았다. 따라서 나에게는 곡의 구조에 대해 생각할 여분의 시간이 있었다.

「크라이 미 어 리버」는 전통적인 AABA 재즈 스탠더드 패턴을 갖고 있어서, 이 곡의 32마디는 8마디 둘(A), 8마디의 브리지(B), 대단원인 마지막 8마디(A)로 나뉜다. 만일 그런 구조의 어떤 노래를 충분히 잘 알고 있다면, 의식하지 않아도 그런 패턴이 직관적으로 들릴 것이다.

이상적으로 이것이 뜻하는 바는, 연주할 때 마디 수를 세거나, A 부분의 첫번째 8마디인지 두번째 8마디인지, 브리지의 어디에 있는지 생각하지 않아도 된다는 것이다. 말할 필요도 없이, 프레디의 워크숍에서 나는 많이, 아주 크게 머릿속으로 세어보았다. 오른발 뒤꿈치로 톡톡 치는 것과 왼쪽 장딴지를 철썩 치는 것도 많이 했다.

이렇게 이야기하면 내가 연주 내내 머릿속으로 마디들을 세느라 옴짝달싹못했다는 소리 같겠지만 그렇지는 않았다. 그냥 그럴 시간이 없었다. 곡이 전부 끝났을 때 나의 솔로는 거의 시작하지도 못한 참이었다. 다른 누군가가 32마디의 스포트라이트를 받을 차례였다. 아름다운 것은 우리가 이 곡의 어디쯤 있는지 우리 중 하나가 잊어버리거나 아니면 중간에 놓치더라도 밴드의 나머지 구성원들이 어찌어찌 흐름을 타서 끌고 간다는 것이었다. 발 디딜 곳만 다시 찾으면 전반적 기세에 너무 큰 지장을 주지 않으면서 재차 흐름으로 들어갈 수 있었다.

완벽하지 않아도 된다니 안심이 되어 신바람이 났다. 남들을 위해 피아노를 연주하면서도 복잡한 주석이 달린 20분짜리 음악을 외울 필요가 없고, 연주할 때마다 번번이 완벽하고도 동일한 방식으로 재생산할 필요도 없는 방법이 여기 있었다.

악기 연주자들이 각자 솔로를 맡은 후 대단원으로 가기 전 리사는 또 한번의 코러스를 노래했다.

"우라지게 엉망진창이네, 아니었나요?!" 기다리는 다른 가수들을 돌아보고 활짝 웃으며 프레디가 말했는데, 그들은 막 리사의 노력을 박수로 인정한 참이었다. 그는 강조하기 위해 담배로 그들을 가리키며 숱 많은 눈썹을 치켜올렸다. "기억하세요, 짧은 음이 좋은 음이다."

리사는 동요하지 않으면서 고개를 끄덕였다.

"다시 해봅시다, 처음부터."

프레디의 방법은 일관적이라는 점에서는 더할 나위 없었다. 먼저 죽일 듯이 응시하고, 그후 간단하지만 맛깔스러운 구절 몇 개를 입을 거의 움직이지도 않은 채 던진다.

"그래, 좋아요. 하지만 너무 느려. 우라질 장례식이 아니라고."

"뭔 일이라도 생겼나?"

"연주하는 걸 겁내지 말라니까."

"자기 자신이 됩시다."

프레디는 컨템퍼러리 재즈에는 흥미가 없었는데, 이는 그의 정의에 의하면 1959년 이후에 작곡된 모든 것을 말했다. 그는 들을 가치가 있다고 믿는 사람들을 이미 모두 보고 들었다. "내가 아는 한, 그들은 모두 스스로를 지나치게 높이 평가했지." 그는 마일스 데이비스와 『카인드 오브 블루Kind of Blue』를 언급하며 말했다.

나는 내 자신이 되기를 바라지 않았다. 나는 빌 에번스와 정확히 똑같이 연주할 수 있기를 바랐다. 그는 클래식 피아노 공부로 시작해서 20세기 가장 영향력 있는 즉흥연주자이자 작곡가들 중 하나로 평가되었다. 『카인드 오브 블루』에서 그의 미묘한 화성 작성은, 이 기념비적 레코딩에 대한 프레디의 음치 같은 평가에도 불구하고 데이비스가 이 앨범으로 경이적 성공을 거두는 데 큰 역할을 했다.

1966년 형 해리가 만든 다큐멘터리에서 빌은 즉흥연주를 처음 시작했을 때는 기보된 것에서 음 하나만 다르게 연주하면 잘 해낸 걸로 간주했다고 고백했다. 음 하나만! 그리고 여기, 거의 악보를 읽기 시작하자마자 기보된 음악으로부터 벗어났으면서, 그 모든 연주의 세월 내내 그것을 진지하게 추구할 생각은 감히 한번도 못한 내가 있었다.

내가 만약 다른 선생님을 가졌다면, 다른 레퍼토리를 공부했다면, 연례 등급 시험에 초점을 맞추지 않았다면, 즉흥연주 공부로 이끌려 가서 직업 음악가가 되었을지 궁금했다. 그 다큐멘터리를 열세 살 때만 봤다면, 가끔 뉴욕에서 재즈 음악가의 삶을 산다는 건 어떤 걸까 상상하면서 혼잣말을 했을 것이다. 혹시 내가 즉흥연주 능력을 가졌더라도 그런 삶을 영위할 용기는 절대 없었으리라는 사실을 알면서도 말이다. 그것은 다름 아닌 빌이 그 탁월하게 조화로운 보이싱들과 놀라울 정도로 독창적인 구성들에도 불구하고, 헤로인과 나중에는 코카인 없이는 영위할 수 없다는 사실을 발견한 삶이었다. 둘 다 그가 1980년 쉰하나로 사망하는 원인이 되었다.

♫

프레디의 차고라는 경계 밖에서는 내가 아는 다른 사람들 모두가 어떤 인생을 살고 싶은지에 관해 확고한 생각을 가졌다는 인상을 강하게 받았다. 친구들은 법률가, 라디오 프로듀서, 언론인, 책 편집자가 되어 있었다. 지인들은 건축가나 정치 컨설턴트로 변신 중이거나 가족 사업으로 들어가고 있었다. 그들은 일을 하면서 생계를 꾸리고 있었다. 반면 나는 영문학 대학원 학위를 위해 나아가고 있었다.

내가 박사 과정을 밟고 있었던 것은 장학금이 내가 무엇을 하고 어디로 갈지에 대한 그 어떤 실제적 선택도 미루도록 허락했기 때문이다. 나는 학자가 되는 것만 **제외**하면 모든 것을 하고 싶었다. 책을 쓰는 것. 음악을 연주하는 것. 모든 것을 읽는 것. 모든 곳을 여행하는 것. 그러나 스스로의 열정에 겁을 먹었고, 장학금을 수락해 시드니 대학교 도서관에 은신함으로써 그것을 울타리 안에 가두었다.

진지한 풋내기 학자들은 문학 이론에 전념하면서 다른 관심사들을 배제하고 수년간 연구에 매진했다. 그들은 뜻맞는 열성 팬들과 함께 재즈를 연주할 기회에 매주 많은 시간을 보내고 있지 않았다. 그리고 비록 다른 음악가들과 함께 연주하는 것이 짜릿하긴 해도, 이 워크숍이 전문적인 음악성으로 가는 길은 아니라는 사실을 나는 알고 있었다. 진지한 재즈 음악가들은 음악원의 재즈 연구 과정 오디션을 봤다. 이 단계에서는 목적의식이, 내 연구의 목표가, 내 인생의 비전이 도움이 될지도 몰랐다. 혹은 남자친구가.

♬

다정한 성격의 은행 창구원 제프는 문자 그대로, 그리고 음악적으로 말해 다른 아마추어 가수들의 머리와 어깨 위로 솟아 있었다. 프레디의 워크숍 베테랑인 제프는 재즈 스탠더드를 노래하기 위해 살았다. 끝도 없이 쾌활한 그는 180센티미터를 훌쩍 넘는 키였고 숱 많은 금발과 부드럽고 깨끗한 목소리를 자랑했다. 그는 수업 전 워밍업 삼아서, 밤에도 조명 없는 프레디의 진입로를 스캣을 부르며 걸어 올라오곤 했다. "나를 모두 갖지 그래요?"라는 가사가 칠흑 같은 어둠으로부터 흘러나오는 것을 들을 때마다 나는 즉시 제프라는 것을 알았지만, 다음으로 떠오르는 생각이 **됐어**라는 것이 편치 않았다.

나의 첫 학기가 끝나가는 어느 밤, 제프는 카세트 테이프 하나를 건넸다. "내 데모 테이프야." 그는 말했다. "들어보고 무슨 생각이 드는지 말해줘."

시선을 떨구니 카메라를 곧장 쳐다보며 미소 짓는 제프의 사진이 보였다. 본인의 흑백 사진을 복사해서 카세트의 플라스틱 케이스 안의 내지로 사용한 것이었다. 그가 점심시간에 한 손에는 집에서 만든 참치 샌드위치를 든 채 은행의 복사기 근처에 도사리고 있는 모습이 그려졌다.

"어쩌면 네가 언젠가 나랑 연습하고 싶어할 거라고 생각했어." 그는 말을 이었다. "알잖아, 듀오로 공연이나 좀 한다거나." 비록 우쭐해지긴 했어도, 나는 상호 배제적인 두 가지 이유로 교외의 레스토랑이나 쇼핑몰에서 공연 중인 스스로를 그려보는 데 실패했다. 첫째, 나는 쇼핑몰에서 공연하기에는 많이 부족하다고 확신했다. 둘째, 나는 채츠우드 체이스 쇼핑몰에서 인기 재즈곡들을 연주하는 것보다는 발 디딜 틈 없는 빌리지 뱅가드 재즈 클럽에서 자작곡들을 연주하기를 바랐다. 그러나 어느 쪽도 선택하는 일 없이, 창조적인 직업적 삶에 대한 나의 환상들은 그냥 그대로 머물 것이었다.

♩

몇 주 후 나는 의구심에도 불구하고 제프의 아파트로 향했다. 그가 뉴트럴 베이라고 불리는 교외에서 사는 것은 어울려 보였다. 역사적으로 뉴트럴 베이는 외국 선박들이 안전하게 정박할 수 있는 유일한 부두였고, 나는 거기서 제프와 연습하는 게 별로 꺼림칙하지 않았다. 그는 페퍼민트 차 한 잔을 내주며 나를 환영했다. 그러고는 편하게 해주려고 계속 미소를 지었는데 이것은 정확히 반대의 결과를 가져왔다. 나는 보바리 부인이 아니었다. 나는 애인을 만나기 위해 피아노 교습을 만들어내는 대신, 오랫동안의 클래식 피아노 교습을 저버리고 그대신 찰나의 매력도 느껴지지 않는 은행 창구원과 함께 재즈 스탠더드들을 연습하는 쪽을 택했다.

몇 분간 워밍업을 하고 있는데 제프가 난데없이 말했다. "프레디가 네가 엉터리같이 뜨거운 피아노 연주자라고 생각하더라."

나는 뜨거운 차를 벌컥벌컥 들이키면서 잠시 곱씹어보았다. 한 달 동안의 워크숍 참가에서 피드백 쪼가리라도 받은 것은 이것이 처음이었다. 그리고 그것은 내가 기대한 것과는 달랐다. "엉터리같이 뜨거운"이 무슨 뜻인데? 모순적으로 들리는 문구였다. 바보스러운 것은 말할 것도 없고 말이다. 진짜 음악가들은 서로에 대해 이런 식으로 이야기하는 건가? 만일 그렇다면, 더불어 재즈 음악가로 진지하게 받아들여지기를 원한다면 그들의 전문 언어에 걸맞게 귀를 거칠게 만들어야 할 것이었다. 확실히 나는 도서관 서가의 죽은 시인들 사이에서 너무 많은 시간을 보내고 있었다.

그러나 내 자신을 정말 직업 음악가로 그려보는 것은 불가능했다. 늦은 밤의 공연들과 모자란 돈, 부족한 공연 기회를 결혼식 축하 공연과 교습으로 보충하는 것 말이다. **아마추어**라는 딱지를 편하게 느끼는 것도 불가능했다. 직업적 연주의 실낱같은 가능성은 그냥 재미로 연주하는 것을 수치스러워 보이게 만들었다.

어쩌면 10대 때 귀에 못이 박히게 들은 아버지의 목소리 때문이었을지 모른다. 자수성가한 사람으로서 그는 남동생과 내가 마흔 살까지는 재정적 자급자족을 이루라고 강권했다(도대체 어떤 사람이 그런 기대를 받는단 말인가). 아니면 언제나 남자의 돈과 별개로 내 주머니를 가져야 한다고 거듭 주장하던 어머니의 목소리 때문이었을 수도 있다. 어느 쪽이건 나는 대학원생 장학금을 받으며 노동 인구에서 빠지고 부모님의 지붕 밑에서 근근이 살던 때조차 '적절한 직업'을 가질 필요성에 집착했다.

「피너츠」 만화에서 루시 반 펠트가 슈로더에게 묻는다. "네가 20년 동안 연습했는데 결국 부유하고 유명해지지 못한다면 어쩔 건데?"

"기쁨은 연주에 있어." 그가 말한다.

"농담하시네!" 루시가 말한다.[61]

슈로더의 교훈을 나는 왜 배우지 못했을까? 박사학위를 중단하고 재즈 워크숍을 밀고 나갔어야 했다. 그 반대로 하는 대신 말이다. 그러나 제프와 나는 공연 기회를 얻으려고 아주 열심히 노력한 적이 한 번도 없었다. 나는 워크숍 참석을 그만두었다. 슈로더와 달리 나는 아마추어라는 사실이 수치스럽게 느껴졌다. 이유는 몰라도 나는 그냥 숙련된 피아니스트가 되는 것 자체를 즐기는 것이 불가능했다. 단지 재미만을 위해서 연주하는 것은 무의미해 보였다. 특히 직업 전망은 나쁘고 써야 할 논문이 있을 때라면 말이다.

## 슬픔에 무너져도
## 삶은 계속된다

　그 바리톤과의 사건 후 앨리스 로이드는 대중 앞에서 노래하기를 그만두었다. "로이드 부인이 파머 씨가 자기를 끌어안도록 놔뒀대요!"라는 말이 요벌 인근에서 되풀이되었다. 그들은 연례 연말 연주회에서 이중창으로 「당신과 함께 걸으리I'll Walk with You」를 공연했다. 샬럿 고모의 회고에 따르면 이 공연을 지역 주민들은 지나치게 열정적이었다고 판단했다. 그것은 강한 스코틀랜드 억양, 경이로운 소프라노 음성, 부족한 유머 감각을 지닌 앨리스가 그곳에 도착한 이래로 침례교도들이 내내 기다리고 있던 방아쇠였다.

　세계를 반 바퀴 돈 결과 떠난 곳과 똑같은 장소에 있는 것이 어떻게 가능한지 앨리스는 틀림없이 궁금했을 것이다. **다카포**. 랭킨 부인의 남성복 매장으로 돌아가서 입에 비수를 문 여자들의 어리석은 조잘거림에 둘러싸이는 편이 나았을 것이다. 그녀는 공연을 버리고 반주를 택했다. 피아노 앞에서라면 모든 것을 보면서도 눈에 띄지 않고 남을 수 있었다.

"엄마가 집에서 노래한 기억은 없어." 우리가 샬럿의 어린 시절에 대하여 이야기하는데 그녀가 말했다. "나랑 같이 노래한 적은 한번도 없어. 딸들에게는 별 관심이 없었거든. 난 청각 장애가 있었는데 열네 살이 되기 전까지는 진단도 못 받았다고. 하지만 엄마가 지미를 앉게 만들려고 노력하면서 많은 시간을 보낸 건 확실히 기억나."

1925년에 출생한 제임스 로이드는 소리를 거의 내지 않았고 혼자 앉을 수 없었다. 부모가 아이에게 뭔가 잘못된 점이 있다고 의심한 게 어느 시점이었을까? 대답할 수 없는 질문들이 너무 많다. 앨리스가 문제가 있다는 것을 알아차렸고 조지는 그 사실을 인정하기를 거부했을까 아니면 그 반대였을까? 제임스가 통통한 아기에서 걸음마를 배우는 아이로 자라나면서, 그들은 여전히 헝겊 인형처럼 늘어져 있는 어린 아들에 대해 의사의 의견을 구했을 게 틀림없다.

동네 의사를 통해서건 아니면 낸스를 통해서건, 조지와 앨리스는 스톡턴 정신병원에 대해 알게 되었다. 그곳은 뉴캐슬에서 헌터강을 건너면 있는 반도에 위치해 있었다. 1917년 개원한 스톡턴은 지적 장애가 있는 성인과 어린이의 필요를 충족시켰다. 이 시설에 대한 극히 드문 공식 정보에 의하면 모든 연령의 환자들이 함께 수용된 것으로 보인다. 1937년이 되기 전에는 어린이 전용 병동 건설에 대한 입찰 요청이 없었다.62

뉴캐슬까지의 고통스러운 여행을 상상해보려고 노력 중이다. 입을 꼭 다물고, 앙상한 손으로 녹색 등유 트럭의 운전대를 움켜쥔 채 앞을 똑바로 응시하는 조지를 말이다. 그들은 이제 세 살인 샬럿을 낸스와 리처드 곁에 남겨두었다. 자고 있는 지미를 가슴에 꼭 안은 앨리스는 동생을 낯선 사람들이 보살피도록 두고 오는 것을 샬럿이 목격하지 않아도 되는 데에 안도했을 공산이 크다.

샬럿의 기억에 의하면, 앨리스는 딸을 볼 때 그녀로서는 흔들 도리가 없는 무심함을 갖고 있었다. 만일 앨리스가 샬럿이 어떤 식으로든 자신이 아닌 조지에게 속한다고 느꼈다면, 그 이유를 삶에 대한 그들의 끝없이 낙관적인 견해에서 찾았을지 궁금하다.

스톡턴과 그들이 제공하는 보살핌의 질, 전문성, 지미와 같은 조건의 다른 어린이들을 도운 오랜 경험에 대해 끝없이 장담하는 연쇄적인 서신 교환이 이어졌을 것이다. "우리가 집에서 애를 위해 할 수 있는 것은 전부 다 했어, 사랑 말이야." 조지가 말하는 게 들리는 것 같다. "그 사람들은 아이를 어떻게 도울지 알 거야." 앨리스가 어떻게 진실과 다툴 수 있었겠는가?

그렇다 하더라도, 제아무리 현실적인 어머니들이라도 자기 아이를 낯선 사람들로 가득한 시설에서 돌보도록 넘겨주면 비통함을 느낄 것이다. 그들이 모두 선의에 차 있더라도, 아무도 그 아이의 어머니는 아니었다. 앨리스는 울먹였을까 아니면 입술을 앙다물었을까? 흐느꼈을까 아니면 끝까지 참았을까? 지미가 혼자 추위에 떨며, 어머니에게만 받을 수 있는 위로를 찾아 울음을 터트리는 비극적인 상상을 하며 고통받았을까? 날짜가 다가옴에 따라 밤에 잠들지 못한 채 누워서, 지미가 도와달라고 비명을 지르는 모습이 스쳐지나가는 것을 보면서, 스톡턴 사람들이 자격이 있건 말건 아이를 떠날 수밖에 없다고 느끼는 스스로가 역겨웠을까?

그렇게나 많은 세월이 흐른 후임에도 앨리스는 여전히 아무도 믿지 못했을 것이라고 확신한다. 그러나 지미가 농장에서 지내는 게 더 나을 논리적 이유는 아무것도 없었다. 그래서 조지와 앨리스는 어린 아들을 스톡턴 정신병원의 보호 아래에 두었다.

1년이 채 지나지 않아 지미는 이질에 걸렸고, 보살펴온 사람들의 감독하에 그곳에서 죽었다. 그는 두 살 반이었다.

♬

"지미가 죽었을 때 부모님은 밀을 수확하고 있었어." 샬럿 고모가 회상했다. 남동생의 죽음으로부터 거의 90년이 흐른 후였다. "그리고 밀은 비탄을 이유로 기다려줄 수 없었지."

밀은, 계절은, 동틀 무렵과 해질녘은, 그리고 삶은 가차없이 계속된다. 이런저런 상실로 몸부림치는 사람들에게 자신의 세상이 무너지더라도 시간은 똑딱똑딱 흘러간다는 사실은 완전히 공격적일 정도까지는 아니라도 꽤나 고립된 느낌을 준다.

그 밀 수확이, 아니면 농부의 삶의 어떤 계절 활동이 앨리스에게 의례적인 위로를 주었을 것이라고 상상할 수 있다. 비록 요벌의 구름

한 점 없는 하늘처럼 텅 빈 것 같은 기분이었더라도 말이다. 그러나 그녀는 딸과 가깝지 않았고, 조지와는 아들을 묻은 후 거의 헤어진 것이나 다름없었을 게 틀림없다.

그녀가 글래스고로 돌아가는 공상을 하거나, 아니면 또다른 새 출발을 꿈꾸었을까? 아닐 것이다. 앨리스는 현실적인 것을 빼놓으면 시체나 다름없었다. 비록 내면은 죽은 느낌일지언정 소매를 걷어붙이고 해야 할 일은 뭐든 계속했을 것이다.

# 인간은 자유롭길 바라면서도
## 외로워한다

남편의 죽음으로부터 1년 반 후 뉴욕으로 이주했다. 나는 서른여섯이었다. 언제나 나의 등대였던 장소에 있으면서 익숙한 모든 것들과 단절되기를 원했다. 나는 취업 허가증이 있었고 거기 사는 사람을 세 명 알았다. 결혼한 부부 한 쌍과 전 남자친구였다. 그것이 출발이었다.

그러나 4년 후, 내키지는 않지만 오스트레일리아에서 살기 위해 돌아갈 것을 생각하기 시작했다. 뉴욕은 넓은 곳이었지만 좁은 도시이기도 했고, 강력한 연줄이 없는 프리랜서 작가-편집자들이 널려 있었다. 내 일의 대부분이 오스트레일리아로부터 오는 터라, 화상통화가 직업적 생명줄이 되었다. 일은 가까스로 충분했지만, 보잘것없는 기분이었다. 일 말고는 컴퓨터 알고리즘들이 생성하는 데이트들을 계속했는데, 막상 만나보면 그 알고리즘들에는 변화라는 게 없었다.

나는 필연적으로 내 이야기를 할 수밖에 없었는데, 대부분의 구애자들에게 **과부**라는 것은 호기심을 없애는 요소였다. 내 아파트에는 피아노가 없었지만, 마치 슈로더의 장난감 피아노와 비슷한 은유로서 피아노 의자는 가져왔다. 내가 어디에 있는지는 중요하지 않아 보였다. 나는 남자들을 감당할 수 있는 거리에 두었다. 다시 말해 나와 다른 사람들의 안전거리를 유지했다.

남편을 잃고 5년 이상 지났지만 내 삶은 아직 다른 국면으로 넘어가지 않았다. 아마 밖에서는 넘어간 것처럼 보였을 것이다. 누가 뭐래도 월급을 받는 회사원 자리를 포기하고 프리랜서의 삶을 시작했으니까 말이다. 나는 소지품을 거의 팔거나 기부했고 집은 세놓았다. 사는 나라를 바꾸었다. 잠깐 동안은 스티비 원더가 부른 「파트타임 러버part time lover」●를 갖기도 했다. 그러나 안에서 보면 딱히 많은 것이 바뀐 느낌은 아니었다.

남편이 죽은 후 내가 취한 행동들은 대부분 포기에 관한 것이었다. 나는 쇼팽 대회에서의 실패 후 피아노를 버렸던 꼭 그대로, 많은 것들을 포기했다. 나는 작별을 고한 것들을 미래에 대한 희망찬 비전과 그것의 달성을 위한 명확한 계획으로 대체하지 못했다. 마치 물속에서 선헤엄을 치기라도 하는 느낌이었다. 그 물이 그냥 북반구였던 것이다. 나는 대도시에서 자유롭고 익명으로 존재하기를 갈망했다. 나는 둘 다였고, 외로웠다. 내가 정말 원하는 건 사랑과 친밀함을 다시

●　스티비 원더의 노래로, 남 앞에 떳떳하게 보일 수 없는 애인을 말한다.

경험하는 것이라는 사실을 깨달았다. 나는 결국, 인간이었던 것이다. 그 목표는 작고, 어마어마하고, 불가능하게 느껴졌다.

나는 프로스펙트 공원의 북동쪽 끄트머리에 걸려 있는, 브루클린 인근 프로스펙트 하이츠의 세인트 존스 플레이스에 있는 침실 셋짜리 낡은 아파트의 제일 작은 방에서 살았다. 이곳은 더 부유한 파크 슬로프의 가난한 사촌이다. 혹은 사촌이었다. 그리고 고뇌에 시달리는 30대에 관한 많은 독립 영화들의 촬영 장소이기도 했다. 나와 집을 나눠 쓰는 데릭은 만화가 겸 일러스트레이터 경력을 쌓는 한편, 인근 언더힐 가에 있는 카페인 세릴스 글로벌 소울에서 일했다.

내가 **오두막**이라고 일컫던 방 크기 때문에, 나는 글쓰기와 편집을 세릴스나, 우리 집 대문으로부터 두 블록 떨어진 이스턴 파크웨이에 있는 브루클린 공공도서관에서 했다. 우리는 생필품들을 악취가 끊이지 않아 **고양이 오줌 잡화점**이라고 별명 붙인 길모퉁이 가게에서 골랐다. 제일 가까운 교차로의 전신줄에는 조깅화 한 켤레가 영화에서 본 꼭 그대로 걸려 있었다. 근처는 조용했다. 아주 가끔 들리는 총소리만 빼면 말이다.

데릭은 탁월한 요리사였고, 그와 나는 우연히 집에 같이 있으면 서로 밥을 해주곤 했다. 어느 날 아침 그가 친구 하나를 저녁식사에 집으로 초대했다고 알렸다. 그가 말할 때는 미소를 지었지만 나는 온종일 겁을 내고 있었다. 그의 친구가 얼마전 우리와 식사를 함께했을 때, 나는 대화를 해보려는 고통스러운 노력 끝에 결국 내 오두막으로 퇴각했었다.

이번 친구는 동료 만화가로, 중서부 출신인데 최근에야 뉴욕으로 이사를 왔다고 했다. 사람들이 네이트와 내가 어떻게 만났는지 물을 때, 나는 그가 내 부엌으로 걸어 들어왔다고 말하기를 좋아한다. 그는 잘생기고, 재미있고, 지적이며, 신선하게도 내가 사별했다는 사실에 동요하지 않았다. 게다가 그는 재즈를 사랑했다. 우리의 첫 데이트는 파크 슬로프에 있는 퍼핏이라는, 지금은 존재하지 않는 재즈 바에서였다. 노아 프리밍어의 테너 색소폰 소리가 어찌나 크던지 우리는 서로에게 고함을 질러야 했다. 그 이래 8년 동안 우리가 그런 것은 그때가 유일했다.

있어도 보지 못하는 고통,
영원히 잃어버린 고통


　　1934년 4월, 지미의 죽음으로부터 6년 후, 조지와 앨리스 로이드는
다시 낡은 녹색 등유 트럭을 타고 뉴캐슬까지 여행했다. 이번에는 열
살인 샬럿이 그들 사이에 끼어 있었다. 뉴캐슬 병원에서 그들은 최종
서류들에 서명하고는 옅은 금발을 가진 건강한 3개월령 남자 아기를
데려왔다. 그의 어머니가 왜 아이를 버릴 수밖에 없었는지 누가 알겠
는가.

　　글쎄, 나는 앨리스가 그 이유를 의심했을 것이며, 자신이 존 헨리
에드워즈의 아이를 임신하지 않은 것에 안도했으리라고 확신한다. 원
치 않는 임신과 낙태를 강요받을 가능성과 맞닥뜨리지 않았다는 사
실이 준 안도가, 그의 거짓말과 그녀의 치욕의 고통을 완화시켰을지
생각해본다. 중혼자에 의한 임신은 1918년 패트릭 교구에서 결코 보

기 좋은 일이 아니었다. 특히 성가대 지휘자에게는 그랬다.

그러나 지금, 앨리스와 조지는 공식적으로 새 아들인 존을 가졌다. 앨리스는 자기 아들이 그 중혼자와 같은 이름인 게 신경쓰였을까? 아마 워낙 흔한 이름이니 순전한 우연의 일치로 간주하는 편이 감내하기 더 쉬웠을 것이다. 샬럿 고모에 의하면, 존은 생물학적 어머니가 아들을 위해 고른 이름이었고 앨리스에게는 그거면 충분했다.

새 아기를 응시하는 앨리스의 심장이 잃어버린 아들 제임스에 대한 갈망만큼의 사랑으로 얼마나 터질 것 같았을지, 나는 그저 상상만 할 따름이다. 그녀가 내 아버지를 포기하고 입양 보낸 여자에 대해 오랜 세월 많은 생각을 했을지 궁금하다. 아기를 포기하고는 어디에 있을까, 어떻게 있을까, 어떤 사람일까 해마다 궁금해하다가, 다시는 그 아이를 보지 못한 채 죽는 고통이 자기 아이를 무덤에 묻는 것보다 더 힘들까 생각했을지도 궁금하다.

어떤 환경에서건 아이를 입양하는 결정은 엄청난 일이다. 그러나 딸을 10년간 키우면서 아들의 상실을 감내한 앨리스와 조지 로이드에게, 갓 태어난 아기를 돌보는 것은 거의 헤아리지 못할 정도의 희망이었다. 내 머릿속에서 존을 입양한 그들의 너그러움은 앨리스가 샬럿에게 보인 부족한 애정, 혹은 다른 가족들에 대한 엄격함과 부합되지 않는다. 그녀의 며느리인 내 어머니 같은 사람들을 대하던 엄격함 말이다.

"네 아버지는 엄마의 꼬마 병정이었단다." 샬럿 고모가 내게 말했다. "엄마는 언제나 남자애들을 더 좋아했어."

존은 성장해서 자신이 입양되었다는 사실을 알았지만 친모를 찾아야겠다는 생각은 한번도 하지 않았다. 오랜 세월에 걸쳐 내가 그 문제에 대해 물을 때마다 아버지는 말했다. "나의 어린 시절은 행복했고, 사랑받는다는 것을 알았단다." 존은 오스트레일리아 오지에서 자랄 때 목숨이 걸린 불가피한 위험들에서 살아남았고, 열다섯 살이 되어 떠날 수 있을 때까지 학교의 매 순간을 참아냈고, 아버지의 영농 보조소에서 일했다. 전쟁에 가기에는 너무 어렸던 존은 5년 전 결혼해서 시드니로 이사한 샬럿과 함께 살기 위해 그곳으로 이사했다. 1955년 시드니의 이너 웨스트 지역, 스트래스필드의 빅스 카바레에서 나의 어머니 패멀라를 만났을 때 존은 스물한 살이었고, 건설업자들과 부동산 개발업자들의 바쁜 하도급자였다.

"그이는 내가 만나본 중 제일 멋진 남자였단다." 어머니가 내게 말했다.

# 인생이라는 즉흥 무대 위,
## 여성으로 서다

따뜻한 여름 저녁, 나는 86번가의 웨스트 엔드 애비뉴 모퉁이에 있는 휑뎅그렁한 교회에 앉아 있다. 그러나 신도석에 있는 것은 아니고, 성찬식에 참석 중인 것도 아니다. 나는 낡아빠진 그랜드피아노 앞에 아마추어 재즈 앙상블의 일원으로 앉아 있다. 프레디 윌슨의 워크숍으로부터 20년 후, 나는 개조된 차고로부터 또다른 용도 변경 건축물을 향해 나아갔다. 그리고 이곳은 넓은 교회이기도 하다. 내 주위에 연기 교습, 체조 교습, 호신술 및 무술 교습 들이 온통 토끼장들처럼 북적거리고 있다. 하지만 주 무대를 차지한 것은 재즈 앙상블이다.

내 오른쪽에는 동료 마이크가 벌꿀색 어쿠스틱 기타를 들고 앉아 있다. 그 기타는 틀림없이 시내의 사무실에서 바로 들고 왔을 것이다. 그의 반대편에 있는 것은 40블록 북쪽의 워싱턴 하이츠에서 온 마셀러스다. 그는 테너 색소폰을 연주하지 않을 때는 콜럼버스 서클의 디지스에서 웨이터로 일한다. 내 앞에 있는 것은 베이스를 맡은 상냥한 말투의 파블로다. 그리고 드럼 세트 앞에 있는 것은 단음절의 이름을 가진 여드름투성이 남자로, 어느 밤이냐에 따라 조, 샘, 스콧, 데이브일 수 있다. 드러머들은 애들처럼 보인다. 왜냐하면 애들이기 때문이다.

반면 나머지 우리는 좀더 경험이 많다. 가끔은 여기 오려고 뉴저지주에서 허드슨강을 건너는 가수가 우리와 합류한다. 또 가끔은 더 나이든 기타리스트도 합류하는데, 그는 악기 연습 중이 아닐 때는 현역 심장전문의다. 여름 동안에는 스위스에서 온 노인 튜바 연주자도 잠시 있었다. 재즈 앙상블은 세상에 드문 장소들 중 하나다. 이곳에서는 서로 다른 세대의 사람들이 관심, 존경, 진정한 흥미를 가지고 서로에게 귀를 기울이는 모습을 발견할 것이라 장담할 수 있다.

오늘밤 우리는 매주 그랬듯이 블루스 곡으로 몸을 푼다. 이번에는 텔로니어스 멍크의 「블루 멍크Blue Monk」다. 블루스 연주는 재즈 밴드에게 유연성 훈련이다. 공통적으로 가지는 12마디 구조가 우리가 두 시간의 워크숍 동안 연주할 서너 곡의 더 복잡한 코드 진행들에 대비하도록 해주기 때문이다. 블루스 한 곡 12마디의 화성 진행 안에서 거의 무한한 변주가 가능하다. 가장 기본적인 블루스 진행에서는 어떤 조를 선택하건 1도, 4도, 5도라는 단 세 개의 코드만 사용된다는 점을 고려하면 기절초풍할 일이다. 예를 들어 A장조의 블루스라면 코드 진행에 A, D, E를 사용하는 식이다.

바로 이것이다. 그 단순함은 왜 장르를 불문하고 그렇게 많은 인기

곡들이 핵심부에서 블루스 진행을 하는지 또한 설명해준다(「배트맨 Batman」 텔레비전 시리즈의 주제곡을 떠올려보라). 더불어 왜 블루스를 배우는 것이 팝 기타리스트나, 재즈 피아니스트나, 모든 부류의 풋내기 가수가 실력 향상을 위해 할 수 있는 가장 좋은 방법 중 하나인지도 설명해준다. 만일 그러고 싶다면 평생 해야 할 숙제가 있다. 위대한 레코딩들을 듣고, 코드 보이싱을 연습하고, 상이한 조들로 조옮김하는 법을 배우고, 위대한 독주자들을 모방하는 것 말이다. 그러나 초심자와 숙련자 모두에게, 이는 각각의 조에서 모든 음계를 이해하는 것으로 돌아간다.

『평균율 클라비어곡집』에서 바흐는 건반을 위한 프렐류드와 푸가를 24개의 모든 장조 및 단조로 작곡했다. 1722년 초판의 헌정사에서 기술된 그의 목적은 "배움을 열망하는 음악성 있는 젊은이에게, 특히 도락 삼아 이런 학습에 이미 숙련된 사람들에게 유익하고 유용하기 위해서"였다.

내가 피아노에 바친 시간과 요즘 보여주는 역량으로 따지자면, "배움을 열망하는 음악성 있는 젊은이"들 중 하나로 바흐의 기초적 작품들과 일찌감치 마주친 이래 먼 길을 왔다. 그러나 이제 마흔의 나이로 이 작곡가의 헌정사를 곰곰이 생각해보다가 그의 두번째 목표 대상 때문에 충격을 받았다. "도락 삼아 이런 학습에 이미 숙련된 사람들" 말이다. 그가 옳다. 배움은 도락이고, 그 자체로 가치 있는 노력이다. 학교에서건 대학교에서건 피아노 교습에서건, 정식 학생으로서 나는 늘 배움을 지금과 여기 너머에 존재하는 목표 혹은 종착점과 연결 지었다. 좋은 등급, 졸업, 연주 수료증 말이다.

스스로 강요한 오랜 이별 끝에 피아노로 돌아간 성인으로서, 나는 바흐의 도전을 재즈 워크숍이라는 환경에서 이어가는 중이다. 나의 선택을 두고 바흐가 무슨 생각을 할지는 확신할 수 없다. 그러나 내가 이 24개의 조성들 중 어느 것에서든 블루스 진행으로 즉흥연주하는 것을 배울 수 있다면 꽤 잘하고 있는 것이라고 마음을 정했다. 이 도락에는 다른 아마추어 음악가들과의 연주법을 발전시키는 것 이상의 목표는 없다. 얼마나 안심인가.

악기 연주자들이 각각 「블루 멍크」의 코러스들을 하고 나면, 우리의 선생이자 직업 트럼펫 주자이면서 편곡자인 론은 그룹에게 어느 곡을 먼저 연주하고 싶냐고 묻는다. 우리는 지난 워크숍이 끝날 무렵 학생들이 작성했던 최종 후보 명단 중 선택한다. 매주 우리의 숙제는 각곡의 코트 차트를 익히고, 멜로디를 정확히 배우면서 기본 구조를 공부하는 것이다. 다음 주에 그냥 함께 시작하면 되도록 하기 위해서다.

"여러분이 세계 어딜 가든 노래만 몇 곡 알면 서로 대화할 수 있습니다." 론은 마치 우리들 하나하나가 다음에 파리를 방문할 때는 재즈 클럽의 잼 세션•에 앉아 있을 계획이기라도 한 것처럼 말한다. 그리고 프레디와 꼭 같이, 론은 격언을 쏟아낸다.

"음표냐 작품의 영혼이냐."

"확신을 갖고 연주해야 합니다."

---

•  재즈 연주자들이 악보 없이 하는 즉흥연주나 모임.

"틀리더라도 강하게 연주하세요."

"위대한 독주들에는 원호가 있어요, 그것들에 형태를 부여하죠."

"연주할 때 우리는 머릿속에서 완전히 벗어나기를 바랍니다."

내가 제일 좋아하는 것은 마지막 말이다. 비록 열망에 머무르고 있지만 말이다. 다른 밴드 멤버들이 솔로를 할 때, 내 자리를 절대 잃지 않으려고 노력하면서 여전히 마디들을 세는 스스로를 발견한다. 피아니스트는 가끔 솔로 연주자에게 그가 코러스의 어디쯤 있는지를 화성적 또는 선율적으로 상기시켜줄 필요가 있다. 예를 들어 두번째 A 섹션의 막바지에서 브리지(혹은 B 섹션으로)로 들어가는 참이라든가, 브리지의 마지막으로 향하면서 A로 돌아가고 있다든가 말이다. 그렇기에 내가 어디 있는지 아는 것은 꽤 중요하다. 우리 하나하나는 워크숍 중 어느 시점에선가는 헤매는 것을 피할 수 없다. 그러나 그룹의 아름다움은 보통 우리가 같은 곳에서 동시에 헤매지는 않는다는 데 있기에, 우리 중 하나가 다른 사람들을 이끌어서 음악적 황무지에서 벗어날 수 있다.

뉴욕에 살던 초기에는 혼자 재즈 공연을 많이 보러 갔다. 빌리지 뱅가드, 55 바, 스몰스, 주로 그리니치 빌리지의 세븐스 애비뉴 사우스를 따라 조금씩 걸으면 다닐 수 있는 곳들이었다. 가끔은 동행이 있었지만, 같이 갈 사람이 없다는 사실이 내가 정말 듣고 싶은 음악가의 공연에 가는 것을 막은 적은 한번도 없었다.

뉴욕의 라이브 재즈 현장에서 제일 대단한 측면들 중 하나가 같은 부류의 공동체에 있다는 기분이다. 여성으로서 나는 이 클럽들이 놀라울 정도로 해방적인 환경이라는 사실을 발견했다. 바에 앉거나 뒤쪽에 서서 술을 홀짝일 수 있고, 청하지도 않았는데 함께 있겠다며 접근하는 것을 경계하기 위해 계속 두리번거릴 필요 없이 음악을 즐길 수 있다. 원한다면 바텐더와 잡담을 나눌 수 있지만 사람들과 어울려야 할 의무는 없다. 혼자 온 여성은 대화를 먼저 시작하지만 않는다면 계속 혼자 남겨지게 될 것이다. 그리고 내가 상냥한 낯선 이에게 미소로 답하거나 대화를 시작한 때는 보통 그 대화가 그 만한 가치가 있을 때뿐이었다.

라이브 재즈 공연을 들은 지 20년 이상 지났지만 나의 즐거움은 퇴색되지 않았다. 나는 음악가들이 서로에게 반응하고, 두려움 없이 연주를 개시하는 순간을 지켜보기를 좋아한다. 그들은 자의식을 버림으로써 즉석에서 반응할 수 있고 선율과 반주를 즉석에서 창조할 수 있다. 그런 음악은 즉흥적이지만 오랫동안 음악을 들어온 시간과 스포트라이트의 열기 아래에서 얻은 지식과 연습으로부터 영향을 받은 것이다. 그 광경은 재미나고, 영감을 주며, 가끔은 성스러운 느낌마저 든다.

나를 다른 세상으로 보내주는 라이브 재즈 공연은 나에게서 독서나 우정, 여행이나 섹스로 키워진 것이 아닌 다른 부분에 영양을 공급한다. 그 유쾌한 부분은 음악을 만드는 것을 통해서 다른 사람들과 연결되기를 요구한다. 또한 그 연결을 느끼고 싶은 열망은 결국 나를 다른 사람들과 다시 연주할 기회를 찾도록 몰아간다.

내가 재즈 앙상블의 유일한 여성 기악가라는 사실이 가끔은 신경

쓰인다. 그렇게나 옛날 일인 프레디의 워크숍에서와 똑같다. 그사이 유일하게 달라진 점을 들자면 이제 음악 차트에 접근하기 위해 앱을 사용한다는 것이다. 나와 같은 열정은 정말 성별과 관련 있을까? 남들과 함께 재즈를 연주하는 데 관심 있는 여자들이 이렇게나 드문 걸까? 내 나이대의 다른 여자들은 시간 여유가 없어서라고 추측한다. 사무실에서 긴 시간을 보내야 하는 직업이나, 다른 모든 곳에서 오랜 시간을 할애해야 하는 아이들이 있을지도 모른다. 그리고 어쩌면 음악성 있는 젊은 여성들은 싱어송라이터가 되는 쪽에 더 관심 있거나, 아니면 학위를 끝내거나 학자금 채무를 상환하느라 너무 바쁠 수도 있다. 그렇더라도 애석한 일이다. 이런 여성 대 남성 비율에도 불구하고, 재즈 워크숍은 내가 지금껏 경험한 중 가장 성별 중립적인 집단 환경이기 때문이다. 연주 순간 각각의 음악가는 창작 행위에 동등하게 참여한다. 그들의 성별은 아무런 차이를 만들지 않는다.

워크숍에서는 아무도 성#이 없다. 아무도 과거가 없다. 아무도 내가 워크숍 전이나 후에 무엇을 하는지나, 어떻게 생계를 꾸리는지, 어디에 사는지를 알고 싶어하지 않는다. 심사위원 따위 없다. 그저 어떻게 나의 앙상블 연주와 솔로 들을 발전시킬지에 대한 건설적인 피드백만 있을 뿐이다. 자기표현 이상의 목표는 없다. 마감도, 여러 세기의 교수법이라는 발판도, 내 버전의 작품 해석을 여러 세대의 해석에 비춰 평가하는 시험관도 없다. 오히려 그 반대에 가깝다.

워크숍은 내가 피아노 앞에서 내 자신이 되도록 적극적으로 북돋워준다. 내가 세상을 어떻게 듣는지를, 그것을 받아들이는 연주자들의 앙상블이라는 화성적, 선율적, 리듬적 제약 안에서 표현하기를 시도하도록 북돋운다. 개인적 표현과 집단적 역학의 이런 상호작용은 내가 언제나 재즈 앙상블을 행동하는 민주주의의 가장 뛰어난 표현으로 간주하는 이유이다. 개인적 표현의 자유가, 합의에 의해 승인된 음악적 관행들이라는 체계에 의해 촉진되고 지지된다.

그리고 지금, 론의 눈썹이 이쪽으로 치켜올려가 내 순서인 것을 아는지 확인하는 가운데 내가 솔로를 한다. 이 멜로디의 요소를 사용하고, 바로 전 솔로 주자의 리듬적 모티프를 사용하고, 그 순간 내 머릿속에 떠오른 음악적 아이디어를 꺼낸다. 두 배로 하고, 반으로 하고, 더 높게 더 낮게 변화시킨다. 실험하고, 실패하고, 다시 시도하고, 더 낮게 실패한다. 모든 마디들을 음표들로 채우지 말 것. 연주하지 않아도 괜찮다.

밴드와 함께 32마디의 솔로를 연주하는 경험은 짜릿하다. 시간이 믿기 힘들 정도로 빠르게 흘러갈 때조차 확장이라는 고유성을 발휘하는 이 농밀하고 본능적인 순간 이외의 다른 의미는 없음을 인식하면서 연주하는 것 말이다. 그야말로 삶의 축도다. 최종 시험은 없을 것이다. 후대를 위한 녹음도 없을 것이다, 신께 감사하게도. 그저 이 순간의 연주뿐이다. 이런 식으로 연주하는 것은 무의미함을 포용하는 것이다. 가능한 최고의 의미로서.

♫

1895년 클라라 슈만의 긴 인생의 마지막 몇 달 동안, 딸들은 어머니가 날마다 스케일 연습을 하기 전 즉흥으로 연주했던 프렐류드들을 악보로 남기기를 고집했다. 그녀는 그렇게 했지만, 그것들을 기보하는 어려운 작업을 이렇게 묘사했다.

> 이렇게 힘든 것은 내가 피아노 앞에 앉을 때마다 매번 다르게 연주했기 때문이다.[63]

그녀는 스무 살에 정식 작곡을 저버렸지만, 수십 년 동안 날마다 새로운 음악을 즉흥연주했다. 전자의 부담은 그녀가 스스로를 의심하게 만들었고, 후자의 해방감은 자신이 만든 음악을 악보로 남겨야 한다는 제약의 필요성을 느끼지 않는다는 것을 의미했다. 음악을 창작하는 것이건 아이를 가르치는 것이건, 우리 중 일부에게 너무나 자연스러운 기술이 높이 평가받기란 얼마나 어려운가.

나는 피아노와 큰 직접적인 접점 없이 행해지는 성인의 삶을 위해서, 피아노를 공부한 13년의 세월과 다른 음악가들을 위해 반주하던 경험과 그에 대한 사랑을 저버린 것을 두고 어른으로 보낸 내 인생의 대부분의 시간동안 스스로를 책망했다. 나는 출판계라는 직업적 삶을 선택했고 음악 참여는 수동적 소비로 제한했다. 라이브 공연에 참석하고 레코딩을 듣는 식으로 말이다. 수천 명의 다른 음악적인 소녀들과 마찬가지로, 성인기는 나를 피아노 의자부터 멀리 떨어뜨려놓았다.

고등학교 졸업 20주년 동창회는 나로 하여금 그 선택과 직면하도록, 그리고 그렇게 선택한 결과 무엇을 잃었는지 생각하도록 만들었다. 처음에는 가보지 않은 길들에, 살아보지 않은 삶들 때문에 절망했다. 나는 연습, 대회, 시험으로 보낸 그 모든 세월이 완전히 무용하다는 파괴적 결론으로 건너뛰었다. 그 시간을 외국어나 HTML을 익히는 데 쓰지 않은 것을 두고 스스로를 책망했다. 후자는 1980년대에는 가능하지도 않았는데 말이다.

나의 할머니 앨리스 메이 모리슨 테일러 로이드에게 그랬듯이, 집중적인 음악 공부와 연주는 내 정체성을 형성하는 결정적 부분이 되어왔다. 그리고 할머니와 마찬가지로 나는 위기에 대한 대응으로 음악적 재능을 포기하기로 선택했다. 그녀가 스코틀랜드에서 성가대 지휘자와 높이 평가받는 소프라노로서 상승세였던 직업적 삶을 포기하기로 한 결정은, 피아노와 그 어떤 음악적인 삶도 저버리겠다는 내 결정보다 훨씬 심각했다. 하지만 어느 경우에서건 그 선택에는 가능성을 여는 것이 아닌 닫는 것이 포함되어 있었다.

뉴사우스웨일스주에서의 낯선 새 삶에서 앨리스는 동네 학생들을 가르쳤고 요벌 침례 교회의 반주자이기도 했다. 하지만 그녀의 공연 기회는 횟수와 질 면에서 제한되어 있었다. 떠나온 조국에서의 다양하고 존경받던 음악생활과 제2의 조국에서 영위한 음악생활 사이의 차이를 안고 살아가는 것은 극도로 실망스러웠을 게 틀림없다. 그녀가 고모 샬럿이나 아버지 존에게 연주를 가르치지 않은 것을 보면, 아마 그 차이가 그녀를 무의식중에 괴롭혔던 것 같다. 그런 지식을 가졌음에도 아이들에게 넘겨주지는 않은 것을 보면, 그녀가 음악 교육의 가치에 대해 꽤나 부정적인 인상을 갖게 되었음이 틀림없다.

내 자신의 경우에는 대회와 높은 등급을 위한 독주에 지나치게 집중하다보니, 남들과 함께하는 연주를 얼마나 즐기는지를 잊어버렸다. 그것은 재미있었고, 쓸모없었다. 그래서 그만두었다. 나는 음악을 만들어내는 어떤 행위에도 참여하기를 단념했고, 그것의 상실을 애도하며 몇 년을 보냈다. 그때 그럴 이유라고는 청소년기에 가졌던 재주나 집중력으로 더이상 연주할 수 없다는 사실에 대한 부적절한 수치심 말고는 없었는데도 말이다. 나의 신진대사는 전에 그랬던 만큼 빠르지 않지만, 그래도 나는 여전히 먹는다.

매주 참여하는 재즈 앙상블은 재미를 중시하는 소박한 수업이다. 나에게는 배움과 즐거움의 완벽한 접점이며, 어린 시절의 「피너츠」에서 피아노에 대한 슈로더의 헌신에서 직감한 즐거운 자기계발과 동일한 상태다. 나는 매 워크숍마다 아마추어 음악가가 되는 것은 조금도 부끄러운 일이 아니라는 새로운 자신감을 가지고 참석한다. 그러나 아마추어로서의 나를 포용하는 데는 아주 오랜 시간이 걸렸다.

사랑에 빠지건, 피아노를 연주하건, 좋은 부모나 친구가 되려고 노력하건, 우리는 모두 아마추어다. 학습과 연습을 통해서 전문성을 얻거나 특별한 재능을 발견하는 것은 가능하다. 그렇긴 해도 삶의 대부분의 행위에서 우리 모두는 그 일을 처음 하는 것이고 즉흥적으로 나아간다. 우리는 연결하고, 실패하고, 다시 시도한다. 우리 모두 제한된 시간 안에 교육, 어린 시절, 가졌거나 부족했던 기회들이라는 한도 안에서 선택들을 내리고 있다. 우리 모두 선율과 화음 사이에서 균형 잡는 것을 배우고 있다. 생존하기 위해서 우리는 혼자 연주하는 법을, 그리고 다른 사람들과 함께 연주하는 법을 배워야 한다.

매주 참여하는 워크숍은 음악성을 저버린 결정에 대한 나의 책임을 냉철하게 일깨우는 존재이기도 하다. 실패를 그렇게나 두려워한 것도, 완벽주의를 스스로를 고립시키는 핑계로 사용한 것도, 남들과 함께 음악을 연주하는 순수한 재미에서 스스로를 차단함으로써 오랜 세월 즐거움을 누리지 못하게 만든 것도 나였다. 나는 생의 초년부터 고립이 안전하게 존재할 수 있는 장소라는 것을 배웠다. 남편을 잃은 후에는 새로운 관계의 가능성에서 오랫동안 스스로를 차단함으로써 똑같은 짓을 했다. 이제 우리의 브루클린 아파트에서 네이트가 크리스마스에 사준 전자 키보드로 연습하고 있자니, 그것들이 같은 주제의 변주라는 것을 알겠다.

나의 할머니가 오스트레일리아로 오고 글래스고에서의 음악생활을 단념한 것은 비슷한 선택을 한 것이라고 믿는다. 포용하기보다는 움츠러들기, 연결되기보다는 고립되기를 선택했다. 조지 로이드와 결혼하고 아이들을 가짐으로써 스스로를 위한 새 삶을 확립하긴 했어도, 그녀는 공연을 중단했고 자신의 즐거움보다는 돈을 위해서 다른 사람들의 아이들을 가르쳤다.

내가 그녀를 얼마나 무서워했는지 기억해본다. 그녀가 사랑했고, 잃어버렸고, 뒤에 남기고 떠난 것에 대해 내가 얼마나 아는 게 없었는지 기억해본다. 이제 앨리스 메이 모리슨 테일러에 대해서 생각할 때면 그녀의 사랑스러운 소프라노 목소리에 대해 떠올린다. 그녀가 노래 부르는 것을 내가 어떻게 한번도 듣지 못했는지 생각한다.

♫

작가이자 문학 평론가인 테리 이글턴은 최근 삶의 의미가 다름 아닌 재즈 밴드의 작동과 비슷하다고 제안했다.

즉흥연주 중인 재즈 그룹은 교향악 오케스트라와 명백히 다르다. 왜냐하면 각 멤버는 얼마든지 마음대로 자신을 표현할 수 있기 때문이다. 그러나 그렇게 하는 것은 다른 음악가들의 자기표현적 연주에 대한 수용적 감수성을 가지고서다……. 여기에 자유와 '전체의 선' 사이의 갈등은 없지만 그 이미지는 전체주의자와는 반대다. 각 연주자는 '전체의 더 중요한 선'에 기여하지만, 그렇게 하는 것은 엄숙하게 입을 다물고 자아를 희생함으로써가 아니라 그저 자신을 표현함에 의해서다. 자아실현이 존재하지만, 전체로서의 음악 안에서 자아를 상실함을 통해서만 가능하다. 성취가 존재하지만, 자아를 비대하게 만드는 성공의 문제는 아니다. 대신 이 성취는, 즉 음악 자체는 연주자들 사이에서 관계의 매체로 작용한다. 이런 예술성으로부터 거두는 쾌감이 존재한다. 그리고 자유로운 성취 혹은 힘의 실현이 있기에 융성한다는 느낌에서 오는 행복 또한 존재한다. 이런 융성은 상호적이기에 간접적, 유추적으로 말하자면 일종의 사랑이라고까지 할 수 있다.

그런 상황을 삶의 의미로 제시하는 것은 분명 크게 잘못된 일은 아니다. 그것이 삶을 의미 있게 만든다는 의미에서, 그리고 더 논쟁적으로는, 이런 식으로 행동할 때 우리가 스스로의 천성을 최상의 모습으로 깨닫는다는 의미 둘 다에서 말이다.**64**

재즈 음악가처럼 살기를 열망하면 미친 짓일까? 혼자 또 같이 연주하는 것보다 더 나쁜 일은 많이 있다. 상처받지 않으려고 자아를 숨기는 것보다는 정직하게 표현하기. 호혜, 사랑, 존경, 인정 속에 존재하기를 열망하는 것.

♫

나의 인생이라는 작품에는 그 누구도, 나조차도 예상 못했던 즉흥적 코다가 존재한다. 내 딸 헤이즐이다. 그 아이는 내가 40대로 들어선 지 한참 지나서 태어났다. 많은 여성들이 서른다섯 이후 처음 임신한 여성을 의학적 이유로 비난하는데, 이해가 안 가는 것은 아니다. 하지만 나는 **나이든 초임부**라는 사실이 그 이상 행복할 수 없었다.

헤이즐은 내 무릎에 앉아서 자그만 양 손바닥으로 검은 건반들을 때리면서 오른손 중지 끝으로는 흰 건반들을 누르고 있다. 가끔은 건반의 더 높은 음들을 연주하거나 혹은 그냥 자기 앞 보면대에 펼쳐진 무슨 악보든 넘기는 것을 즐긴다.

아이는 지금 『피너츠 그림 노래책The Peanuts Illustrated Songbook』에서

고른 곡들을 유난히 좋아하는데, 특히 어린 시절 내 귀를 그렇게나 홀렸던 「루시와 라이너스Lucy and Linus」를 놓치지 않는다. 악보라는 것이 18개월령인 아이의 마음을 사로잡았다. 주로 흰 페이지에 검은 표시로 이루어진 선명한 대조 때문일 것이다. 헤이즐은 시드니의 내가 자란 집에서 멀지 않은 곳에서, 내가 일곱 살의 나이로 배우기 시작했던 바로 그 피아노를 알아가고 있다. 이 사과는 큰 사과Big Apple[•]를 경유했지만 나무로부터 먼 곳으로 떨어지지 않았다.

한 사람의 인생에 대해 글을 쓴다는 것은 일종의 즉흥연주 형식이라는 게 나의 결론이다. 우리가 각각 무한한 재즈 밴드의 멤버로서 참여하는 연주 말이다. 재즈가 곧 삶의 의미는 아니다. 그러나 재즈 앙상블 내부의 역학은 이글턴과 내가 인간 사회가 염원해야 한다고 믿는 공동체의 본보기를 제공한다. 이글턴은 "이런 종류의 공동체를 더 큰 규모로 건설하는 것"을 목표로 제시한다. 달성 과정에서의 정치적 도전은 인정하면서도 말이다. 그렇다, 유토피아적이다. 그래도 나는 여전히 거기에 한 표를 던진다.

어쩌면 피아노 앞의 다른 여자들은 교습을 포기한 것이나 더이상 다른 음악가들과 연주하지 않는 것을 후회하지 않았을지도 모른다. 어쩌면 후회했으나 극복했을지도 모른다. 아니면 압박이 심한 직업, 마감, 아이들 학교 등하교와 발레 학원 때문에 긴 시간 부산한 와

---

[•]　뉴욕의 별칭으로, 어원을 두고는 여러 가지 설이 있으나 1970년대 뉴욕 관광청이 관광 산업을 육성하면서부터 널리 사용되기 시작했다는 이야기가 유력하다.

중에 열정적인 아마추어라는 존재는 잘 개켜서 치워버렸을지 모른다. 그림 그리기나 사진 찍기, 글쓰기나 춤추기, 노래하기에 사로잡혔던 소녀를 다시는 볼 수 없게 되는 것이다.

내 경우 그녀는 멀리 가버리지 않았다. 라이브 재즈를 보러 가고 레코딩을 듣고 싶은 욕망을 아무리 다른 것으로 승화시켜도, 다른 사람들과 함께 음악을 연주하고 싶은 열망은 사라지지 않았다. 피아노 연주라는 육체적 행위는 나의 정체성에서 너무나 중요했다. 기쁨, 선망, 사랑, 고통, 흥분, 절망에 대한 나의 첫 경험의 한가운데에 있었다.

피아노는 나의 최초의 거울이었다. 내 자신의 얼굴을 처음으로 인식한 것은 그 암흑을 통해서, 그 암흑으로의 번역을 통해서, 어둡지만 이해할 수 있는 언어로 번역되는 것을 통해서였다.

마리나 츠베타예바는 『어머니와 음악』에서 이렇게 썼다.

내 전 생애가 바로 이랬다. 가장 간단한 것을 이해하려고 해도, 나는 그것을 시로 밀어내서 거기서 보아야 했다.

피아노와 나의 관계에 관한 글쓰기는 내 인생에서 음악과 글쓰기가 얼마나 필요한지를 보여주었다. 나는 이 둘을 늘 나의 관심을 두고 제로섬 게임에서 치열하게 싸우는 극심한 경쟁자들로 간주했다. 사실은 그 반대여서, 둘은 교각이 양쪽의 동일한 장력에 의해서 보강되는 것과 같은 방식으로 서로 의지했다. 그렇게 오랜 시간 피아노를 집중적으로 익힌 것은 내가 세상을 보고 듣는 방법을, 나를 내 자신에 다시 비추는 방법을 형성했다.

수양, 세부 사항 주목, 주의 깊은 청취, 기하급수적인 학습, 경쟁, 실패, 그리고 즉흥연주의 발견으로 이어진 나의 '피아노 시대'는 이후 내 인생에서 내린 너무나 많은 선택들에 영향을 주었다. 정신을 차려 보니 사실 나는 평생 **피아노와 함께 무언가를 하고 있었다.** 이 악기에 열정적으로 애착한 경험을 통해 형성된 감수성과 취향들을 갖고 살고 있었다. 조기 음악 훈련의 이런 효과들은 대체로 눈에 보이지 않지만 알아보지 못할 수는 없는, 연못의 파문과 같다. 옛날 학교 친구들이 나의 음악성을 어떻게 쓸지를 두고 기대했던 바로부터 나는 먼 길을 돌아왔다.

만약 오늘 이전 동급생을 만난다면 확신을 갖고 말할 것이다. "그래, 나 아직 피아노 쳐. 피아노 연주를 사랑한다고, 피아노 연주가 필요하다고, 그리고 마침내 그 이유를 이해했다고." 말할 것이다. 내가 10대 때의 기술을 가지거나 혹은 그때만큼 자주 연주하는 일은 없을지 모른다. 그러나 나는 늘 스스로를 피아니스트로 생각할 것이다.

1   Roy E. Wates, *Mozart: An Introduction to the Music, the Man, and the Myths* (Amadeus, 2010): 26.

2   James Parakilas, *Piano Roles: Three Hundred Years of Life with the Piano* (Yale University Press, 2002): 65.

3   Wates, *Mozart*: 26.

4   Feb 25–26, 1778, in Wates, *Mozart*: 27

5   Quoted in Arthur Loesser, *Men, Women and Pianos: A Social History* (Dover Publications, 1990): 102–103.

6   Loesser, *Men, Women and Pianos*: 133.

7   Loesser: viii.

8   Statistics and *Girls Own Annual* taken from Cyril Ehrlich, *The Piano: A History* (Dent, 1976; revised edition Clarendon Press, 1990).

9   Hugh Reginald Haweis, *Music and Morals* (Strahan, 1871): 515.

10  Ehrlich, *The Piano*: 92.

11  Roland Barthes, 'Musica Practica', in *Image Music Text*, essays selected and translated by Stephen Heath (Fontana Press, 1977): 149–154.

12  Ehrlich, *The Piano*: 102.

13  Claire Tomalin, *Jane Austen: A Life* (Knopf, 1998): 211.

14  Robert K. Wallace, *Jane Austen and Mozart: Classical Equilibrium in Fiction and Music* (University of Georgia Press, 1983): 250.

15  Charles Czerny, *Letters to a Young Lady, on the Art of Playing the Pianoforte, from the earliest rudiments to the highest state of cultivation: written as an appendix to every school for that instrument*, trans. J.A. Hamilton (Firth, Pond & Co., 1851): Preface.

16  James Leggio, *Music and Modern Art* (Routledge, 2002): 58 n. 31.

17  David Michaelis, *Schulz and Peanuts: A Biography* (HarperCollins, 2008): 339. It beat out Victor Lasky, *JFK: The Man and the Myth*, in the wake of the president's assassination.

18  Charles M. Schulz, *Play It Again, Schroeder!* (Ballantine, 2007).

19  Maxim Gorky, quoted in Georg Lukacs' 1967 Postscript to his own work, *Lenin: A Study on the Unity of His Thought* (1924).

20  Umberto Eco, 'On "Krazy Kat" and "Peanuts"', translated by William Weaver in the *New York Review of Books*, 13 June 1985.

21  Alexander Wheelock Thayer, *Life of Beethoven*, volume I, edited by Elliot Forbes (Princeton University Press, 1967): 323.

22  Michaelis, *Schulz and Peanuts*: 348.

23  The words are scribbled across a sketch of composed music from c. 1809, reproduced in Lewis Lockwood, *Beethoven: The Music and the Life* (Norton, 2005): 281.

24  Glasgow *Herald*, 25 November 1891.

25  Loesser, *Men, Women and Pianos*: pp. 418–29.

26  *A Captive Spirit* by Marina Tsvetaeva, translated and edited by J. Marin King. Copyright © 1980 by J. Marin King. Reprinted by arrangement with The Overlook Press, Peter Mayer Publishers, Inc. www.overlookpress.com/ardis.html. All rights reserved.

27  All references are to Maria Tsvetaeva, 'Mother and Music', pp. 271–294 in Marina Tsvetaeva, *A Captive Spirit: Selected Prose*, edited and translated by J. Marin King (Ardis, 1980).

28  Yo Tomita, in his essay 'The Inventions and Sinfonias', published online at http://www.music.qub.ac.uk/~tomita/essay/inventions. html and used as the liner notes for Masaaki Suzuki's 1998 recording of the Inventions, quotes this translation from the autograph fair copy in the Staatsbibliothek zu Berlin but does not identify the translator from the original German.

29  Letter dated 19 Jan 1864, in *George Eliot's Letters, edited by G.S. Height* (Yale

University Press, 1954).

30 Czerny, *Letters to a Young Lady*: 26.

31 François Noudelmann, *The Philosopher's Touch: Sartre, Nietzsche, and Barthes at the Piano*, trans. Brian J. Reilly (Columbia University Press, 2012).

32 Nancy B. Reich, *Clara Schumann: The Artist and the Woman* (Cornell University Press, 1985): 285.

33 Extract from *Myself When Young* by Henry Handel Richardson by arrangement with the Licensor, The Henry Handel Richardson Estate, c/- Curtis Brown (Aust) Pty Ltd.

34 Henry Handel Richardson, *Myself When Young* (W.W. Norton & Company, 1948): 117.

35 Henry Handel Richardson: 117.

36 Extract from *The Children's Bach* by Helen Garner published by Penguin Books. Reprinted by permission of penguin Random House Australia Pty Ltd.

37 D.H. Lawrence, 'Nottingham and the Mining Countryside', in *Phoenix: The Posthumous Papers of D. H. Lawrence* (Heinemann, 1936), pp. 133–40: 138.

38 There is a Google Group devoted to the attribution of this description.

39 George Holbert Tucker, *Jane Austen the Woman: Some Biographical Insights* (Palgrave Macmillan, 1995): 104.

40 Aaron Williamon, 'Memorising Music', pp. 113–26, in *Musical performance: a guide to understanding, edited by John Rink* (Cambridge University Press, 2002): 113.

41 Reich, *Clara Schumann*: 272.

42 Fred M. Hall, *It's About Time: The Dave Brubeck Story* (University of Arkansas Press, 1996): 63.

43 *In the Course of Performance: Studies in the World of Musical Improvisation*, edited by Bruno Nettle with Melinda Russell (Chicago University Press, 1998): 240.

44 Reich, *Clara Schumann*: 236 n. 66.

45 Czerny, *Letters to a Young Lady*: 74.

46 Nettle, *In the Course of Performance*: 255.

47 Letters dated 10 June and 22 June 1853, in Berthold Litzmann, *Clara Schumann: An Artist's Life Based on Material Found in Diaries and Letters*, volume II (Litzmann Press, 2013): n.p.

48 Loesser, *Men, Women and Pianos*: 422.

49 See William Weber, *The Great Transformation of Musical Taste: Concert Programming from Haydn to Brahms* (Cambridge, 2008).

50  George Eliot, *George Eliot's Life, as Related in Her Letters and Journals*, edited by John Cross (1885: Cambridge University Press, 2010): 26.

51  Williamon, 'Memorising Music': 114.

52  Charles Darwin, *The Descent of Man, and Selection in Relation to Sex* (Appleton, 1871): 272.

53  Charles Darwin: 272.

54  Loesser, *Men, Women and Pianos*: 335.

55  Parakilis, *Piano Roles*: pp. 127–28.

56  Ehrlich, *The Piano*: 97.

57  Extract from *This Real Night* by Rebecca West reprinted by permission of Peters Fraser & Dunlop (www.petersfraserdunlop.com) on behalf of the Estate of Rebecca West.

58  Wikipedia: https://en.wikipedia.org/wiki/HMAS_Berrima.

59  Holly Brubach, 'A Pianist for Whom Never Was Never an Option', *The New York Times*, 10 June 2007.

60  E. Altenmüller and H.-C. Jabusch, 'Focal Dystonia in Musicians: Phenomenology, Pathophysiology and Triggering Factors', in *European Journal of Neurology* 2010, 17 (Suppl. 1), pp. 31–36: 33.

61  Schulz, *Play It Again, Schroeder!*: 69.

62  https://www.findandconnect.gov.au/ref/nsw/biogs/NE01696b.htm

63  Reich, *Clara Schumann*: 265, n. 65.

64  Terry Eagleton, *The Meaning of Life: A Very Short Introduction* (Oxford University Press, 2008): pp. 98–100.

이 책은 피아노에 대한 나의 지속적인 사랑에서 비롯되었다. 그렇게 되도록 길러주신 부모님께 감사한다. 그분들은 음악에 대한 나의 흥미를 북돋웠고, 이제 딸과 함께 그리고 딸을 위해 연주하도록 업라이트 야마하 피아노를 사주셨다.

현재 아흔넷인 나의 고모 샬럿 버틀러는 영감, 기록, 일화, 당신의 어린 시절과 어머니 앨리스의 삶에 대한 통찰의 후한 원천이었다.

쓰는 동안 이언 힉스는 호바트로부터 간간이 책의 진척을 문의하는 장거리 전화를 걸어서, 가끔 뉴욕에서 축 늘어져 있는 내 영혼을 북돋워주었다.

제프 다이어가 나를 2013년 애틀랜틱 아트 센터의 상주 예술가로서 자신과 함께 작업하도록 선택해준 것에 감사한다. 그리고 테니스에 대해서도.

오랜 친구 대니엘라 포나사로, 그리고 켈시 브레이는 청소년기의 세세한 일들을 제공해서 내 기억을 자극하거나 혹은 내가 잊어버린 소소한 일들을 채웠다. 한편 데릭 반 기젠은 오나이다에서 칵테일, 식사, 음악, 유머로 나를 지탱해주었다.

매들린 베크만, 릴리 브렛, 마돈나 더피, 제니퍼 플레밍은 우정에 더해서 건설적 피드백을 해주었다.

앨런 앤드 언윈 출판사에서 유쾌한 출판인 제인 팔프리먼을 만날 수 있어서 기뻤다. 앨리 라보에게는 특히 빚을 졌는데, 그의 편집 기록은 초고가 내가 가고 싶은 곳으로 가려면 어떻게 해야 하는지 알아내는 데 도움을 주었다. 더불어 쇼반 캔트릴과 케이트 골드워시에게 뛰어난 악기 조율에 대한 감사를 전한다.

나의 친구이자 멘토인 메리 폴리엣은 이 프로젝트를 극히 초기부터 지칠 줄 모르고 지원했다. 그녀는 어떤 질문을 해야 할지 늘 알고 있었다. 그녀의 이해, 격려, 환대는 이 책을 계속 써나가는 데 너무나 소중했다.

네이트 닐의 사랑이 없었다면 이 책을 마칠 수 없었을 것이다. 그는 거의 이 원고를 쓰는 내내 곁에 있어주었다.

# 피아노 앞의 여자들은
어디로 갔을까

1921년 8월 25일, 앨리스 메이 모리슨 테일러는 태어나서 자란 글래스고를 떠나 세계의 반대편인 시드니로 떠났다. 그리고 촉망받는 소프라노이자, 성가대 지휘자로의 삶을 영원히 버렸다.

60년이 지난 후, 버지니아 로이드는 작고한 할머니가 뛰어난 음악가였다는 사실을 발견했다. 오스트레일리아 오지의 농장에서 끝없는 먼지와 싸우던 할머니는 고작 16세에 각종 음악 관련 자격증을 우수한 성적으로 따냈고 글래스고 음악계의 주요 인사로부터 극찬하는 추천장도 받은 사람이었다.

버지니아는 갑자기 잘 알지도 못하는 할머니에게 끌리는 걸 느꼈다. 그녀 또한 피아노에 빼어난 재능을 보였지만 그 재능을 무시하고 새로운 삶으로 떠났기 때문이다. 앨리스에게 무슨 일이 일어났던 것일까? 왜 글래스고에서 점점 높아지던 명성을 저버리고 고작 농장에서 일하려고 바다 건너 시드니로 향했을까? 이것은 미스터리였다. 그리하여 버지니아는 이 미스터리를 풀기로 마음먹는다. 그럴 수 있다면 자신을 괴롭히던 목소리도 잠잠해질 것 같았다. 나는 혹시 실수했던 걸까? 음악을 포기하지 말아야 했을까?

퍼즐 조각을 맞추다보니, 피아노를 포기한 여성은 할머니와 자신만이 아니라는 사실을 깨달았다. 역사 속에서, 그리고 소설 속에서 여성들은 피아노의 역사 내내 그 앞에 앉아 있었고 또한 사라졌다.

'마리아 아나 모차르트'는 세 살부터 피아노를 배웠고 열한 살에는 남동생과 함께 3년에 걸친 유럽 순회공연을 떠나 대성공을 거뒀다. 그러나 18세가 되자 아버지 레오폴트는 성인 여성의 대중 공연은 수치스러운 일이라고 결정했다. 아나는 아버지와 남동생이 떠난 집에 남았고, 이후 10년이 넘도록 살림을 돌보다가 32세의 나이로 두 번 상처한 나이 많은 남자와 결혼했다. 오늘날 우리가 아는 모차르트는 아마데우스가 전부다. 한때 남동생을 능가하는 찬사를 받았던 아나 모차르트를 기억하는 사람은 없다.

유명한 피아노 제작자의 딸인 '나네테 슈타인'은 영재 소리를 듣는 소녀였지만 다름 아닌 아나의 남동생으로부터 "천재성을 가졌지만 아무 데에도 가지 못할 것"이라는 평가를 받았다. 모차르트의 예언은 적중했다. 나네테는 피아니스트로 이름을 날리지 못했다. 그러나 아무 데도 가지 못하지는 않았다. 아버지 사후, 그녀는 사업을 인수하고 뛰어난 수완을 보이며 크게 키웠다. 여성 피아니스트의 역사에서 나네테는 남다른 의미를 가진다. 그전까지 피아노가 장인이 손으로 만드는 것이었다면 이후에는 공장 생산품이 되었다. 그녀는 자신의 음악성을 번성하는 사업으로 바꿈으로써 귀족이 아닌 중산층 소녀들까지 피아노 앞으로 안내했다.

19세기 중엽 업라이트피아노와 할부 구매의 등장은 피아노 수요를 노동계급까지 확장했다. 중상류층 소녀들에게 피아노는 여전히 결혼을 위한 매력 자본에 머물렀지만, 노동계급 소녀들은 이것을 진짜 자본으로 바꿀 수 있다는 점을 깨달았다. 여성에게 가능한 거의 유일한 품위 있는 직업인 가정교사에서 피아노는 프랑스어, 스케치 등과 함께 필수 기술이되었다. 무수히 많은 '제인 에어들'의 시대가 열린 것이다.

나네트가 아니었다면 글래스고의 서쪽 끝인 패트릭의 덤버턴 로드 370번지, 노동자들을 위해 줄줄이 지어진 똑같은 집들 가운데 한 곳에 피아노가 들어와 앨리스의 것이 되는 일은 없었을 것이다. 아버지 제임스는 조선소에서 평생 고되게 일했고, 남동생 셋도 아버지와 똑같은 삶을 살게 될 참이었다. 앨리스는 달랐다. 언니 낸스처럼 결혼을 꿈꾸지도 않았다. 바라는 것은 단 한 가지, 음악이 넘치는 삶이었다. 단순히 즐기는 게 아니라 음악으로 생계를 꾸리는 삶이었다.

앨리스와 음악 사이의 관계가 틀어진 것은 무엇 때문이었을까? 음악을 포기한 이후의 삶은 어떤 점이 달라졌을까? 앨리스의 짧고 불가해한 음악 경력을 추적하며 버지니아는 이것이 할머니만의 문제가 아니라는 점을 깨닫는다. 다른 모든 여자에게, 그리고 자신에게 무슨 일이 일어난 걸까? 피아노 앞의 여자들은 무엇을 얻고 무엇을 잃었을까? 여성 피아니스트의 역사를 추적하는 여정을 통해 버지니아는 할머니를 이해하고 스스로를 이해하며 음악과 화해한다. 어쩌면 피아노 앞의 여자들 가운데 하나였을 독자들에게도 비슷한 행운이 있기를 바란다. 다카포.

정은지

# 피아노 앞의 여자들

### 인생이라는 무대의 삶을 연주하다

**초판 인쇄** 2019년 10월 18일
**초판 발행** 2019년 10월 28일

**지은이** 버지니아 로이드
**옮긴이** 정은지
**펴낸이** 정민영
**책임편집** 김찬성 임윤정
**편집** 김소영
**디자인** 백주영
**마케팅** 정민호 이숙재 양서연 안남영
**제작처** 영신사

**펴낸곳** (주)아트북스
**브랜드** 앨리스
**출판등록** 2001년 5월 18일 제406-2003-057호
**주소** 10881 경기도 파주시 회동길 210
**대표전화** 031-955-8888
**문의전화** 031-955-7977(편집부) 031-955-3578(마케팅)
**팩스** 031-955-8855
**전자우편** artbooks21@naver.com
**페이스북** www.facebook.com/artbooks.pub
**트위터** @artbooks21

**ISBN** 978-89-6196-364-0 03840

이 도서의 국립중앙도서관 출판예정도서목록(CIP)은 서지정보유통지원시스템 홈페이지(http://seoji.nl.go.kr)와 국가자료공동목록시스템(http://www.nl.go.kr/kolisnet)에서 이용하실 수 있습니다.(CIP제어번호: CIP2019040670)